堕天の狗神
—SLASHDØG— 1
ハイスクールD×D Universe

石踏一榮

ファンタジア文庫

2650

キャラクター原案　みやま零
口絵・本文イラスト　きくらげ

目次

それは、彼にとって夢か幻《まぼろし》だったのか。けれど、記憶《きおく》には確かにこびりついている。

幼い頃《ころ》──七つの時分、冒険《ぼうけん》と称《しょう》して隣町《となりまち》の廃墟《はいきょ》に遊びに行ったときのことだ。

一月の冬空、雪がまばらに降り出してきたなかで、その者は彼の目の前に現れた。

──黒い天使だった。

背中に黒い翼《つばさ》を生やした男。自分の父親と同い年ぐらいか、ちょっと上か、それぐらいに見える黒い羽の天使。

天使の男は身を屈《かが》め、自分と同じ目線でこう言った。

「……そうか、おまえがそうかもしれないのか」

彼の頭をなでながら、男は笑《え》みを浮《う》かべる。

「もし、あれが宿っているのなら、いずれおまえの世界が一変する。だが、まあ、絶望はするなよ？　何せ、おまえは――」

彼の胸に指を突《つ》き立て、こう述べた。

「十三種のなかで、唯一《ゆいいつ》『神』を冠《かん》するんだからな。たとえ、それが偽《いつわ》りの『神』であっても――」

男の言っていることが、よくはわからなかった。わからなかったが――鮮明《せんめい》に記憶には残っている。

一緒《いっしょ》に探検に来ていた友人の呼ぶ声に反応して、彼がもう一度男のほうに顔を向けたときには――すでに黒い天使はそこにいなかった。

それは、彼にとって夢か幻だったのか。

序章

五月初旬《しょじゅん》——。

高校生活——いや、生涯《しょうがい》一度きりしかない高校の修学旅行をまえにして、幾瀬《いくせ》鳶雄《とびお》は欠席を余儀《よぎ》なくされた。

昨日、体調を崩《くず》したのだ。熱が一向に下がらず、体には力が入らない。頭はボーッとするし、足もともフラフラだ。

GW明けとはいえ、油断をしていたわけではないのだが……それでも突然《とつぜん》の体調不良だった。医者からも安静を言いわたされた。

「それじゃ、お土産《みやげ》は買ってくるから、ちゃんと寝《ね》てるのよ？」

玄関先《げんかんさき》で笑みを浮かべてそう言うのは、セミロングヘアーの少女。鳶雄と同じ高校の二年生で同級生だ。そして幼馴染《おさななじみ》でもある、東城紗枝《とうじょうさえ》。イタズラっ子の笑みだ。

「……ああ」

マスク越《ご》しの不機嫌《ふきげん》な口調で鳶雄は返した。

出発前に、鳶雄の様子を見にきたのだ。鳶雄にとってみれば、嫌《いや》みでしかない。

修学旅行の内容は、ハワイ諸島を豪華《ごうか》客船でクルージングする十日間のツアーだ。

鳶雄には、初の海外旅行となるはずだった。学生の時分だ、楽しみでないわけがない。

重苦しい我が身がなんとも、恨《うら》めしかった。

紗枝は不機嫌な表情を浮かべる鳶雄の額を小突《こづ》いた。

「旅行なんて、大人になればいつでも行けるわよ。そのときは私も付き合ってあげるから、今回はガマンなさい」

「……アホか。俺は今日行きたいんだよ。それにどうせ付き合うっていっても、俺のオゴリとか言うんだろ？」

「当たり」

紗枝はカラカラと笑う。鳶雄は息を吐《つ》きながら、小突かれた額をさすった。

ひと通り鳶雄をからかった紗枝は、バッグを持ち上げる。

「さて、私はそろそろ行きますかね」

「あ、ちょっと待って」

鳶雄は、紗枝を引き止めるとズボンのポケットから、数珠《じゅず》らしきものを取り出す。

それを紗枝の左手首につけてやる。

「死んだ祖母《ばあ》ちゃんが、俺が遠出するときに必ずつけてくれたんだ。俺は、行けないから、こいつに道中守ってもらってくれ」

紗枝は数珠を見やると、ありがたそうに数珠を手でさすっていた。

「ありがと」

「あと……その、なんていうかさ、気ぃつけろよな」

鳶雄は、熱で真っ赤な顔をさらに赤くさせながら言う。

「何に？」

「その……病気とかウィルスとかさ」

「それはあんたでしょ」

皮肉で返されて、鳶雄は口をへの字に曲げた。

玄関《げんかん》を開けると、紗枝は最後に振《ふ》り返《かえ》って言ってくる。

「行ってくるね」

彼女は少し寂《さみ》しげな表情を浮かべて、旅立っていった。

同級生たちが旅立って四日後——。

成田《なりた》からホノルルまでは飛行機で移動となる。そこから、港にて『ヘヴンリィ・オブ・アロハ号』に乗船して、今頃《いまごろ》はカウアイ島からハワイ島に着いたころだろう。同級生が豪華客船で料理に舌鼓《したつづみ》を打ったのち、各島をめぐり、異文化交流を堪能《たんのう》していると思うと恨めしく思えてくる。

体調が少しずつ回復してきた鳶雄は朝遅《おそ》く起きて、郵便受けから新聞を取ると、ブランチの用意をしていた。

鳶雄の家には彼以外誰《だれ》もいない。すでに肉親を失ってしまったからだ。紗枝が夕飯を作りに来てくれるときだけが救いだった。

その日の朝も誰かによる食事の用意などあるはずもなく、鳶雄は目玉焼きを作って、食パンと共に食べ始めた。

同級生たちはすでに優雅《ゆうが》な食事を済ませたであろう。そう思うと、悲しくなる。テレビをつけ、ボーッと見つめながら、パンをかじっていた。

『いまだ生存者不明が続く状態ですが――』

鳶雄は特に集中もせずにテレビを見ながら黙々《もくもく》とパンをかじる。

『乗船していた修学旅行中の陵空《りょうくう》高校の生徒たちと教員たちの安否が――』

なに……？

鳶雄は聞き覚えのある高校の名前を聞いて、突然立ち上がりテレビに張りついた。

テレビには上空から撮《と》られた海上の映像。そこには、まるで映画のワンシーンのように煙《けむり》を上げながら船体のほとんどが海に沈《しず》んだ豪華客船が映し出されている。

何かの聞き間違《まちが》いじゃないかと思った。あり得るはずがない！　そんな非日常なことなど、自分のもとに降りかかるはずがない！

そう心中で繰《く》り返す鳶雄だったが、テレビのスーパーには無慈悲《むじひ》なまでに『ヘヴンリィ・オブ・アロハ号、謎《なぞ》の海上事故！』と表示されていた。

再度確認《かくにん》した客船の名前に、鳶雄は目を大きく見開く。冷たいものが背中を通りすぎる。呼吸と動悸《どうき》が激しくなり、心臓がバクバク鳴っているのがわかった。

鳶雄は、先ほど取ってきたままテーブルに放置してあった新聞を手にする。

一面記事に記されたニュースを見ていく。その内容に鳶雄は全身を震《ふる》わせた。

『豪華客船、海上事故！』

『修学旅行中の悪夢！』

『乗船していた高校生二百三十三名の安否は不明――』

『生存者は絶望的――』

高校の名前は、陵空高校――。

鳶雄と、彼の幼馴染である紗枝の通っている高校だった。

――行ってくるね。

鳶雄のなかで、幼馴染の遺《のこ》した最後の言葉が蘇《よみがえ》る。少し寂しげな表情を浮かべていた紗枝。……それは、一緒に行けないことを意味したものだったのか。

「……紗枝」

力なく、鳶雄はその場に座り込んだ。

その日、幾瀬鳶雄は幼馴染の東城紗枝を含《ふく》む同級生二百三十三名を失った――。

一章　帰還《きかん》／襲撃《しゅうげき》

1

七月。本格的に暑さが増してきた頃《ころ》——。

下校中の幾瀬《いくせ》鳶雄《とびお》は、友人と電車の車内——扉《とびら》付近で雑誌を広げていた。

「やっぱさ、こっちのサスペンションのほうがいいかもなー」

「こういうのなら、河川敷《かせんしき》ら辺のジャンク置き場で拾ったほうが早いんじゃない？」

鳶雄の意見に、友人は半眼で嘆息《たんそく》する。

「バーカ。そんな、誰が乗っていたかわからない単車のパーツなんか取りたくねぇよ。へタすると、処分に困った事故車かもしれないだろ？　やっぱ、金を貯《た》めて買った新品のパーツを組み込むからこそ、ロマンが広がるんじゃないかぁ！」

熱く語る友人は、目をキラキラと輝《かがや》かせていた。

最近、バイクにハマったらしく、学校で禁止されているバイトを嬉々《きき》としてこなしているそうだ。

ちなみに、普通《ふつう》自動二輪の免許《めんきょ》取得も鳶雄たちの学校では校則違反《いはん》である。見つかれば、一発で停学はまぬかれない。

しかし、高校二年生だ。男子がバイクや車に興味を持つのは自然といえる。

「鳶雄も免許取れよ。二人でツーリングしようぜ！　絶対楽しいって！」

ここ最近、彼は鳶雄に何度もそう誘《さそ》ってきていた。

鳶雄もまったく興味がないわけではない。だが……。

「ああ、悪くはないよな。……けど、いまはそんな気分じゃないかな」

鳶雄は苦笑いを浮《う》かべながら、答えた。

「そうか、そんな簡単に忘れられないよな……」

友人は、ふいに車内の中吊《なかづ》りに視線を移した。

『いまだ原因不明！　ヘヴンリィ・オブ・アロハ号の沈没《ちんぼつ》事故！　事件には米国の影《かげ》が⁉』

鳶雄もそれを見て、顔を少しだけ陰《かげ》らせる。

二か月前、鳶雄は事件の真《ま》っ只中《ただなか》にいた。

同級生二百三十三名を乗せた豪華客船の沈没事故。その生き残りとして、鳶雄は連日マスコミに追われた。

それもそうだろう。日本の高校生が大勢乗った船が海上事故を起こせば、一大ニュースだ。毎日のようにどの局でもトップニュースとして扱《あつか》われ、マスコミは事故の遺族、関係者にところ構わずインタビューしてきたのだ。

亡《な》くなった同級生の合同葬儀《そうぎ》も、そうした騒動《そうどう》のなかで行われた。鳶雄は、生き残った生徒の一人として参列したが、葬儀中ずっとフラッシュが止《や》むことはなかった。

鳶雄のほかに生き残った生徒数名も、しばらくは通学できる状態ではなかっただろう。好奇《こうき》の視線が彼らに降り注ぐせいもあるが、それ以上に深刻な問題もあった。

少し前まで賑《にぎ》やかだった同級生たちが突然《とつぜん》いなくなる――。教師も事故で亡くなり、心のケアをしてくれる者も少ない。事故のこと、その後の世間の目、心の中にそれらを受け入れて整理するには時間が必要だった。残された生徒たちは、マスコミに追われながらも自宅で事故のほとぼりが冷めるまで過ごすしかなかった。

「あれから、生きてた人は見つかってないんだろ？」

友人の問いかけに、鳶雄は目を伏《ふ》せる。

「ああ、生き残ったのは修学旅行に参加できなかった者だけ。……そいつらは、俺を含めても十人に満たないよ」

同学年で生き残ったのは、鳶雄同様に修学旅行に参加できなかった生徒だけだ。旅行に参加した生徒、教師に生残者はいない。

真っ二つに折れてしまった船は、片側は海底に深く沈み、もう半分の船体で捜索《そうさく》が続けられた。そちらから回収されたのは、数名の教師の遺体と、船に乗り合わせていた乗員の遺体のみだ。捜索した範囲《はんい》では、生徒の死体は一体も出てこなかった。海底に沈んだほうに残っているのかもしれないとサルベージでの捜索が進んだが、予想以上の難所に沈んでおり、引き上げは困難を極《きわ》めていた。現在も回収のめどが立っていない。

テレビでは沈没事故に対して様々な説が唱えられ、なかにはゴシップめいた話も飛んだほどだ。連日胡散臭《うさんくさ》いコメンテーターが『隣国《りんごく》の秘密兵器だ！』とか『超《ちょう》自然現象のせいだ！』、『UFOの仕業《しわざ》だ！』などと、バカらしいことこの上ないことを言っていた。

――が、沈没事故の原因は不明のままだった。

胡散臭い説が流れたとしても仕方ない面はあった。

しかし、日本人は話題に飽《あ》きやすい。事件になんの進展もなく、一か月が過ぎた頃には政治家の汚職《おしょく》問題のほうが大きく報道され、沈没事故のニュースは徐々《じょじょ》に小さく扱われていった。

生徒たちの遺族が、不思議と騒《さわ》がなかったせいかもしれない。当初は「責任をとれ！」など声をあらげていたものの、そのうち諦《あきら》めたのか少しずつ表に顔を出さなくなっていったのだ。

一か月過ぎ、生き残った鳶雄たちの受け入れ先の学校が各々《おのおの》決まった。もう、いままで通っていた陵空《りょうくう》高校には通えるはずがない。同級生《みんな》はもういないのだから。

生き残った生徒たちはバラバラに散らばり、初登校のときにはマスコミや近所の人から、好奇の視線も注がれた。

「あのときはスゴかったよ。正門の前にマスコミのカメラやらが連日群がっていたからな」

友人はその光景を思い出したのか、渋《しぶ》い表情を浮かべる。

彼曰《いわ》く、毎日のように登校中にコメントを求められてウザかったらしい。

最初はいろいろと腫《は》れ物《もの》のように扱われ、面倒《めんどう》な目にも遭《あ》ったが、最近やっと話しかけてくれる生徒も現れて、ようやく平穏《へいおん》が訪《おとず》れつつあった。こうやって一緒《いっしょ》に下校できる友人もできた。

初夏――七月に入り、事件も取り沙汰《ざた》されなくなった頃、騒乱《そうらん》も落ち着きを見せたところで、自分なりに冷静になることができた。そこで初めて同級生の死を深く感じられるようになれたのだ。

「まあ、辛《つら》いと思うけどさ、いまの生活になれることに徹《てっ》したほうがいいぞ？　あんまり嫌《いや》なことばかり考えてると、心身に悪いと思うしよ」

友人に背中をたたかれながら、励《はげ》ましの言葉をもらう。その言葉が素直《すなお》にいまの鳶雄にはありがたかった。

そうこうしているうちに、電車は友人が下車する駅に到着《とうちゃく》する。

「あ、じゃあ俺ここで降りるから。またな。元気出せよ」

彼は笑顔《えがお》で鳶雄にガッツポーズを見せると電車を降りていく。鳶雄も「ああ、またね」と短く返事をして、手を振《ふ》った。

「…………」

一人車内に残った鳶雄は息を吐《は》く。

ゴメン――。

鳶雄は心中で、友人に謝った。

新しい友人との間には、まだ深い溝《みぞ》が存在している。それは、いまだ埋《う》まる気がしなかった。

電車に揺《ゆ》られながら、鳶雄は空を眺《なが》めていた。

一人になると、こうやってボーッとどこかを見つめる時間が増えている。

ふいに携帯電話《けいたいでんわ》を取り出し、鳶雄はメール画面に視線を落とす。受信メールの大半が、保存状態にされ、消えないようになっていた。

アドレスは、事故で亡くなった友人たちからのもの。事故前日まで彼らから送られてきたメールだった。一人電車に乗りながら、メールを確認《かくにん》していくのが日課になっている。メールを見るたび、クラスメイトの顔が浮かび、懐《なつ》かしさと共に寂《さび》しさも得る。発信できない返事のメールは、溜《た》まる一方だった——。けど、その送れないメールを打つのが、唯《ゆい》一《いつ》の彼らとの接点のようにも思えて、鳶雄はつい打ってしまう。

そして、確認していくなかで、ひとつのメールで指が止まる。送信者は紗枝《さえ》——東城《とうじょう》紗枝。鳶雄の幼馴染《おさななじみ》の女の子。

『いまから飛行機！　快適な空の旅へ向かいま～す。じゃあ、またね。ちゃんと寝《ね》てんのよ！』

空港から発信されたであろうメール。それが、彼女からの最後の連絡《れんらく》となった。

新しい生活が始まり、慣れてきた今になって、鳶雄は一人、部屋で泣くことが多くなった。大きな喪失感《そうしつかん》が一気に襲《おそ》い掛《か》かってきたからだ。

メールを打っても、電話をかけても、紗枝や友人たちからは返ってこない。決して返ってはこないのだ、あの日々は。

休み時間に笑いあい、授業中に居眠《いねむ》りで先生に小突《こづ》かれてクラスメイトに笑われる。昼休み、屋上でバカな話題で盛り上がり、下校時にはカラオケやゲームセンターで友人と一緒に騒ぐ。

共に高校まで歩んできた紗枝――。近くにいるのが当たり前だった。いつも見せてくれていた彼女の微笑《ほほえ》みが忘れられない。

――あの日々は返ってこない。

修学旅行へ出発する当日、寂《さみ》しげな表情で出て行った紗枝の姿――。

そんな顔をする理由を訊《き》くことは二度とできない。

永久に失った大切なもの。もう、鳶雄には返ってこない。

鳶雄は本来降りる駅には降りずに、ふたつ前で下車した。

本屋に寄ったり、ゲームセンターで時間を潰《つぶ》すためだ。まだ家には帰らない。両親が海外にいるため、どうせ自宅に帰っても誰《だれ》もいないのだから。兄弟のいない鳶雄にとって、帰宅後の自宅は寂しい場所だ。

両親から生活できるだけの金は得ている。家事もひと通りこなせた。料理も覚えて、弁当を持参できるほどにはなってきている。生活に関してはなんの心配もない。

真っ直《す》ぐに家へ帰らないのは、一人が寂しいからじゃない。一人になると苦痛が襲ってくるからだ。

一人、広いマンションに戻《もど》ると、日中よりも同級生たちのことを多く考えてしまう。一度頭に浮かべてしまうと、翌日家を出るまで脳裏《のうり》から消えることはない。

喪失感が彼の心を激しく蝕《むしば》んだ。いっそ、両親のいる海外へ逃《に》げることも考えたが、すでに新しい友人もできていて、それらを失うのも苦しかった。

海外へ行ったところで会話もままならない。それに、あちらへ行ったとしても同級生のことを忘れられるはずがない。

いろいろと考え、鳶雄はとにかく家に遅《おそ》く帰ることにしていた。できるだけ、本を立ち読みし、ゲームセンターでゲームに興じる。そうしている間だけ、苦痛は和《やわ》らげられる。

午後六時が過ぎ、七時になった。日が昇《のぼ》っている時間が長い夏場とはいえ、七時ともなれば日が暮れだす。

鳶雄はラスボス戦まできていた格闘《かくとう》ゲームに負けると、ため息をひとつついて帰路につくことにした。仕事を終えたサラリーマンなどがまばらに街を歩いている時間帯。鳶雄は虚《うつ》ろな瞳《ひとみ》で歩いていた。

横断歩道に着いたときだった。ふと車道をはさんで向かい側の歩道に視線が移り、鳶雄は目の前の人影《ひとかげ》を捉《とら》える。瞬間《しゅんかん》、双眸《そうぼう》を大きく見開いた。

見覚えのある少女の姿がそこにあったからだ。

――紗枝⁉

視線の先に存在する、あり得ないはずの人影――。それを見つけ、鳶雄の動悸《どうき》が激しくなった。

幼い頃《ころ》からお互《たが》い成長を見続けてきた仲だ。見間違《みまちが》えるはずがない！

前へ飛び出そうとしたとき、歩行者信号は赤を示していた。飛び出そうにも、仕事帰りの人々が壁《かべ》となっていて、うまく進めない。

早く青になれよ！　紗枝が……、紗枝がいるんだ！

焦《あせ》る鳶雄の目には、紗枝のもとに集まる数名の男女の姿。それを確認して、鳶雄はさらに驚愕《きょうがく》した。

その面子《メンツ》のなかに、クラスで仲が良かった男子、佐々木《ささき》弘太《こうた》がいたからだ。佐々木は、紗枝たちと話しこんでいる。そして、紗枝と佐々木を含《ふく》む集まりは、どこかへ歩き出した。

飛び出したい！　けれど、信号はまだ変わらない。

信号と歩いていく紗枝たちの集団を交互《こうご》に見る。信号が変わったときには、集団は視界に捕捉《ほそく》できるギリギリの位置を歩いていた。人を掻《か》き分け、鳶雄は走り出す。

生きていた——。

まだ本人かどうかわからない。精神の病《や》んだ自分が作り出した幻影《げんえい》かもしれない。

だが、まだ死体は海から上がっていない。死体は見つかっていないのだ。

死んだとは限らないじゃないか。二百人以上もいたのだ、どこかの島に数人ぐらい流れ着いて生き残ったとしても不思議じゃないはずだ！　冷静さを欠き、幻想《げんそう》に駆《か》られた思いが彼のなかで生じてグルグルと回る。

鳶雄は、ただ夢中で集団を追いかけた。


日は落ちていき、夕闇《ゆうやみ》の色が濃《こ》くなってきている。

鳶雄は息をあげながら、集団を追いかけた。しかし、数分前に再び捕《つか》まった信号によって、集団の行方《ゆくえ》を見失った。

少しずつ、人気《ひとけ》のない場所に歩が進んでいく。

電灯の灯《あか》りが点《つ》きだし、しんと静まり返る道を進む。そのとき、視界の隅《すみ》に近くの工事現場に入る人影を見つけた。

追いかけ、工事中の建物の前に立つ。そこはマンションを建設中の現場だった。不思議なことに工事現場の入り口は開いており、簡単に侵入《しんにゅう》できてしまう。

鳶雄は、誰も見ていないか確認したあと、現場へと足を運んだ。鉄骨やら木材やらが置かれた敷地《しきち》内を進んでいく。

電灯の光などここまで届くはずもなく、暗やみはじめた空のせいで、視界は悪い。鳶雄は携帯電話のバックライトを点灯させ、それを頼《たよ》りに歩みを再開する。

奥の角を曲がったときだった。人影がひとつ立っている——。

鳶雄はその後ろ姿に見覚えがあった。学校の制服ではなく白のシャツを着ているが、それは追っていた集団の一名でもあり、今年の春まで共に同じ学校に通った友人の後ろ姿に間違いない。

「……佐々木?」

鳶雄は、恐《おそ》る恐る話しかける。

佐々木と呼ばれた少年は、無視して背中を向けたままだった。……前方にもうひとつの気配を感じる。……誰かいるのだろうかと意識を向けるが、どうにも人のようには思えない。

「佐々木……なんだろ?」

再度、鳶雄は呼びかける。すると、少年はこちらへと顔だけ向けた。彼が体ごと振り返ると、見えなかった奥の様子もバックライトに照らされて目に飛び込んでくる。

「――ッ」

鳶雄は言葉にならない声を出して、後ずさった。

奥で……巨大《きょだい》な何かが何かを咀嚼《そしゃく》しているからだ。その何かがこちらに気づいて頭部を向けてくる。……大きなトカゲのような生物だった。その生き物の口元は、血に塗《まみ》れている。舌をチロチロと出して眼《め》を怪《あや》しく輝《かがや》かせていた。

その近くに立つ少年は確かに佐々木だ。佐々木に違いない。鳶雄は確信した。

そのとき、ごろりと何かが転がる。そちらに灯りを向けると、そこには胴《どう》から離《はな》れた犬の頭部が転がっていた。

頭部には深い傷痕《きずあと》。片側の目玉が周囲の肉ごと削《けず》り取られている。

「ひッ」

鳶雄は小さな悲鳴をあげて、体を強張《こわば》らせた。

トカゲがその犬にかぶりついていく。……先ほど聞こえてきた咀嚼する音は……このトカゲが犬を食《く》らっている音だったのだ……っ！

目の前の佐々木は無表情のまま、鳶雄を見つめ、小首を傾《かし》げていた。白いシャツの胸元《むなもと》は犬の血で赤く染まっている。

佐々木——。彼は佐々木だ。同じクラスメイトで、いつもカラオケやゲーセンに行った友人だ。常にイタズラな笑《え》みを浮《う》かべていたのに、彼は感情がないように鳶雄を見つめてくる。「佐々木」と、もう一度呼びたいのに声が出てこない。それは体と心が恐怖《きょうふ》で支配されているからだ。

「おまえ……、なにしてるんだよ?」

鳶雄がなんとかしぼり出した言葉は、悪ふざけしている友人に突っ込む感じの問いかけだった。

「……つけ……た」

佐々木から声が発せられる。聞くことに集中しなければ聞こえないほどの声量だ。

次の瞬間、眼前の少年はこの世のものとは思えない笑みを浮かべた。口を薄《うす》く開き、目を細め、不気味な笑みを鳶雄へ向けていた。

犬を食らっていたトカゲが、食事を止めてこちらに体を動かす。双眸からは感情を一切《いっさい》感じることができず、その姿は獲物《えもの》を捉《とら》えた動物のそれだった。

鳶雄の全身をぞくりと冷たいものが通りすぎたとき、佐々木の姿をしたそれは、ゆっくりと口を開いていく。

「やれ」

ヒュッという空気を裂《さ》くような音が聞こえたと思ったら、後方からバチンという鈍《にぶ》い音が聞こえてくる。そちらへ顔だけ向けると、壁に斜《なな》めに立てかけられていた木材が真っ二つに切断されていた。さらに風きり音が鳶雄の耳元を通りすぎて、戻っていく。

鳶雄が前方に視線を戻すと、トカゲの口からは触手《しょくしゅ》のようにウネウネとうごめく長い舌がだらしなく伸《の》びていた。唾液《だえき》らしきものが舌を伝って地面へ落ちていく。

触手のようなものの先端《せんたん》には、爪《つめ》か牙《きば》らしき硬《かた》そうなものがついている。

鳶雄は頬《ほお》を横に薄く切られていたことに気づく。手で頬をなでると、血がつく。耳元を通り過ぎたときにやられたのだ。

……トカゲの……バケモノ？

少なくとも鳶雄の知っているトカゲの常識を越《こ》えた生物だ。三メートルはあるであろう巨体《きょたい》。知りうる限りだと、コモドオオトカゲが思い出せるが、あれにこのような触手めいた舌があるなどと聞いた覚えもない。

「……みつけた……」

佐々木の姿をしたそれはそう言いながら、不気味な笑みを浮かべて、こちらへ近づいてきた。応じるようにトカゲのバケモノが佐々木の前に出る。

鳶雄は咄嗟《とっさ》の行動で足元に置かれていた丸棒の鋼材を手にした。震《ふる》える手で鋼材を持ち、バケモノに向けて構える。

「じょ、冗談《じょうだん》なら止《や》めてくれよ、佐々木……」

彼は無理やり口の端《はし》をあげて笑みを作ってみるものの、恐怖で頰の肉が引きつってしまっていた。

トカゲのバケモノは鋼材を構える鳶雄など意にも介《かい》さないように距離《きょり》を縮めてくる。それに応じて鳶雄は少しずつ後ずさっていく。

彼は不気味にうごめくバケモノの舌から目を離すことができなかった。直感的に、触手のような舌から目をそらしたら死に近づくと思ったからだ。

あの舌がどれほど伸びるかはわからないが、ある程度距離が開けたらこの場を逃《に》げ出したほうが賢明《けんめい》である。鳶雄はそう判断していた。

じりじりと少しずつ後ろへと下がって距離を稼《かせ》ぐ。

（絶対にあの触手から目を離してはダメだ）

鳶雄はズボンのポケットに手を入れた。

硬い感触《かんしょく》が手に伝わってくる。ゲームセンターで両替《りょうがえ》したときに余った硬貨《こうか》だ。

鳶雄はポケットの中で硬貨をつまみあげると、それをトカゲのバケモノに向かって放《ほう》り投げる。硬貨はトカゲのバケモノの舌によってなんなく払《はら》い落とされてしまうが、逃げるには十分な隙《すき》が生じたと鳶雄は感じた。

彼は一気に走り出すつもりで逃げの姿勢を作るが、伸びてきた触手が視界に飛び込んでくる。鳶雄は反射的に鋼材の丸棒で防御《ぼうぎょ》しようと伸びてくる触手へ構えた。丸棒に触手が巻きついていく。

「く……」

棒に巻かれた触手を振《ふ》りほどこうとするが、信じられない力が丸棒から伝わってくる。抵抗《ていこう》むなしく、鳶雄が手にしていた鋼材は触手のような舌によって、奪《うば》い取られてしまった。トカゲのバケモノは佐々木の指示によって、奪い取った丸棒を遠くへ放り投げる。乾《かわ》いた金属音が聞こえてきた。

得物《えもの》をなくした鳶雄のもとへ、トカゲのバケモノは一歩一歩確実に迫《せま》ってくる。

鳶雄は腰《こし》が引け、恐怖に包まれていた。再び逃げようとしたが、足元を触手に捕《と》らわれて、その場に転んでしまう。立ち上がろうとしても、トカゲのバケモノは眼前にまで近づいてきていた。

この光景を見て、冷笑《れいしょう》を浮かべる佐々木の姿をした者。トカゲのバケモノの舌がウネウネと動いて、牙のような先端が鳶雄を捉《とら》えた。

やられる！

そう覚悟《かくご》したとき、鳶雄とバケモノの間を何かが猛《もう》スピードで通りすぎる。……数秒待っても何も起こらず、不思議に思った鳶雄がバケモノのほうにちらりと視線を向ける。——すると、伸びていた触手が両断され、トカゲのバケモノは声にならない悲鳴をあげていた。

「そう簡単にやらせてあげられないわね」

突然《とつぜん》、後方から若い女性の声が聞こえた。声の主が、足音と共に鳶雄の隣《となり》に現れる。どこかの学校の制服に身を包む少女。歳《とし》は同じくらいだ。髪《かみ》をうしろでまとめてアップにしている。

鳶雄はその女生徒をどこかで見たことがあったように思えたが……いまは混乱状態のためか、完全には思い出せなかった。

少女は鳶雄を一瞥《いちべつ》すると、一歩前に出た。

「相手をしてあげる」

そう言って、トカゲのバケモノに向かって、手を前に出した。佐々木が女子の挑発《ちょうはつ》に乗って、トカゲのバケモノに手で指示を出す。トカゲは長い舌をしならせて攻撃《こうげき》しようとする。——刹那《せつな》、鳶雄と女子の間をすさまじい速度で通過していくものがあった。それは猛スピードでバケモノの横をかすめて闇《やみ》へと消えていく。

一拍《いっぱく》あけ、バケモノの舌が静かに落ちた。それから首に切れ目が生まれ、地面へと頭部が落ちていく。胴体《どうたい》もガクリと落ちていき、地面に倒《たお》れこんだ。

――トカゲのバケモノが、絶命した。

同時に佐々木の姿をした者も意識を失ったかのように、その場でくずおれていく。

恐怖に包まれ、困惑《こんわく》状態の鳶雄にもそれは理解できた。トカゲのバケモノは――死んだのだ。首を落とされて生きている生物など、存在しない。たとえ、それが自分の常識外のものだろうとも――。

前方の暗闇《くらやみ》から、羽ばたきが聞こえ、大きな猛禽類《もうきんるい》――鷹《たか》らしき鳥がこちらへと向かって飛んでくる。鳥は、少女の腕《うで》に留まり、少女にじゃれついた。少女も「よしよし」と鳥の頭をなでている。先ほど、鳶雄の横を通過していったのはどうやら少女の腕に留まる鳥のようだった。そうなると、バケモノを倒したのもこの鳥なのだろうか？

疑問はあるが、いまは助かったことに鳶雄は安堵《あんど》した。静かに息をつく。

――が、安堵しているのもつかの間、地に伏《ふ》す格好の佐々木が謎《なぞ》の発光現象を起こしていく。それは絶命したばかりのトカゲのバケモノも同様だった。青い光は、地面に何かの円形を描《えが》きだし、見たこともない文字を刻んでいく。……まるで、ゲームや漫画《まんが》で出てくる「魔方陣《まほうじん》」のようなものに思えた。その魔方陣のようなものは、目を覆《おお》うような一層まばゆい輝きを放つ。……閃光《せんこう》が止んだあとで、その場を見やると、そこには佐々木とトカゲのバケモノの姿はなかった。

……狐《きつね》につままれたような現象が、眼前で繰《く》り広げられていき、鳶雄は呆気《あっけ》に取られて、言葉すらも発せられなかった。

「幾瀬……くん、よね？」

少女はこの現象に驚《おどろ》きもせず、鳶雄の顔をのぞき込んで訊《き》いてくる。

「そ、そうだけど……。キミは誰《だれ》……？」

鳶雄もそう返す。見覚えはある。けれど、それが明確に思い出せない。確かにどこかで見たことがあるのだ……。

「私は、皆川夏梅《みながわなつめ》。知ってる……わけないか……。直接話したことないし、私も名前と顔が一致《いっち》しなかったしね。この写真見なきゃ」

夏梅と名乗った少女は、スカートのポケットから携帯電話《けいたいでんわ》を取り出し、画面を見ていた。どうやら、携帯電話の画像に鳶雄の写真があるようだ。夏梅は携帯電話の画面を、「これ」と言って見せてきた。

そこには、見覚えのある風景と共に、懐《なつ》かしい友人と話している自分が写っていた。

それを見て、鳶雄は直感した。

「キミ、もしかして――」

鳶雄が驚きの声を出して言おうとしたとき、夏梅はにんまり笑みを浮かべながら鳶雄の言葉を続けた。

「そ、私はあなたと同じ陵空高校二年生の生き残りよ」

2

「私、白玉クリームあんみつをひとつとドリンクバー。ええと、幾瀬くんも何か頼《たの》む？」

「いや、俺はいい」

鳶雄は首を横に振った。

「じゃあ、それで」

夏梅の注文を受けて、ウェイトレスは厨房《ちゅうぼう》へと向かっていく。

佐々木の姿をした何者かと、トカゲのバケモノの襲来《しゅうらい》後、二人はファミレスに足を運んでいた。夏梅が、「話があるから、どこか落ち着いた場所に行きましょう」と言い、ここまで鳶雄を連れてきたのだ。

彼女がドリンクバーの飲み物を取って席に帰ってきたのを確認《かくにん》したあと、鳶雄は会話を切りだす。

「どういうこと？」

「なにが？」

鳶雄の問いに、夏梅は軽い口調で問い返してくる。夏梅の態度に少しムッとした鳶雄は、眉間《みけん》を寄せて再度問う。

「アレはなに？　話ってそのことだろ？」

『アレ』とは、先ほど遭遇《そうぐう》した鳶雄の友人――佐々木とトカゲのバケモノのこと。あのバケモノは何なのか？　鳶雄はそれが聞きたかった。対面の席に座る夏梅は、少なくともあのバケモノの存在を知っている様子だ。

「見たとおり、バケモノとその飼い主よ」

夏梅はすらりと答えてきた。鳶雄が質問を出そうとするが、彼女は続けてくる。

「同級生の姿をした彼らと彼らが使役《しえき》するバケモノ、名前は『ウツセミ』っていうんですって。えーと、独立具現型の試作タイプ――とからしいわ。彼らとあのモンスター、併《あわ》せて『ウツセミ』なんですって」

そう言う彼女は、アイスコーヒーの入ったグラスについた水滴《すいてき》を指につけて、テーブルに『ウツセミ』とカタカナで水の文字をつづった。

「ウツセミ？」

聞き覚えのない単語に、鳶雄は訝《いぶか》しげな表情を浮《う》かべる。

「そ、ウツセミ。正式名称《めいしょう》は他《ほか》にあるって聞いたけれど……。まあ、彼ら――って、女の子もいるんだけど、ウツセミたちは先日の事故で行方《ゆくえ》不明中の陵空高校二年生の姿をしているの」

「なっ……」

絶句する鳶雄。夏梅は真剣《しんけん》な面持《おもも》ちのまま、さらに話を続けていく。

「私も詳《くわ》しいところまではわからないけど、あの海上事故に遭《あ》った私たちの同級生二百三十三名は、現在、全員さっき会ったバケモノを従えているみたいなの」

彼女は、信じられないことを次々に口に出している。

合同葬儀《そうぎ》以来の、あの事故の生き残り。だが、彼女と陵空高校での面識はない。

同じ境遇《きょうぐう》の者との出会いは、あまりに鳶雄の理解できる範疇《はんちゅう》を超《こ》えていた。

夏梅は困惑した顔の鳶雄を確認したのか、ため息をひとつついて自分のバッグを手に取る。

「いきなり、こんなこと言っても私が変人みたいだわ。とりあえず、後日改めてそちらに伺《うかが》うからさ、今日は──」

彼女がバッグから取り出した白く丸い物体。ソフトボールほどの大きさだ。

「これを幾瀬くんに渡《わた》すのが、私の役目ってことで」

夏梅はその白く丸い物体をテーブルの上に載《の》せる。恐《おそ》る恐る鳶雄は手に取った。

なんの変哲《へんてつ》もない丸い物体。だが、そのとき自分の心臓の大きな鼓動《こどう》と共に、丸い物体も脈動する。

「うわっ」

情けない声を出して、鳶雄は丸い物体をテーブルの上に手放した。

「大切にしたほうがいいわ。それないと死ぬから」

夏梅は、ウェイトレスが持ってきた白玉クリームあんみつをスプーンですくいながら、さらりと不吉《ふきつ》なことを言ってくる。

彼女は幸せそうに白玉を口に運んでいく。

「死ぬって、どういうことだよ？」

夏梅の不吉な物言いが鳶雄は気になった。

「ウツセミはね、どうやら私たち、あの旅行に参加せずに生き残った生徒を狙《ねら》っているようなのよ。実際、あなたも狙われたでしょ？　最近、私も狙われているわ」

「そんなバカな話、信じられるわけないだろ？」

「信じる信じないは幾瀬くんの勝手だけど、また襲《おそ》いかかってくるのは事実よ。ああやって撃退《げきたい》していかないと、殺されちゃうわ」

ふいに先ほど魔方陣のようなものの光に包まれて消えていった佐々木とバケモノが脳裏《のうり》に蘇《よみがえ》る。

「……光に消えていった」

「うん。なんだかね、使役しているモンスターを倒すと、使っているほうも気を失っちゃうみたいなの。――で、あの発光現象と共に消えちゃう。ファンタジーよね」

カラカラと笑う彼女。解《げ》せない気持ちだけが鳶雄のなかで渦巻《うずま》く。

夏梅がスプーンをこちらにむける。

「だから、その『タマゴ』は大切なの。無力で普通《ふつう》の高校生の私たちにとって貴重な武器ってやつ？」

夏梅は窓の外へ目を向けた。鳶雄も彼女の視線を追うように店内から外を眺《なが》める。人が行き交《か》う歩道に植えられた街路樹の枝に、先ほどの鳥が留まっていた。鳥はこちらをジッと見つめている。日が落ちているのを感じさせないほどの鋭《するど》い眼光だ。

「さて、ウチの鷹ちゃんをいつまでもお外に待たせるのは忍《しの》びないので、そろそろお開きにしましょうか？」

白玉クリームあんみつをたいらげた夏梅は、席を立つ。

「ちょっと！」

まだ訊きたいことのある鳶雄に夏梅は真正面から顔を近づける。その突然の行動に鳶雄はドギマギするが、彼女はにんまり笑って鳶雄の耳元に口を近づけた。鳶雄の鼻腔《びこう》に、夏梅の髪《かみ》から流れてくる甘い香《かお》りが入り込んでくる。

「あとで、キミの家に行くから」

意味深な言葉を耳元で告げて彼女は去っていった。

しばし呆然《ぼうぜん》としていた鳶雄は、真っ赤になっている顔を手で叩《たた》く。頭もぶんぶんと振《ふ》った。

「……つーか、俺の家、知っているのか？」

そんな疑問を口にしながら、彼女が置いていった丸く白い物体に視線を向ける。

『タマゴ』――。

何かが産まれるのだろうか？

先ほど、手に伝わってきた脈動は、生々しかった。

不気味に思いつつも、鳶雄はその『タマゴ』とやらを自分のバッグに入れたのだった。

二章　黒狗《くろいぬ》／誕生

1

自宅マンションに帰るなり、鳶雄《とびお》はリビングのソファーに座った。吐《つ》くため息は深い。

ふいに天井《てんじょう》を見やる。

——佐々木《ささき》が操《あやつ》ったあのトカゲのバケモノは夢ではなかったのか？

自問するが、鮮明《せんめい》な記憶《きおく》はそれを一蹴《いっしゅう》する。あれは佐々木の姿をした何か別の……。

口から触手《しょくしゅ》のようなものを伸《の》ばすトカゲのバケモノがこの世に存在するか？　まるで漫《まん》画《が》やゲームの世界に出てくるであろうバケモノが、現実に存在するのか!?　そんなはずない！　バケモノなんて存在するわけが——。

…………。

無言で顔を手で覆《おお》う鳶雄。

……あれは夢か？　幻《まぼろし》なのか？

　自分が同級生の死という大きな喪失感《そうしつかん》に心身を苛《さいな》まれているから、幻を見てしまったのか？

　違《ちが》う。あの佐々木が連れていたのはバケモノ。バケモノはいる。いたんだ！

　横に置いたバッグに視線だけ移す。

　少しだけ開いたバッグの口からは、丸い物体がちらりと顔を覗《のぞ》かせている。

　自宅に帰るまでの道中、何度も捨てようと思ったのだが、皆川夏梅《みながわなつめ》にこれがないと死ぬと脅《おど》されたのが頭から離《はな》れなかった。

　馬鹿馬鹿《ばかばか》しい話だ。遺体も上がらず、行方不明の同級生たちがバケモノを連れて自分たちに襲いかかってくる。なぜ自分たちが狙われなければならない？　どう考えたって、殺される理由が見つからないではないか。皆川夏梅の言葉だって、冷静に考えてみれば変人の戯言《たわごと》だ。

　だが、トカゲの姿をしたバケモノを鳶雄は見ている。そのバケモノの首を一瞬《いっしゅん》で飛ばしたのが皆川夏梅の鷹《たか》だ。それらの出来事は、事実だ。夢だと思い込もうとしても、あの情景は脳裏に鮮明に浮かび上がってくる。

　……そうなると、佐々木以外にも生死不明だった同級生が存命しているのか……？　やはり、あのとき見た紗枝《さえ》は本物？　紗枝も佐々木同様、バケモノを連れている……？

いや、結論を出すのは早いと鳶雄は思う。理解不能なことが起きたが、紗枝が生きていてバケモノを連れて自分を襲うだなんて想像もしたくない。

鳶雄はリビングのソファーで、もう一度深いため息をつく。

――疲《つか》れた。

鳶雄の体全体を倦怠《けんたい》感が襲う。夕食を作る気力もなければ、食欲《しょくよく》もない。

鳶雄は立ち上がるともう一度バッグに視線を向ける。……この『タマゴ』とやらを見ていると、今日のことをいろいろといっぺんに思い出してしまう。鳶雄は『タマゴ』が入ったままのバッグを持って、風呂場《ふろば》の浴室に置いた。

これでいい。少なくとも明日の朝まではこれを忘れていたい。

鳶雄は浴室の戸を閉めると、自室に戻《もど》ってベッドに横になる。横になった途端《とたん》に眠気《ねむけ》に襲われ、そのまま鳶雄は眠《ねむ》りに落ちていった。

2

「バウッ！」

「うわっ！」

鳶雄は、大型犬に吠《ほ》えられて情けない声をあげた。腰《こし》も引けている。

「ちょっと、高校生なんだから犬に吠えられたぐらいで驚《おどろ》かないでよ」

犬の頭をさすりながら、紗枝は苦笑いしていた。

紗枝の自宅。その庭には、彼女の親戚《しんせき》から預かっているゴールデンレトリーバーがいる。

親戚が旅行に行っている間だけ彼女の家が預かる格好となったようだ。

中学の時分、鳶雄は、休日に一人で留守番をしている紗枝に呼ばれて、彼女の自宅を訪《おとず》れていた。

犬の扱《あつか》いをフォローしてくれと頼《たの》まれたのだが、鳶雄自身、動物が若干《じゃっかん》苦手で紗枝のフォローどころではない。

人懐《ひとなつ》っこく、やんちゃで甘《あま》えん坊《ぼう》の気質であるゴールデンレトリーバーは、見知っている紗枝だけでなく、鳶雄にもその巨軀《きょく》を用いて全力で甘えてくる。犬の好きな人なら、その行為《こうい》はうれしいのだろうが、動物の苦手な者からすれば脅威《きょうい》でしかない。

犬は大きな尻尾《しっぽ》をブンブンと振りながら、庭を逃《に》げる鳶雄を追う。相手が逃げれば追う、それは犬の本能だ。適度に犬を刺激《しげき》してくれる鳶雄は、犬にとって最高の遊び相手となってしまった。だが、鳶雄には猛獣《もうじゅう》が追ってきているのと同じである。

「コラ！　来るな！」

怒《おこ》ってみても、一度遊び心に火がついたゴールデンレトリーバーは、ちょっとやそっとでは止まらない。

「アハハハ！　がんばれ、鳶雄」

紗枝はといえば、縁側《えんがわ》に座り込んで必死な鳶雄を見て笑っている。

「バカ！　助けろ！」

そんな哀願《あいがん》も空《むな》しく、うしろから飛びかかってきた犬の体当たりに負けて、鳶雄は庭にうつ伏《ぶ》せに倒《たお》れた。

その背中に容赦《ようしゃ》なく犬は乗りかかり、頭をペロペロとなめ回す。

「うわっ！　ちょっ、やめ、コラ！　うおわぁ――っ！」

鳶雄は庭の芝生《しばふ》の上で、半分涙目《なみだめ》になってじたばたと抵抗《ていこう》するが、犬の蹂躙《じゅうりん》は止まらない。

「金次郎《きんじろう》！　止《や》め！」

その紗枝の命令で、金次郎と呼ばれた犬はピタッと鳶雄をイジメるのを止める。そそくさと鳶雄から離れると、行儀《ぎょうぎ》よくお座りのポーズを取っていた。

犬の猛攻《もうこう》が終わり、鳶雄はのろのろとその場に立ち上がる。すっかり憔悴《しょうすい》しきっていた。

さすがに心配になったのか、紗枝が恐《おそ》る恐る鳶雄の顔を覗き込んだ。

「だ、だいじょうぶ？」

「……だ、だいじょうぶ」

なんとか、そう返すだけで精一杯《せいいっぱい》だった。やはり、大型犬の存在感は鳶雄にとって、まだ慣れるものではなかった。

その鳶雄の頭を紗枝が優《やさ》しくなでる。

「ゴメンね、鳶雄」

子供をあやすようにふるまう紗枝に、鳶雄は怒ろうとしたが止めた。

心地《ここち》よいと思ってしまったからだ。紗枝の手から伝わってくる優しさが、とても気持ちのよいものだったから。

友達に見られたら、恥《は》ずかしい光景だろう。犬と共に、自分まであやされている状態は他者には決して見せられるもんじゃない。

──けれど、彼女のぬくもりは時折鳶雄を安らいだ気持ちにさせてくれていた。

「まったく、鳶雄は紗枝ちゃんがいないとダメなのね」

そんなふうにおかしそうに小さく笑う誰《だれ》か。振り返れば、そこには最愛の祖母がいた。

鳶雄は慌《あわ》てて紗枝から身を離して言い訳を口にする。

「こ、これは……ただ、ちょっと……！」

鳶雄の反応を見て、祖母も紗枝もただただ微笑《ほほえ》ましそうにしていた。それが逆に鳶雄を恥ずかしくさせてしまう。

大きく息を吐く鳶雄をよそに祖母は、ゴールデンレトリーバーの頭をやさしくなでる。

ふいに祖母はつぶやいた。

「……犬を嫌《きら》ってはダメよ、鳶雄。いつか、あなたが選んだ子が……いえ、あなたを選んだ子が現れるかもしれないのだから」

そのときの祖母の言葉は、鳶雄には理解できなかったが……犬を見る祖母の眼差《まなざ》しはやさしげであり、儚《はかな》げだったのが、忘れられなかった——。

3

「紗枝……ばあちゃん……」

目を覚ますと、そこは自室だった。室内は暗い。

——夢を見ていたのか。

もういない最愛の二人と共に過ごした時間——。

鳶雄は、いつの間にか流れていた涙を拭《ふ》く。視線だけ動かし、部屋にある時計の表示を見る。すでに深夜を回っていた。……まだ眠気はある。このまま朝まで寝《ね》てしまおう。明日も学校だが、風呂《ふろ》は朝に入ればいい。

風呂——。

そうだ、浴室には『タマゴ』がある。鳶雄は『タマゴ』を思い出したと同時に、バケモノのことと、夏梅のことも思い出す。

——寝よう。

鳶雄は、そう決め込んだ。いまだけでも、朝までは何も考えずに眠りたい。

目をつむり、意識を閉《と》ざす。

…………。

……だが、なぜだろう。心がざわつく。意識が完全に閉じない。なにか、ジメっとしたものが全身を包み込んでいる感覚。鳶雄はゆっくりと両目を開ける。暗闇《くらやみ》の室内。目覚まし時計の針が動く音だけが静寂《せいじゃく》に時を刻んでいる。

心が落ち着かない。なぜだろう？

ふいに視線が閉め切ったカーテンに移る。手を伸ばせば届く位置だ。

少しだけ引っ張り、外を見る。

「——っ」

その瞬間《しゅんかん》、鳶雄は体を強張《こわば》らせた。

――カーテンの隙間《すきま》から、誰かが覗き込んでいた。

あわててカーテンを閉める。……いや、そんなはずがない！　ここはマンションの五階だ！　しかも、ベッド横の窓にベランダはついていない。窓の向こうは何もないのだ！

鳶雄はベッドから身を起こし、恐る恐るもう一度カーテンに手をかける。いきおいよく、カーテンを引いて窓を見る。――が、そこには誰もいない。

やはり、気のせいか？　夕方、あんなものを体験したせいか、変な幻覚《げんかく》を見ていた？

鳶雄は窓を開き、顔だけ出してキョロキョロと外を見渡《みわた》す。やっぱり変化はない。人などいないではないか。鳶雄は安堵《あんど》して大きく息を吐《つ》いた。そのときだった――。

ポタ……。

鳶雄の頭部に何かが落ちてきた。手でそれに触《ふ》れる。……粘《ねば》り気《け》のある液体。その液体は上から降ってきた……？

「……けた……」

その声に気づき、ふいに鳶雄が上に顔を向けたときだった。

「みつけた」

彼の見上げる先に薄《うす》く笑う顔があった。自分と同じくらいの歳《とし》の少年が――多脚《たきゃく》を持った巨大《きょだい》な蜘蛛《くも》のようなものと共にマンションの壁《かべ》に逆さまの格好で張りついているのだ。

「――っ」

驚いた鳶雄は、すぐに顔を部屋に引っ込ませて、窓を閉めようとする。――が、閉まる窓を蜘蛛のバケモノが脚《あし》で止めてくる。窓から伝わる強力な力に恐れを感じて、鳶雄は急いでその場から一歩退《ひ》く。

少年は、蜘蛛のバケモノと共に窓からゆっくりと入ってきた。部屋の中央に立つと、薄く笑《え》みを浮《う》かべた顔で鳶雄をジッと見てくる。

「みつけた。にせものめ」

片言の言葉で、少年が言う。伴《ともな》っている蜘蛛のバケモノが不気味な眼光を向けてくる。

――ウツセミ。

そう、目の前にいるのは夕方の佐々木と同じだった。同級生の姿をした何者かが、バケモノを連れている。……ということは彼も陵空《りょうくう》高校の生徒だったのだろうか？　面識はない。けれど、同級生なのだろう。夏梅の言葉を信じるならば。

トカゲの次は蜘蛛、か……。鳶雄はどちらも苦手な生き物だと皮肉げに感じていた。

……どちらしろ、このままでは殺される。眼前の少年と蜘蛛が放つ言いようのない迫《はく》力《りょく》は本物だ。殺意というものが自分に向けられているのだと、鳶雄はすぐに理解できた。

恐怖《きょうふ》が体中を支配するなか、鳶雄は部屋の扉《とびら》のほうへ走り出した。足元に蜘蛛の糸のようなものが飛んでくるが、なんとか避《さ》けて扉を開く。そのまま、リビングを通って玄関《げんかん》へと走る。いまは逃げる。それが一番生存率の高い選択《せんたく》だ。

玄関に着いた鳶雄はチェーンを外し、扉を開いて――。扉の向こうには、少女が一人立っていた。――その傍《かたわ》らには角の生えた巨大な蛙《かえる》のようなバケモノ！

「みつけた」

そう言うと、少女は手を前に出す。それに呼応して角の生えた蛙が大きく口を開く。夕方に見たトカゲのバケモノ同様、舌に爪《つめ》のような牙《きば》のような鋭《するど》いものがついていた。少女の命令に従い、鳶雄に向かって蛙の舌が飛び出してくる！

「クソッ」

毒づきながらも鳶雄はすぐに身を屈《かが》めた。自分の上を異形《いぎょう》の舌が風を切るように通り過ぎていく。すんでに回避《かいひ》できた。あんなものを受けたら、たまったものではない！

ウツセミ、この子も！

鳶雄は体勢をなんとか持ち直すが、後方から近づいてくる足音。振《ふ》り向けば、リビングの扉近くまで移動していた少年と巨大な蜘蛛の姿。さらに玄関からは少女と蛙のバケモノが侵入《しんにゅう》してくる。

――挟《はさ》まれた。

前方には少女のウツセミ、後ろからは少年のウツセミ。二人は徐々《じょじょ》に距離《きょり》を縮めてくる。リビングと玄関をつなぐ廊下《ろうか》の真ん中で、鳶雄は絶望の淵《ふち》にあった。

――このままでは殺される！

無慈悲《むじひ》にも二人のウツセミがじりじりと近づいてきた。どちらも知らない同級生の姿。あちらは生前にこちらを知っていたんだろうか？　クラスメイトに殺されるのと、知らない同級生に殺されるのはどちらが嫌《いや》なのだろう。こんな窮地《きゅうち》において、鳶雄はそのような思いを巡《めぐ》らせていた。

――が、ふいに鳶雄の目に脱衣《だつい》室の扉が飛び込んでくる。すぐにハッと思いだす。風呂場《ふろば》の浴室――『タマゴ』！　そう、あの『タマゴ』をあそこに置いてきた！

――それないと死ぬから。

夏梅の言葉が脳内でリピートされた。じりじりと少しずつ、警戒《けいかい》しながら、鳶雄は風呂場のほうへ距離を詰《つ》めていく。

風呂場の扉に手を伸《の》ばそうとしたとき、二体のウツセミが、連れているバケモノに指示を出すかのように手を前に突《つ》きだす。バケモノの殺意がこちらへ狙《ねら》いを定めてきた瞬間、鳶雄は風呂場の扉を開いて急いで中へ入っていく。中から鍵《かぎ》を閉め、浴室の戸を開ける。

刹那《せつな》、後方から大きな音が聞こえる。顔だけ振り返れば、風呂場の扉をウツセミの触手《しょくしゅ》らしきものが貫《つらぬ》いていた。やっぱり、あんなものを生身に受けたら一撃《いちげき》で風穴が空くじゃないか！

鳶雄は急いで、浴室に置いたバッグを開く。

「……これは」

鳶雄はバッグの中身を見て、絶句する。ソフトボールほどの大きさだった『タマゴ』が――割れていた。

割れた？　いつの間に？　ここに置いたときは、割れていなかったはず！

不思議に思い、鳶雄が割れた『タマゴ』を確認《かくにん》するが……硬《かた》い殻《から》だけが残り、何かが孵《かえ》った形跡《けいせき》すらも確認できなかった。

（……そ、そんな！　皆川夏梅は確かにこれが大切だと言った！　これがないと、俺は殺されると！）

焦《あせ》る鳶雄は浴室内に視線を巡らせるものの、『タマゴ』の中身はどこにも見当たらない。

バカげた話だが、鳶雄は直感で『タマゴ』の中身が皆川夏梅が連れていた鷹《たか》――もしくは何かの生物が入っているのだと想像していた。そう、いま襲《おそ》いかかってきているウツセミに対抗《たいこう》できる何かが入っているのだと！　それが……空っぽ？

まさか、皆川夏梅が言っていたことは嘘《うそ》だったのか？　それとも、渡《わた》された『タマゴ』が偶然《ぐうぜん》にも空っぽだった？

最後の希望と思われた『タマゴ』が空だったと知った鳶雄は、徐々に絶望に支配されていく。無情にも後方から、扉の壊《こわ》れる音だけは進行形で聞こえてくる。

……ここからは抜《ぬ》け出せない。あとは殺されるのを待つだけ、か。

鳶雄はその場にくずおれて、死へのカウントダウンに震《ふる》えだした。——が、そのときだった。

——ドクン。

恐怖や緊張《きんちょう》からくるドキドキ——動悸《どうき》とはまるで違《ちが》う脈動が彼の体に起きる。それは体の内側——奥底から生じているような感覚が得られ、一回だけではなかった。

ドクンドクン。

少しずつ、しかし、確実に鳶雄の心臓——体中のすべてが、何かに反応するかのように脈打ち、温かなものが伝わってくる。

呼応してる、自分の心臓と、見えない「何か」——。その呼応する「何か」の正体は知れないのだが、漠然《ばくぜん》と「すぐそばにいる」という感覚だけが、なぜか理解できてしまう。

この脈動は止まらない。どんどん大きくなる。同時に「すぐそばにいる何か」が近づいてきている、もうすぐ会えるという錯覚《さっかく》――いや、確信が鳶雄のなかに生まれつつあった。

そうしているうちにも背後から、大きな音が聞こえた。扉が完全に壊されたのだろう。

振り向けば、穿《うが》たれた扉の穴から、少年のウツセミが顔を出してきた。こちらを捉《とら》えてくる。

「みつけた」

それだけ言うと、顔を引っ込め、穴からバケモノの舌が伸びてきて扉の鍵を開けようとしている。

だが、その間にも心臓の鼓動《こどう》は呼応しあうかのように強まり、しだいに速くなっている。

鳶雄は浴室のシャワーを手に取った。湯沸《ゆわ》かし器を操作して、蛇口《じゃぐち》に手をかける。

少年のウツセミが蜘蛛を伴い、風呂場の扉を開けて侵入してきた。こちらに気づくなり、愉快《ゆかい》そうに目を細くする。巨大な蜘蛛がこちらに狙いを定めようとうごめく。

鳶雄はその蜘蛛に向けて、温度を最大まで上げた熱湯シャワーを浴びせた。

熱湯のシャワーを前面から、もろに食《く》らった蜘蛛はその場で暴れるように苦しみだす。

一矢報《いっしむく》いた――。そう思ったのも束《つか》の間、少年ウツセミの横から、少女のウツセミが蛙のバケモノと共に姿を現す。

少女は鳶雄の握《にぎ》るシャワーと、蜘蛛の様子を見るなり、風呂場の入り口に半身だけ隠《かく》した。鉤爪《かぎつめ》のように変化した蛙の舌を鞭《むち》のようにしならせて、こちらに向けて伸ばすように放ってくる。

鳶雄は反射的に横へ避けるが、そのとき握っていたシャワーを蛙の舌によって切られてしまう。先端《せんたん》を失ったシャワーは、ホースのように勢いよく一方へ湯を噴射《ふんしゃ》する。

熱湯を浴びては敵《かな》わないと鳶雄はすぐにお湯をストップさせた。

浴室の床《ゆか》に広がる熱湯を避《よ》けようとする鳶雄に蛙の舌が襲いかかる！　驚愕《きょうがく》する鳶雄は床の熱湯に足をつけてしまい、熱さを覚えると同時に足を滑《すべ》らせた。幸運にも足を滑らせたおかげで舌の直撃《ちょくげき》をかわすが……バランスを大きく崩《くず》して浴槽《よくそう》のほうに大きく転んでしまった。

浴槽の底に腰《こし》を強打した痛みで、鳶雄は両目をつむってしまう。目を開けたとき、眼前には蛙のバケモノがこちらを見下ろすようにしていた。その後方で、風呂場の壁を這《は》って蜘蛛のバケモノも眼《め》を光らせていた。

殺意――。二体のバケモノから放たれる微塵《みじん》の迷いもない純粋《じゅんすい》な殺気。それを鳶雄は全身で感じ取った。

殺される――。

……嫌だ。

……こんな、意味のわからないものですべて終わるなんて……そんなのは嫌だ……ッ！

死にたくない――。

死にたくない死にたくない。

死にたくない死にたくない死にたくない死にたくない死にたくない死にたくない死にたくない死にたくない！

……誰《だれ》か、助けてくれ。

その思いでいっぱいになったときだった。ひときり大きな心臓の鼓動が鳶雄を襲う。

――ドクン。ドクンッ！

心臓は他者にも聞こえるのではないかと思うほどの大きな脈動を放つ。

――びお。――かい。

――鳶雄。いいかい。

今際《いまわ》の際《きわ》とも言える状況《じょうきょう》で、ふいに鳶雄の脳裏《のうり》に蘇《よみがえ》ったのは――懐《なつ》かしい祖母の声だった。しわくちゃの顔を涙《なみだ》にぬらして、祖母は言っていた。

──鳶雄。あなたは恵《めぐ》まれた子よ。誰よりも愛された子。

──だけど、おばあちゃんは鳶雄に少しでも幸せになってもらいたいの。

──だからね、おばあちゃんは鳶雄の恵まれたものをちょっとの間だけ閉じ込めたのよ。

──でもね、でも、きっといつか、あなたはいまよりずっと辛《つら》いものを目にしていくの。

──これだけは覚えておいて、鳶雄。あなたのなかにいるもう一人のあなたは誰よりも鳶雄を助けてくれるのだから。

幼い時分、祖母は鳶雄をやさしく抱《だ》きしめ、耳元でこうつぶやいた。その言葉は、いまだ理解のできないものであるものの、鳶雄の心の奥底に強く刻まれている。

──おまえは、世界で唯一《ゆいいつ》、『　　』に選ばれたのだから。

──たとえそれが擬《まが》いものの『　』だとしても。

聞き取れない──思い出せない言葉もあったが、この状況下にあっても祖母の声は鳶雄を儚《はかな》くも懐かしい気持ちにさせてくれた。

ドクン──。

一際《ひときわ》大きい脈動を打った――。一瞬《いっしゅん》、自分の体と意識がぶれて離《はな》れるような感覚が生じるが……すぐにそれは収まり元の状態に戻《もど》った。だが、次の瞬間《しゅんかん》、浴槽に倒《たお》れこむ格好の鳶雄の頬《ほお》を何かが高速で通り過ぎていく！

眼前で舌を垂らしていた蛙《かえる》のバケモノの顔面に――刃《やいば》らしきものが突き刺《さ》さっていた。刃は蛙を突き刺したまま天井《てんじょう》にまで伸びていった。浴室の天井に蛙のバケモノが勢いよく叩《たた》きつけられる。その光景を見て、危険を察知したのか、蜘蛛《くも》のバケモノが鳶雄の視界から消えていく。

……自分は浴槽に倒れ込んでいる。背後にあるのは――浴槽の底だ。そこからいったい何が飛び出したというのだろうか……？

体勢を立て直したのち、鳶雄は刃が飛び出してきた場所に視線を送る。

――自身の影《かげ》から、一本の鋭《するど》い刃が飛び出していた。

息を呑《の》む鳶雄の眼には、意思を持ったかのようにうごめく影が映っていた。影は徐々《じょじょ》に形を成していき――とある姿に驚《おどろ》く。

影から現れたのは、一匹《いっぴき》の黒い毛並みの子犬――。

子犬の額からは、鋭利《えいり》な突起物《とっき》――刃が生えていた。子犬は浴槽から飛び出して、天井に突き刺していた蛙から刃を引き抜く。床に落下する蛙のバケモノは、顔面から血を多量に流しながらも生きていた。

蛙のバケモノは顔に穴を穿《うが》たれながらも突起のついた舌を再度しならせて鳶雄と──子犬目掛《めが》けて打ち放つ。

ザシュッ、という切断される音が浴室に鳴り響《ひび》いた。

──肉が散った。バケモノの舌が、全身が、八《や》つ裂《ざ》きにされて、肉片《にくへん》が浴室に四散していく。子犬が瞬時《しゅんじ》に飛び出して、額の刃で蛙を切り刻んだ……っ！

全身黒一色の子犬は、蛙のバケモノを刻んですぐに浴室の壁《かべ》を蹴《け》って、今度は蜘蛛のバケモノのもとに降り立つ。

蛙のバケモノを失った少女のウツセミは、気を失ってその場に倒れ込んだ。

蜘蛛のバケモノを従える少年のほうは、形勢が不利と判断したのか、後ずさりを始める。子犬はそれを許さず、羽根のように背中からも刃を生やして距離《きより》を詰《つ》めていく。

一連の出来事に鳶雄は驚きばかりだった。

……自身の影から、子犬が……生まれた？　『タマゴ』ではなく、影から出現した？

その子犬は刃を生やす。刃は、蛙のバケモノを瞬時のうちに肉塊《にくかい》へと変えた。

理解不能な現象が次々と起こるが、目の前でかまえる黒い子犬から力強い「何か」を感じ取れていた。さきほど、呼応したのは、脈打ったのは──この子犬に違いない。この黒い小さな犬が自分を呼んだのだ。いや、自分がこの犬を呼んだのか……？

退《ひ》こうとする少年ウツセミだったが、黒い子犬はそれを見逃《みのが》さず、瞬時に距離を詰めていった。子犬が蜘蛛のバケモノの真横を黒い弾丸《だんがん》のごとく突《つ》っ切っていく。すると、少年が従えていた蜘蛛のバケモノが力をなくしたように静まる。一拍《いっぱく》おいて、蜘蛛の胴体《どうたい》は真っ二つに分かれていた。蜘蛛を失ったことで、少年も少女同様にその場に倒れ込んだ。

子犬がバケモノ二体を退けたのは、一分にも満たない時間だった。

途端《とたん》に静寂《せいじゃく》となる。ウツセミは動かない。しばらくすると、ウツセミとバケモノの下に魔方陣《まほうじん》らしきものが再び出現して、光と共に消え去っていく。

……鳶雄と子犬だけが取り残された浴室。子犬は耳をぴくぴくと動かし、鼻も利《き》かせ始めた。何かに気づいたのか、子犬は勢いよく浴室を飛び出していく。鳶雄もそれを追うように風呂場《ふろば》をあとにする。

子犬を追って着いたのは、リビングだった。そこの光景を見て、鳶雄は絶句する。

室内中央に羽を持った巨大《きょだい》な生物が待ち構えていたからだ。リビングの窓は破られていた。羽を有した生物は、虫のように頭部、胸部、腹部の三つに分かれており、脚《あし》も六本なのだが、頭の形は虫のそれではなく、は虫類を思わせる面貌《めんぼう》だ。蛾《が》の体にトカゲの頭がくっついているかのような異様な生物。当然、傍《かたわ》らには主《あるじ》であろう少年も部屋に侵入《しんにゅう》を果たしている。

だが、バケモノを前にしても、刃を生やした黒い子犬は一切《いっさい》の物怖《ものお》じもせずに構えていた。子犬は躊躇《ちゅうちょ》せずに突進《とっしん》をしていく。バケモノはそれをわずかに上昇《じょうしょう》して狙《ねら》いをそらした。――が、子犬もすぐに反応して壁を蹴って追撃《ついげき》を加える。閃光《せんこう》のような猛追《もうつい》により、バケモノの脚が二本切り落とされていく。

巨体《きょたい》ゆえ、羽を持ったバケモノは室内での動きは制限されるだろう。その分、小さい体の黒犬のほうが小回りは利く。このまま続けば子犬のほうに軍配が上がる。

そう鳶雄が状況を把握《はあく》しつつあるなかで、バケモノの主たる少年が指示をするように手を大きく横に薙《な》いだ。羽を持ったバケモノは鈍《にぶ》い眼光を放ったあと、再度飛び出してきた子犬の攻撃《こうげき》を――あえて真っ正面に受けた！　深々と子犬の刃が、バケモノの胸部に突き刺さるが、それもかまわずにバケモノは残った四本の脚で子犬をがっちりとホールドしてしまう。そのまま羽ばたいていき、室内を飛び出していってしまった！

――子犬が、外に連れ出された！

それはまずい。ここはマンションの上階だ。もし、予想が当たるとしたら、あのバケモノの狙いは――高所からの落下だろう。バケモノは上空高くから、子犬を落とすつもりなのだ。いくら、刃を生やす異質な犬とはいえ、高所から落とされれば……っ！

犬の心配をする鳶雄に、羽のバケモノを使役《しえき》する少年が狙いを定めてくる。殴《なぐ》りかかってくる格好の少年から、どうにか距離を取ったあと、素早《すばや》く近くにあったポットを持って背中に思いっきり打ち付けてやった。少年は息の詰まる声を漏《も》らしたあと、その場に倒れ込んでしまう。

それを確認《かくにん》したあとで、鳶雄はすぐにベランダへ走った。上空に連れ去られた子犬の様子が気がかりだったからだ。

ベランダに出た鳶雄が月明かりのなかで目にしたのは――子犬を抱《かか》えたまま前方のマンション上空を飛翔《ひしょう》するバケモノだった。四本の脚で胸を突き刺す子犬を除《の》けて、いままさに落下させようとした刹那《せつな》――。バシュッ、という夜空に響く、鈍い破砕《はさい》音。

鳶雄の目に映り込んだのは、月下に現れた巨大な刃だった。鳶雄は出現の瞬間をはっきりと目撃《もくげき》している。そう、バケモノが落下させようとしたわずかの間、子犬の体は弱い輝《かがや》きを放った。次の瞬間、子犬は一本の巨大な刃へと変貌《へんぼう》を遂《と》げて、羽を生やすバケモノの体を貫《つらぬ》き四散させたのだ。

巨大な刃は、前方のマンションの屋上に落ちていく。

……息を呑む鳶雄。前方、月明かりのなか、マンションの屋上に歪《いびつ》な《刃》が突き刺さっている。

鳶雄の脳裏にそれは再生された。

――犬を嫌ってはダメよ、鳶雄。いつか、あなたが選んだ子が……いえ、あなたを選んだ子が現れるかもしれないのだから。

ああ、ばあちゃん。これがそれだというの？　でも、あれは――。


――『犬』なのか？


鳶雄は激しく脈打つ胸を手で押さえていた。それは、恐怖《きょうふ》からくるものか。それとも、自分でも予想もつかない高揚《こうよう》か――。

「……すごいね、キミのは」

絞《しぼ》り出したかのような第三者の声が後方から聞こえてくる。

マンションの屋上に視線を注いだまま驚いた様子の皆川夏梅だった。約束通り彼女は訪ねてきたようだ。

「だいじょうぶ？　ちょっと遅《おそ》くなっちゃった」

心配そうにこちらを見ている。鳶雄は気が抜《ぬ》けたようにその場に座り込み、「なんとかね」とだけ答えた。

光に消えていく、羽のバケモノの主を見届けながら、「もう少しだけ早く来てほしかった」という台詞《せりふ》は呑《の》み込んだ——。

一連の襲撃《しゅうげき》が終わったあと、廊下《ろうか》に出て、リビングのほうを見るとソファーに鷹《たか》が留まっている。

「私もびっくりしちゃった。ファミレスで伝えたとおりに今夜、キミと話し合おうかなーって、ここに来たら襲《おそ》われてるんだもんね。しかも三体。二度目の戦闘《せんとう》にしてはキツいよねー」

夏梅は気軽に言ってくる。三体襲いかかってくることも、この娘《むすめ》にしてみれば「キツい」の一言のようだ。

夏梅は「かわいい！」と声をあげた。彼女は子犬を抱きかかえていた。刃と化して、マンションの屋上に突き刺さった黒い子犬を、夏梅の鷹がここまで運んできてくれたのだ。鷹が屋上に飛来したときには、子犬は元の姿に戻っていた。

——体から刃が出ているんだぞ！

と、鳶雄の心配をよそに夏梅が抱きかかえる子犬の体からは刃がなくなっていた。普通《ふつう》の子犬のように尻尾《しっぽ》を振《ふ》り、夏梅に甘えている。

あの小さな体でバケモノを屠《ほふ》った漆黒《しっこく》の毛並みの子犬。全身から刃を出して、信じられない力を発揮した。

「さて、ここを出ましょう」

そんな提案を夏梅がしてくる。

「ここにいつまでも留《とど》まっていたって、仕方ないわ。必要最低限のものだけ、荷物に詰めてちょうだい。相手はあなたの家を知っているわ。それに、一回倒《たお》したって、一時間後、いいえ三十分後にまた襲いかかってくるかもしれないんだよ？」

それは敵《かな》わんと鳶雄も一旦《いったん》の移動を受け入れる。

「……これだけの騒《さわ》ぎになれば、誰《だれ》かが通報しているかな」

鳶雄はふと口に出した。

そう、窓が破られ、風呂場の扉《とびら》まで破壊《はかい》されたのだ。その破砕音で、近隣《きんりん》の住民が騒いでもおかしくなかった。しかし、皆川夏梅は首を横に振る。

「……騒ぎが起きないように、襲撃前のお膳立《ぜんだ》ては終わっているわ。皆《みんな》、眠《ねむ》らされているでしょうね」

……意味のわからないことを平然と口にする彼女。鳶雄の理解を超《こ》えていた。しかし、冗談《じょうだん》に聞こえないのだから、いまの状況《じょうきょう》がどれだけ異常かは感じ取れてしまう。

夏梅は一転して笑《え》みを浮《う》かべて言う。

「私、いい隠《かく》れ家《が》知っているから、そこに行きましょう」

「隠れ家？」

「そ、私がいま住んでるところ。ウツセミから安心して過ごせる場所よ。そこで、いろいろとこちらが知っていることを教えてあげるから、さっさと身支度《みじたく》して！」

急《せ》かすように夏梅は、鳶雄の背中を押してくる。

「そんなところ本当にあるのか？　ていうか、ここを放棄《ほうき》できるわけ――」

「だー！　いいから、荷物の支度しろー！　ここはもう安全じゃないの！　まだ文句言うなら、お姉さんがパンツを引っ張り出してあげるわよ」

爆発《ばくはつ》した夏梅の一言に、さすがにそれは困ると思った鳶雄は文句を言うのは止《や》めて、荷物を取りに自室へと戻《もど》ることにしたのだった。

鳶雄と夏梅は深夜の路上を移動していく。

鳶雄は大きなバッグをふたつ、肩《かた》や手に持っている。家にあった大きなバッグに必要最低限の物だけを入れ、夏梅の先導のもと、夜道を歩いていった。

「とにかく人気《ひとけ》のある場所まで出ればだいじょうぶよ」

大荷物を持つ鳶雄は、急ぎ足の夏梅についていくので精一杯《せいいっぱい》だ。——と、鳶雄のうしろから、黒い子犬がトコトコとついてきていた。

ふいに夏梅の表情が一変した。鳶雄のほうを向いたまま、視線を鋭《するど》くしていく。彼女の視線は、鳶雄の後方に向けられている。

鳶雄が少し振り返れば、うしろからついてきていた黒い子犬が電灯の灯《あか》りが届かない後方の暗闇《くらやみ》に向かって、牙《きば》むき出しの威嚇《いかく》の姿勢をしていた。

目を細め、暗がりの道を凝視《ぎょうし》すると、人影《ひとかげ》らしきものが徐々《じょじょ》に近づいてきている。

「まさか……」

鳶雄は生唾《なまつば》を呑み込んで不安を口にする。

「ええ、お客さまね」

ウツセミ——。

少しずつ近づいてくる少年は、不気味なほど無表情で、生気を感じさせない。その傍らには、角の生えた大蛇《だいじゃ》のバケモノがいる。

鳶雄と夏梅は、お互《たが》いに視線をかわす。次の行動を決めるためだ。逃《に》げるか、戦うか。

だが、そうする前に大蛇の体に突如《とつじょ》発火現象が巻き起こった！　暗がりの路上で大蛇は激しく燃え上がって、のたうち回ったのち、炭と化していった——。

あまりの出来事に言葉を失う鳶雄だったが、夏梅はその現象を見て、安堵《あんど》の息を吐《つ》いていた。

大蛇が絶命し、それを従えていた同級生——ウツセミも魔方陣《まほうじん》の光に飛ばされた。その現象を確認しているなかで、コツコツと靴音《くつおと》が聞こえてくる。

闇夜《やみよ》から電灯の下に現れたのは——奇妙《きみょう》な格好をした金髪《きんぱつ》の少女だった。奇妙な格好というのも、とんがり帽子《ぼうし》とマントという出《い》で立ちだったからだ。まるで、魔法使《まほうつか》いのコスプレでもしたかのような外国人の少女。思わず見惚《みと》れてしまうほどに端整《たんせい》な顔立ちをしていた。外国人なので判断は難しいが、歳《とし》は同じぐらい……でいいのだろうか。

魔法使いの格好をした少女は、碧眼《へきがん》で鳶雄と夏梅を捉《とら》えて言った。

「遅いのです、夏梅。思わず迎《むか》えに来てしまったのですよ？」

夏梅が少女に対して「ごめんごめん」と片手で謝りのポーズを取った。流暢《りゅうちょう》な日本語だ。どうやら、皆川夏梅とは知り合いのようだが……。発火現象といい、次々と起こった出来事に対して、鳶雄は理解が追いつかないでいた。

夏梅は当惑《とうわく》する鳶雄に近づくと、バッグのひとつを彼の手から奪《うば》う。

「行きましょう。彼らは、人気のないところで襲ってくるの。逆に人がいっぱいいるところでは襲ってはこないから、早く人通りのある場所へ出ましょう」

夏梅の真剣《しんけん》な口調に、鳶雄はうなずき、歩を速めた。

4

「さあ、上がって上がって」

深夜、夏梅の言う安全な場所――とあるマンションにたどり着いた鳶雄。隠れ家とやらは森のなかや、都市部から離《はな》れた場所にあるのかと思いきや、隣町《となりまち》の駅から十数分の位置にあった。外観もごくありふれたマンションの様相を見せていたが……。

こんな場所で本当に襲撃から身を隠せるのか一抹《いちまつ》の不安を覚えながらも鳶雄は、マンション内の一室に招かれた。ソファーとテレビ、ＤＶＤデッキ、棚《たな》だけの質素な部屋である。

夏梅があらためて金髪の少女に指をさして言った。

「そちらの女の子がラヴィニア・レーニ。この隠れ家に住む住人で、いちおう私たちの味方よ」

金髪の少女――ラヴィニアは「よろしくなのです」と簡素に頭を下げた。

軽いあいさつを済ませたあとで、夏梅は部屋に備えてある棚をごそごそと探《さぐ》っていた。

「さてと、では——とりあえず、確認《かくにん》しますかね」

夏梅は、そう言うなり、あるDVDを一枚取り出すと、それをデッキに入れていく。

「着いた早々、何を見ろっていうんだ？」

鳶雄が夏梅に訊《き》く。

「……あなたと夏梅の境遇《きょうぐう》を再確認するものなのですよ」

答えたのは意外にも金髪の少女ラヴィニアだった。

テレビ画面に映されたビデオ映像を鳶雄は食い入るように見始めた。とある船の海上事故を大きく扱《あつか》ったニュース番組だ。知らないはずがない。つい二か月前まで自分は、その事件の渦中《かちゅう》にいたわけだから。

ヘヴンリィ・オブ・アロハ号——。

自分や夏梅が乗船するはずだった豪華《ごうか》客船。同級生と共に沈《しず》んだ、『神々《こうごう》しい』と名のついた船。映像に音声はないものの、夏梅も複雑そうな表情を浮かべている。鳶雄だけではなく、彼女もこの二か月間を苦しみ、同級生を失ったという心の傷を背負ってきたはず。

映像が切り替《か》わる。画面に映ったのは、どこかの街の風景だった。家庭用ビデオカメラで撮《と》られているような映像には、若い男女の集団が映っている。

鳶雄は、眉《まゆ》をひそめて映像を見続けた。

「矢田《やだ》……？　小島《こじま》……なのか？」

鳶雄は言葉を失っていた。次々と映されていく若者たちの集団。自分の見知った顔ばかりだ。映像は途切《とぎ》れずに若者の集団を次々に映していく。彼らの数は五十や百ではない。

鳶雄は、この映像が行方《ゆくえ》不明になる以前に撮影《さつえい》されたものかと一瞬《いっしゅん》思ってしまう。しかし、カメラの日時表記には、半月前の六月を表すデジタル数字——。

いまだ行方不明と言われる陵空高校二年生二百三十三名。実質、生存の可能性は皆無《かいむ》に等しい。けれど、眼前の映像にはその行方不明の皆が、生きて活動している。

……バケモノを連れて、自分たちを狙《ねら》う理由はわからないが、彼らは……全員生きているということか？

では、クラスメイトや、紗枝も——。

一縷《いちる》の望みが胸の奥に生まれつつあるのが、鳶雄は自分でも理解できていた。傷ついた心が少しずつ癒《い》えていくような感覚。それは、次の映像で脆《もろ》くも消えてしまう。

画面に映る一人の同級生の少年。彼の傍《かたわ》らには巨大《きょだい》なワニのようなバケモノがいた。バケモノの口から、だらりと伸《の》びていく舌。……違《ちが》う、触手《しょくしゅ》だ。

テレビに映る他の同級生たちも各種様々なバケモノを連れていた。さきほど出会ったような蛙《かえる》、蜘蛛《くも》、蛇《へび》、トカゲ……。蛾《が》やカマキリのような巨大な虫もいる。そのバケモノたちはとうてい自分の見知っているサイズではなく、容姿も歪《いびつ》であり、禍々《まがまが》しい。まるで映画やゲームに出てくるモンスターそのものだ。

奴《やつ》らは触手のような舌を伸ばし、一匹《いっぴき》の生きた豚《ぶた》を捕《と》らえた。映像からは音声こそ聞こえないものの、豚は生きたままバケモノたちによって切り裂《さ》かれ、無残な格好で貪《むさぼ》るように食われていった。バケモノたちは口の周りに血を滴《したた》らせていく。

鳶雄は口元をおさえ、のどまで来ている嘔吐《おうと》感を必死に堪《こら》えながら、映像に目を細める。

一度この映像を見たであろう夏梅も、その光景を直視できずにいた。

そのあとも、映像を交えた夏梅の説明は続く。内容はバケモノの生態と対処方法。

頭がおかしくなりそうだったが、鳶雄は平常心をなんとか保ちながら、神妙《しんみょう》な面持《おもも》ちで頭に情報を入れていった。

鳶雄がわかったこと——。

あのバケモノたちは、高い身体機能と恐《おそ》ろしい特殊《とくしゅ》能力を持ったモンスターだということ。ちょっとした攻撃《こうげき》では、皮膚《ひふ》から下の肉を断《た》つことはできない。断てたとしても、尋《じん》常《じょう》ではない回復力でたちまち傷をふさぐ。

倒すならば、頭や核《かく》を撃《う》たねばならない。核とは人間でいうところの心臓の位置にあるものらしい。弱点は基本的に他の生物とは変わらない。ただし、普通《ふつう》の生物よりも遥《はる》かに頑丈《がんじょう》なのだ。

バケモノの説明をしていた彼女があらたまって言う。

「この映像は私たちを匿《かくま》う者たちが独自のルートで撮影した事実の記録なのだそうよ。決して、CGでも、演技でもない。彼らは、海上事故で行方不明とされている陵空高校二年生の生徒。私たちの同級生。そして、彼らが使役《しえき》しているのは正真正銘《しょうしんしょうめい》のバケモノよ。彼らとバケモノをセットでこう呼ぶらしいの。——ウツセミって」

夏梅はそう淡々《たんたん》と語った。

ラヴィニアが続く。

「ウツセミというのは、この国に存在するとある機関が、あるものを模して作った人工的な超能力《ちょうのうりょく》者——異能使いとカテゴライズされるものなのです。彼らはその機関に操《あやつ》られているのですよ」

…………。なんとも言えない現状——。

……バカげた話だと鳶雄は思ってしまう。

バケモノを使役する超能力？　それを日本のどこかの機関が作った？　しかも同級生を操って、俺たちを襲《おそ》う？　漫画《まんが》や映画のフィクションのような話だ。現実に自分が体験せねば、絶対に信じなかった。イカレた人間の妄想《もうそう》と断じたであろう。

でも——。信じるしかないのかもしれない。現に彼らはバケモノを従えて、襲いかかってきた。それに対抗《たいこう》したのは——額から刃《やいば》を生やす黒い子犬。

自分の傍らに寄《よ》り添《そ》う子犬を見て、否《いや》が応《おう》にも鳶雄はイカレた妄言《もうげん》を受け入れざるを得ない状況《じょうきょう》となっていた。

夏梅が続ける。

「ウツセミはバケモノとそれを使役する術者——本体とセットでないと活動できないの。そして、その本体は、修学旅行に参加した私たちの同級生、二百三十三名なのよ」

絶句する鳶雄に、夏梅は断言する。

「そして、彼らは生存した生徒たち——私やあなたを倒《たお》すために日本に戻《もど》ってきた」

「冗談《じょうだん》じゃない！」

鳶雄の非難の一言。

当然だろう。同級生がバケモノになって自分たちを狙っているというのだ。

本当に冗談ではない。だが、脳裏《のうり》には先ほど襲ってきたバケモノ——ウツセミが浮《う》かぶ。

彼らが抱《いだ》く敵意、殺気は本物だった。確実に自分を倒しにきた証拠《しょうこ》だ。

夏梅は言う。

「これから私たちは問答無用で狙われ続けるわ。彼らは、旅行に参加せず生き残った私たちを狙うように仕向けられているの。彼らを裏で操っている組織が、どうしても私たちが欲《ほ》しいようだからね」

「ちょっと待てよ……。どうして、俺たちを狙う？」

もっともな質問を鳶雄はする。いったい、自分や皆川夏梅のどこに彼らが狙う要素なんて——。そこまで思考を巡《めぐ》らせて、鳶雄はあるものに行き着く。恐る恐る、鳶雄は横に座る子犬に視線を送る。

夏梅も自身の鷹《たか》に目を向けて言った。

「そういうことらしいわ。私のグリフォンや、幾瀬《いくせ》くんのその子犬は、彼らの従えるバケモノと似ているようでまったく違う代物《しろもの》なのよ」

「——神器《じんぎ》。セイクリッド・ギアって言われているのです。いわゆる、異能というものなのです。ただし、天然——生まれもってのもの。そんなに珍《めずら》しいものでもないのです。歴史に名を残した人物や現在活躍《かつやく》しているスポーツ選手も本人が自覚していないだけで持っていたりするのですよ。ただ、形としてはっきりと具現化させるには、一定以上の条件と力が必要になるだけなのです」

ラヴィニアが淡々とそう口にした。判断に苦しむ鳶雄をよそに彼女は続ける。

「もっと細かく言ってしまえば、あなたや夏梅が生みだした生物は、『独立具現型』と分類されるセイクリッド・ギアなのです。そして、ウツセミはその『独立具現型』のセイクリッド・ギアを模した人工的なものなのですよ」

…………理解不能の単語が、次々と耳に入ってきて、鳶雄の脳内はパンク寸前だった。

……神器？　セイクリッド……ギア……？　自分の子犬や皆川夏梅の鷹がそれであり、襲いかかってきた同級生が従えるバケモノは……模したもの、偽物《にせもの》ということか？

夏梅は構わずに話を進める。

「ウツセミを使う機関は私たちがどうしても欲しいみたいね。旅行先で奪取《だっしゅ》できなかった私たちの能力がどうしても必要なのよ。そのために、あの旅行で手に入れた陵空高校の生徒たちを使う。ちょうど行方不明になっているのだから、動かすには都合がいいと思っているのでしょうね。同級生を使えば、こちらの油断も誘《さそ》えるとも思っているんじゃないかしら。そして、操られている彼らは最後の一人になろうとも私たちに襲いかかってくる――ということらしいわ」

「さっきから、『らしい』とか『みたい』って、どういうこと？　皆川さんは誰《だれ》からこんなことを教えられたんだ？」

鳶雄の疑問に夏梅は、デッキからＤＶＤを取り出した。ＤＶＤを片手に彼女が言う。

「これをくれた人から教えてもらったの。自分のことを『総督《そうとく》』って言ってたわ。いま幾瀬くんに見せたビデオの映像を交えながら、説明を受けたの」

夏梅もいまの鳶雄同様に、動揺《どうよう》を隠《かく》し切れなかったそうだ。受け入れがたい事柄《ことがら》に夏梅も苦しんだが、そんなことにはお構いなくウツセミは次々と襲いかかってくる。

「その『総督』に、『タマゴ』を三つもらったの。私は、タマゴを配る『係』なんですって。雑用係ってことかしら。やーよね」

「何者なんだい？　その『総督』って」

鳶雄の問いに夏梅も頭《かぶり》を振《ふ》る。

「さあ、私にもわからない。こっちのラヴィニアやこのマンションに住む他の住人は知っているようだけど、『総督』自身が正体を語るまでは、秘密なんですって。けどね、私が幾瀬くんに最後のタマゴを渡《わた》したことで近々もう一度会ってくれるみたい」

「……ずっと、疑問だったんだ。あれはいったい何の『タマゴ』なんだ？」

夏梅は一拍《いっぱく》おいて、

「セイクリッド・ギアが発現する『タマゴ』だそうよ。私のグリフォンちゃんも『タマゴ』から産まれたわ。なんでも、私が内に有していた力を淀《よど》みなく、発現させるためのものなんですって。能力発動装置的なものだとか言ってたかしら。『総督』はそういうのを研究しているんですって。ていうか、あなたの子犬もそこから産まれたでしょ？　驚《おどろ》くわよね！　中から鳥や犬が産まれちゃうんだもん！」

——と、楽しげに答えてきた。

鳶雄は夏梅の答えに、近くで尾《お》を振っている黒い子犬を見つめた。

……いや、この子犬は、『タマゴ』からは孵《かえ》っていない。この犬は、自身の影《かげ》から現れた。

……それがどういう意味を持っているのか……。

しかし、『タマゴ』は空になっていた。もしかしたら、それが孵った、発現したということなのかもしれない。

夏梅は椅子《いす》の背に留まるグリフォンの頭をやさしくなでた。

「私のグリフォン——この鷹は私を何度も助けてくれたわ。それに、『総督』が言ってた。『俺たちができるのはサポートだけだ。降りかかる火の粉は自分たちで払《はら》え。それが、セイクリッド・ギアを有した者の宿命だ』——ってね」

……なんて、理《り》不《ふ》尽《じん》な話だ。

鳶雄は心中で困惑《こんわく》し、行き場のない怒《いか》りも抱《かか》えていた。

自分や皆川夏梅には、どういうことか、超能力があったそうだ。この国のとある機関は、自分たちの能力が欲しくて、あの豪華《ごうか》客船を襲撃《しゅうげき》した。しかし、自分たちはその船に乗っておらず、被害《ひがい》を受けたのは修学旅行で命を散らした同級生と、関係なかったであろう船員たちだ。……自分たちのせいで、いや、自分のせいで、多くの犠牲《ぎせい》を生みだしてしまったのか？

佐々木や……クラスメイト、そして、紗枝が自分のせいで捕らわれ、操られている……？

……だが、裏を返せば、皆《みんな》は生きているということになるのか……？

紗枝は――生きている？

鳶雄はぼそりと夏梅たちに訊《き》く。

「……ひとつだけ、訊きたいんだけど、皆は……同級生は生きているってことになるのか？」

納得《なっとく》できない。できるはずがない。一方的に同級生を奪《うば》われた。彼らはバケモノを従えるウツセミとかいうものに作り替《か》えられてしまった……。その原因は――自分。

紗枝が見ず知らずの者たちに奪われて、バケモノを従わせる存在に変貌《へんぼう》させられているのだとしたら……。

夏梅はニヤリと笑んでいた。

「ええ、彼らは生きているわ。そう、私の親友だって、ウツセミにされているだろうけど、生きているのは確かかよ」

「──っっ！」

それを耳にした鳶雄は、心中で激しく湧《わ》き立つものがあった。

……生きている。……紗枝が、生きている……ッ！　どんな形であろうと、彼女は──

死んではいないっ！　生きているんだ！

凄《すさ》まじいまでの活力が、気力が、内側から生じるのを鳶雄は感じ取れていた。

さきほどまで、理不尽な出来事の連続と、バケモノの恐怖《きょうふ》に心を支配されていたのが、
嘘《うそ》のように自分のなかで何かが強い一本にまとめあげられていくのが理解できた。

──どうにか同級生たちを、紗枝を元に戻す方法はないのか？

そんな夏梅は、炎《ほのお》が灯《とも》りつつある鳶雄の顔を覗《のぞ》き込みながら話を続けてくる。

「で、話は変わるんだけど。……私と組まない？」

笑顔《えがお》で申し込んでくる夏梅。

「私と組むの。組んで、一緒《いっしょ》にウツセミを、その背後の組織を倒すのよ。やっぱりさ、一人じゃ心許《こころもと》ないじゃない？　二百人以上もいるのよ？　それに対して旅行に参加せずに生き残った生徒は十人もいない。単純計算でも、一人でノルマ二十人以上よ。ヘタすると、それ以上かもしれないし」

「『ヘタすると』って、何さ？」

「何人か捕《と》らわれてしまうかもしれないじゃない、私たち生き残りの中から」

夏梅は突然《とつぜん》、怖《こわ》いぐらいの無表情で言った。

「同級生と戦えないわ、普通《ふつう》ね。仲のいいコだっていたし、好きなコだっていたでしょうし。どんなカタチであれ、目の前に現れれば躊躇《ちゅうちょ》するわ」

夏梅の口調から、強い決意のようなものが感じ取れた。

「襲ってきた二人めがね、私の親友だったの。高校に入ってから、ずっと一緒にいた友達。彼女は、躊躇《ためら》いなんて見せずに私を倒しにかかってきた……。私は、何度も何度も止《や》めてって言ったけど、あのコ、殺意まんまんでさ。あとで『総督』から一連の事情を聞かされたとき、ハッキリと私のなかで生まれたものがあったわ。——あのコたちは生きている。生きているのなら、救えるって！　いまの幾瀬くんと同じところに考えが行き着いたのよ」

夏梅は、そのときに同級生と戦う覚悟《かくご》を決めたと言った。

鳶雄は夏梅の双眸《そうぼう》を見る。ふざけた態度のときと違《ちが》い、強く真剣《しんけん》な表情を浮かべていた。瞳《ひとみ》からも強さが伝わってくる。

これは厚意だ。彼女からの最大の申し入れ。現状を考えれば、一人よりは二人のほうが心強い。自宅まで襲《おそ》ってくるようなバケモノと戦うには、少しでも勝てる要素を取り込んだほうがいい。

ふと、眼下に座り込む黒い子犬に視線を移す。頭部に刃《やいば》を生やし、その身すら巨大《きょだい》な刃《は》物《もの》に変貌させた。明らかにバケモノの類《たぐい》だろう。けど——。自分を襲ったバケモノと違い、害意も敵意も感じさせない。ただただ瞳に浮かべるのは、温かな輝《かがや》きだ。

……味方、だと思いたい。この異常すぎる状況《じょうきょう》で得られた一筋の光明だと信じたい。

それがたとえ現実を超《こ》えた代物だとしても、この現状を変えられる「力」であるのなら

——すがりたい。

「——救おう、皆を」

そして、紗枝を——。

力強く宣言した鳶雄だった。心のなかで決意と覚悟が生まれ、目標ができた。

たとえ、襲いかかってくるのが同級生だろうと、躊躇わず倒《たお》す。それが彼らを救う道だと信じて——。道の先にいるであろう、自分たちの運命を歪《ゆが》めた存在。その者たちから、皆を救おう！　あのとき、奪われたものを全部返してもらおう！

「やった！」

夏梅は心底驚いた表情だった。おそらく、予想外の返事だったのだろう。

ずいずいと迫《せま》り、確認《かくにん》するかのように鳶雄の顔に近づいてくる。

「ありがとう！　マジでマジで！」

彼女は、こちらが言い終える前に握手《あくしゅ》し、ぶんぶんと上下してきた。

「あ、ああ……。キミが助けにこなかったら、俺は対抗《たいこう》できずにやられていたと思うんだ」

そこまで鳶雄の言葉を聞くと、満面の笑みでガッツポーズをした。

「よし、四人目の仲間ゲット！」

「四人目？」

怪訝《けげん》に思い、鳶雄は訊《き》き返す。夏梅は、金髪《きんぱつ》の少女を指した。

「そ、ラヴィニアも味方よ。『総督』からのサポート要員なの。というか、このマンションの住人は特殊《とくしゅ》な事情を抱えているものの、皆悪い人たちではないわ。あとで紹介《しょうかい》するわね。小生意気な男の子だけどさ。あと、もう一人、私が『タマゴ』を渡した男子がいるの。同じ陵空高校の生き残り組よ」

無表情に手をあげるラヴィニア。

「よろしくなのです。いちおう、魔法《まほう》少女だったりするのですよ」

……ま、魔法少女……？　ラヴィニアの発言から、さきほどの路上で巻き起こった発火現象が脳裏《のうり》を過《よ》ぎるが……。

首を傾《かし》げるしかない鳶雄をよそに夏梅はうれしそうに言う。

「さーて、じゃあ次の行動は決まりね！」

「ええ、もうひとつの『タマゴ』を渡した男子と合流するの。その男子もいちおうこの隠《かく》れ家《が》に転居しているんだけど、外を出歩いてばかりなのよ。って、ウツセミの同級生も生きているわけだから、私たちが生き残りってのも変な感じよね」

ぶつぶつとつぶやいている夏梅に鳶雄は再度訊く。

「それって、誰のこと？」

「鮫島綱生《さめじまこうき》。とにかく、このマンションを本拠地《ほんきょち》として動きましょう」

鮫島綱生——その名前に鳶雄は心より驚愕《きょうがく》した。

聞き覚えがあるなんてもんじゃない。元・陵空高校一の不良のことなのだから——。

「次の行動？」

三章　仲間／四人目

1

鳶雄《とびお》は、『隠れ家《かく》』の一室で朝を迎《むか》えていた。ベッドと机がひとつしかない質素な部屋だ。彼は、ベッド下で丸くなって寝《ね》ている黒い子犬を見て、昨日の出来事があらためて真実なのだと再認識した。ベッドに横になりながら鳶雄は息を吐《つ》く。

……絶望のなかにも一筋の希望が見つかった。到底《とうてい》、受け入れがたい現実が襲いかかってきているが、それでも皆を——紗枝《さえ》を救いたい。

鳶雄は心中で決意をあらためて固めていた。強い意志を持ったところで、鳶雄は今日の目的を心のなかで反芻《はんすう》していた。

——陵空《りょうくう》高校一の不良生徒だった鮫島綱生《さめじまこうき》に会いに行く。

ベッドのなかで鳶雄は鮫島綱生のことを思い出していた。最後に見たのは、同級生の合同葬儀《そうぎ》のときだ。『ヘヴンリィ・オブ・アロハ号』の海上事故発生から、数週間後——。

その日は快晴だったのを鳶雄は覚えている。雲ひとつない青空のなか、合同葬儀はしめやかに行われた。陵空高校二年生二百三十三名の生死は不明とされていたが、生存は絶望視されたのだ。

遺体が見つかった教師、『ヘヴンリィ・オブ・アロハ号』の船員も含《ふく》めた合同での葬儀。葬儀場の外は情報を嗅《か》ぎつけてきたマスコミで溢《あふ》れかえり、テレビでも報道された。

葬儀を執《と》り行ったのは、生徒の遺族たちだ。いまだ生死もはっきりとしていない状況での葬儀。遺族たちは悲しみにくれていたが、葬儀などがあまりにとんとん拍子《びょうし》で進む手際《てぎわ》のよさを鳶雄は訝《いぶか》しげに思った。

鳶雄たち修学旅行へ参加せずに生き残った生徒たちの席は十席にも満たない。いくつかの空席はある。仲間がマイクの前に立って、別れの言葉を言う。それを聞き、嗚咽《おえつ》を漏《も》らす遺族たち。だが、妙《みょう》だった。どうしても、葬式《そうしき》の演技をしているような感覚に陥《おちい》る。遺族の、特に生徒の両親たちからは悲しみが舞台《ぶたい》演出のようなものとしてしか伝わってこないのだ。生徒の遺族たちは泣いてはいたが、誰《だれ》も本気で悲しんでいる目をしておらず、憔《しょう》悴《すい》した様子も見受けられなかった。どこか、淡々《たんたん》としていて哀悼《あいとう》の感情も上辺だけのように感じてしまう。

少なくとも自分の祖母の葬儀のときは、このような妙な違和《いわ》感《かん》はなかった。親しい者との別れにただただ悲哀《ひあい》を抱《いだ》いた。

鳶雄の疑念をよそに、葬儀は進んでいった。いま思えば、あの段階から今回の事件に繋《つな》がるであろう「違和感」はあったのだ。

葬儀は進み、もう終わりが近づいたときだった。勢いよく扉《とびら》を開け放つ者が入ってくる。

鳶雄と同い年ぐらいで、髪《かみ》の毛を茶色く染めた少年。その姿に参列している全員が、注目した。少年の手には花束が握《にぎ》られていた。

ツカツカと無礼千万《せんばん》で乱入してきた不良少年。霊前《れいぜん》に立つと無愛想な表情で、とある遺《い》影《えい》を見上げていた。遺影のなかの人物は、彼のように茶髪《ちゃぱつ》で強面《こわもて》の少年だ。

すると、彼は持っていた花束をそっと献花《けんか》台に添《そ》える。

「バカヤロー……」

少年は手も合わせず、それだけつぶやくと、くるりときびすを返して帰っていった。風のように現れ、風のように去っていった不良少年。

鳶雄が合同葬儀で一番印象に残ったのは、その場面だった。

それが鮫島綱生。陵空高校で同級生から一番怖《おそ》れられた不良だ。

天井《てんじょう》を眺《なが》めながら、ふぅ……と、深く息を吐いて、鳶雄は頭を再び枕《まくら》に沈《しず》める。

「……陵空一の不良……鮫島、か」

——皆川夏梅《みながわなつめ》のことは覚えていなくても、鮫島綱生のことは鮮明《せんめい》に覚えているなんてな。

そう自嘲《じちょう》しながら、目を腕《うで》で覆《おお》った。男子高校生ならば、名の通った不良ぐらいは自然と覚えて当然か、とも思ってしまう。普段《ふだん》の学校生活で避《さ》けねばならない人種のひとつなのだから。

「シャークは悪いヒトではないのですよ」

そのような声が近くから聞こえてきた。女の子の声だった。鳶雄は飛び起きてベッドを調べ出す。掛《か》け布団《ぶとん》をバッと取り払《はら》うとそこには——。

「おはようなのです」

白ワイシャツ一丁のみという格好の金髪の少女——ラヴィニアがいた！

「な……なっ……！」

あまりの出来事にまともに発声もできない鳶雄。彼の人生のなかで、異性が同じ寝床《ねどこ》にいるなど、あったことがないため（正確には幼い頃《ころ》に紗枝と共に昼寝《ひるね》をしたことがあったが、それは幼少時のためノーカウントだ）、驚《おどろ》きは一際《ひときわ》大きい。

彼の目に飛び込んでくるのは——雪のように白い肌《はだ》の脚《あし》と豊満な胸元だった。ワイシャツひとつのため、ラヴィニアの脚はほぼすべて露《あら》わになっている。健全な男子高校生には毒でもあり、薬でもある情景だ。白ワイシャツも窓からの日射《ひざ》しで透《す》けて見えてしまっていて……。

鳶雄は頬《ほお》を赤く染め、目を背《そむ》けながら、彼女に問う。

「ど、どうしてここに……！」

自分でも上ずった声音《こわね》だと気づき、さらに気恥《きは》ずかしくなる。

ラヴィニアは気にも留めずに寝ぼけ眼《まなこ》をさすりながら言った。

「……昨夜、トイレに立ったのです。気づいたらこのベッドにいたのです」

気づいたらこのベッドにいた――。余計に意味不明だと鳶雄は思って仕方ないが、ここにいるのだからどうしようもない。

「どういうことなのです？」

首を傾げながら逆に訊《き》いてくるラヴィニアに鳶雄も「俺が訊きたいって！」とつい突《つ》っ込んでしまった。

このままでは調子が狂《くる》うと判断した鳶雄は、話題を変える。

「……シャークって、鮫島のこと？」

先ほど、ラヴィニアは『シャーク』と言った。自分が鮫島の名前を独りごちたときだ。

『鮫＝シャーク』、安直だがそういうことなのだろう。

ラヴィニアはあくびをひとつしたあとに答える。

「そうなのです。シャークはシャークなのです。本当にシャークな雰囲気《ふんいき》なのでピッタリだと思ったのです」

鮫島がシャークな雰囲気……。不良ゆえか、強面だと思ったのだろうか？　それでも鮫島は陵空時代、不良とはいえ、女子受けがかなりいいほうだった。いわゆるワル系のイケメンだ。だが、浮《う》いた話はひとつも聞こえてこなくて、武勇の面ばかりが耳に入ってきたのだが。

ラヴィニアは続けて言う。

「シャークは昨夜もこのマンションに帰ってこなかったみたいなのです。たぶん、お外でセイクリッド・ギアを使ってウツセミ退治でもしているのだと思うのです」

……外でウツセミ退治、か。なんとも豪気《ごうき》というか、命知らずの行動に出るものだ。彼も自分や皆川夏梅のように独立具現型とかいう動物の神器を有しているのだろう。それでウツセミの相手はできようが、何よりも驚きなのがそのメンタル面だ。……あんなバケモノどもと一昼夜戦い続けることなど、できるだろうか？　少なくとも自分には、できそうもないと鳶雄は冷静に判断する。肉体的な面と精神的な面の疲労《ひろう》度を考えるだけで、無計画にそんなことはしたくないと思えてしまうからだ。

……それをおこなえるだけの強靭《きょうじん》な意志、確固たる目的を鮫島は持っているということなのだろうか？　単に不良ゆえの気性《きしょう》から異常なことばかりが起こる戦いに単独で臨《のぞ》むなど、考えにくい。

それに『ウツセミ』の特性のひとつが厄介《やっかい》だ。鳶雄は昨夜得た『ウツセミ』の情報を思い返す。

ウツセミ――使役《しえき》されているバケモノは、一度対象者の血から相手の匂《にお》いを覚えると、仲間のウツセミにその匂いが伝達されるのだという。鳶雄は、友人である佐々木《ささき》が使役したウツセミに頬を切られた。どうやらそのときに流れた自分の血から匂いを覚えられてしまったようだ。ウツセミたちは一度覚えた相手の匂いをもとに対象者を追っていく。そして、ウツセミは鳶雄の自宅を襲撃《しゅうげき》してきた。

どこかで安心していたのかもしれない。

家まで入ってはこないだろう――と。だが、その思いとは裏腹に、いとも簡単に襲撃された。そのショックは計り知れない。

聞けば、夏梅もすでに自宅を襲撃され、ここに行き着いたのだそうだ。彼女は、同じマンションの別の部屋に住んでいる。

この『総督《そうとく》』が用意したというマンションは、市内の外れにあった。どうやら特殊《とくしゅ》な造りになっており、そう簡単にはウツセミに見つからないようになっているのだという。

……まあ、それ以前に自宅は相手方に把握《はあく》されていたようだ。ウツセミたちを操《あやつ》る機関とやらはすでに鳶雄たち生存組の情報を持っている。……このマンションもいつそいつらに捕捉《ほそく》されるかわかったものではない。そうなる前に相手の本拠地《ほんきょち》を見つけて、ウツセミにされている皆《みな》を助けるしかないだろう。

……時間はない、と思う。限られた時間のなかで、いかに生きて、いかに強くなるか、それがいまの命題だと鳶雄は理解できていた。

ふいにラヴィニアが黒い犬を見ながら訊いてくる。

「……トビー、ひとつ訊きたいのです」

「な、なんだい？」

ラヴィニアは黒い犬を青い瞳《ひとみ》で捉《とら》えながら、こう言った。

「――そのワンコさんは、『タマゴ』から孵《かえ》ったのですか？　本来は、あの『タマゴ』をパキパキと内側から割って出てくるのです。その通りに生まれたのか、気になったのです」

――っ。

……鳶雄は返す言葉も見つからなかった。タマゴは――割れていたが空だった。犬は――己《おのれ》の影《かげ》から現れた。彼女が言うパキパキと内側から割って出てくる光景など、見てはいない。

「………なんでそれを訊くんだい？」

生唾《なまつば》を呑《の》み込みながら、そう答える鳶雄。

ラヴィニアと——子犬の視線が絡《から》む。青い瞳の少女と赤い瞳の子犬。

「……そのワンコさん、明らかに夏梅やシャークの持っているものより違《ちが》う雰囲気なのです」

……皆川夏梅の持つグリフォンとは違う雰囲気……。鳶雄にはそれがいまいち実感が湧《わ》かない言葉であったが、その子犬が何か得体の知れないものを内に有しているということだけはなぜか直感で理解できた。

「トビー、このワンコさんもセイクリッド・ギアならば、どんな形、能力であれ、力の顕《けん》現《げん》に関するルールはシンプルなのです」

ラヴィニアは己の胸に手を寄せながら真っ直《す》ぐに言う。

「——想《おも》いの力。神器——セイクリッド・ギアは想いが強ければ強いだけ、所有者に応《こた》えるのです。トビーが強く想えばきっとそのワンコも応えてくれるはずなのです」

……『想い』の力。黒い子犬に強くなりたいと願えば応えてくれるというのか……？

鳶雄が子犬を見つめても、とうの本人はきょとんとしているだけだった。

——と、鳶雄とラヴィニアがまじまじと子犬を見つめるなか、ドアがノックされて開け放たれる。

「おはよー。扉、開いてるよー？」

そう言いながら夏梅が部屋に現れる。昨夜ここに入り鍵《かぎ》をかけたはずの扉が開いていることに鳶雄は驚くが、「ラヴィニアがここに来るときに開けたのか？」とすぐに思い至る。

「もう、朝だよ朝。ちゃっちゃと起きて、用意する——って！　わーおっ！　何しているのよ、あんたたち⁉」

こちらの様子を見て仰天《ぎょうてん》している夏梅。それはそうだろう。ベッドに女子を寝《ね》かせたまの男の部屋と化しているのだから。

「い、いや、これは……っ！」

これはいかんと言い訳をしようと立ち上がる鳶雄だったが——、

「穢《けが》されてしまったのです？　こういうとき、そう言うと日本の漫画《まんが》で見たのです」

ラヴィニアが無表情で淡々《たんたん》とそう口にしてしまう。「どんな漫画だ⁉」と心中でツッコミを入れてしまいたくなる。

「ちょ、おいおいおいおいおいおいっ！　俺は何もしてないぞ⁉」

必死にそう告げるしかない鳶雄だったが、夏梅が指を突きつけてもの申してくる。

「幾瀬《いくせ》くん！　新しい仲間と仲を深めあうのは結構だけど、深めあいすぎなんじゃないかな!?」

「だ、だから、これは……っ！」

顔を間近にまで寄せて文句を告げる夏梅だったが――その表情が破顔する。

「なーんてね。わーってますって。どうせ、ラヴィニアが夜中に寝ぼけて入ってきちゃったんでしょ？　私の寝床に入ってくるのなんてしょっちゅうだし。それに私の見立てでは幾瀬くんって、女の子に誠実そうよね」

…………。

……ラヴィニアに顔を向ければ、「なのです」と同意する金髪《きんぱつ》少女がいた。……誤解は解けそうだが、どうにも釈然《しゃくぜん》としないものが鳶雄の心に生じてしまっていた。

昨夜、ビデオを見た部屋に集合した鳶雄、夏梅、ラヴィニアの三人は、遅《おそ》めの朝食を取ることとなった。

――が、鳶雄の眼前に用意されたのはポットとカップラーメンだ。夏梅とラヴィニアはそそくさとお湯を注ぐ準備をし始めた。

それを見ていた鳶雄が一言だけ口にする。

「……朝はカップ麺《めん》、か」

鳶雄は、レトルトとジャンクフードは好んで食べることはしなかった。亡《な》くなった祖母が毎日三食きちんとしたバランスの良い食事を用意してくれたためにその手のものに触《ふ》れる機会がなかったからだ。と言っても友人の付き合いやどうしても外せない用事があって調理できなかった場合などであれば、その限りではない。しかし、祖母が亡くなったあとも一人で料理をし続け、幼馴染《おさななじみ》の紗枝にも手料理を作ってもらっていた手前、レトルト食品はあまりに馴染みが薄《うす》いのだ。

女子二人は特に気にも留めず、お湯を注ごうとしているのだが、鳶雄は立ち上がって両名に言った。

「俺、実は家から出てくるとき少しばかり調味料と缶詰《かんづめ》とか持ってきたんだ。それで料理でもするよ。えーと、二人は何か材料になるものとか持ってないかな？」

鳶雄の――いや、男子からの突然《とつぜん》の料理宣言にポカンとする夏梅だったが――、

「……え、ええ、部屋に食パンとか牛乳、たまごぐらいならあるかな」

――と、答えた。

「ここの住民が共同で使える給湯室があるのです。そこの冷蔵庫にある程度材料があったりするのです」

挙手するラヴィニアからも良い情報を得られる。

「わかった。じゃあ、二十分ぐらい待っていてくれるかな？　朝食を作るから」

鳶雄は笑顔《えがお》で二人にそう告げて、材料を取りに行った。

――二十分後。

卓《たく》に並んだのは、プラスチックのコップに縦に入れられた野菜スティック＆からしマヨネーズ、マグカップに入れられたオニオンスープ、ツナサンド、そしてデザートとしてジャムが添《そ》えられたフレンチトーストという献立《こんだて》だった。

それらを見て、夏梅は惚《ほ》れ惚《ぼ》れするように「すごいすごい！」と騒《さわ》いでいた。ラヴィニアも表情はあまり変わらないように見えるが、瞳はフレンチトーストに釘付《くぎづ》けだった。

鳶雄はエプロンをたたみながら言う。

「ごめん、ツナサンドとフレンチトーストでパンが被《かぶ》っちゃったけど、とりあえず、間に合わせのもので用意できたのはこんな感じかな」

女子に食べてもらうのだから、もう少し気の利《き》いたものを用意したかった鳶雄ではあったが、この状況《じょうきょう》なのでシンプルかつパパッと腹に収められる献立にすることにした。

だが、とうの夏梅はとびきり喜び、鳶雄の手をつかんで上下にぶんぶんとさせた。

「すごいわ、幾瀬くん！　ま、まさか、あなたがこんなにも料理男子だったなんて！　いや～、私、いい拾いものしちゃったかも！」

……拾いもの、か。ちょっと反応に困る鳶雄ではあったが、喜んでくれているようなので、それでいいと思うことにした。

ラヴィニアは「ottimo」と口にしながらパクパクと食べ始めていた。

オッティモ――イタリアの「おいしい」という言葉だ。だとすると、ラヴィニアはイタリア出身なのだろうか？　そういえば、ラヴィニアという同名の有名な画家がイタリアにいたかなと鳶雄は思い返していた。

「カップ麺の袋《ふくろ》を開けたままにしてしまったので、あとでヴァーくんにあげるのです」

ラヴィニアはカップ麺の容器を見ながらそう言う。

「ヴァーくん？」

聞き覚えのない名前を出されて疑問符《ぎもんふ》を浮《う》かべる鳶雄。夏梅が嘆《なげ》くように息を吐《つ》く。

「……昨夜言ったこのマンションに住む生意気な男の子のことよ。カップ麺ばかり食べていてね、私たちのカップ麺もその子から貰《もら》ったの。成長期なのに不健康すぎだわ。今度幾瀬くんの料理を振《ふ》る舞《ま》ってあげてね！」

……このマンションにはどんな住人がいるのだろうか？　鳶雄の予想以上の者たちがいそうで少しばかり気《き》後《おく》れしてしまう。

食事を終えた頃《ころ》、夏梅はあらためて口にする。

「さて、今日の予定だけれど、昨夜言ったように鮫島くんと合流するわ」

「それはいいけど、彼の居場所はわかっているのかい？　それとも連絡《れんらく》すれば、ここに戻《もど》ってくるとか？」

鳶雄の問いに夏梅はケータイを取り出す。

「連絡は……ダメね。いちおう、鮫島くんの番号は無理矢理にでも手に入れたけど、電源切ってるみたいで繋《つな》がらないわ。偽《にせ》の番号を教えなかっただけまだマシなのかしら」

電話は拒《きょ》否《ひ》しているということか。つまり、こちらからの連絡はいらないということだ。

となると、かなり好き勝手に動いているのかもしれない。

では、鮫島綱生の居場所はわからないということか。もしかして、すでにウツセミによって……。最悪の想定も鳶雄のなかで生まれつつあったが、ラヴィニアが言う。

「だいじょうぶなのです。シャークには私の術式マーキングを施《ほどこ》してあるので、位置は特定できるのです」

その一声に夏梅が「さっすが、魔《ま》法《ほう》少女」と唸《うな》っていた。いまだ「魔法少女」という触《ふ》れ込みに眉《まゆ》根《ね》を寄せる鳶雄ではあったが――。

ラヴィニアが小枝ほどのスティックを懐《ふところ》から取り出すと、その先端《せんたん》が青い光を発し始めた。

その現象に言葉を失う鳶雄。先端に光る仕掛《しか》けでもあるのかと思ってしまうのだが、自分の状況を鑑《かんが》みるとあながち魔法少女というのも戯《ざ》れ言《ごと》ではないのだろう。

ラヴィニアがその場で立ち上がり、ぐるりと一回りする。すると、ある一定の方向にスティックが一層光を放つことが見て取れた。

その方角を指し示しながらラヴィニアは言う。

「こっちの方角にシャークがいるみたいなのです。ただ、反応がいまひとつ悪いのです。おそらく、私の魔法が及《およ》びにくい場所……相手が敷《し》いた力場に入り込もうとしているのかもしれないのです」

それを聞いて夏梅が問う。

「つまり、鮫島くんは単独で敵がウジャウジャいそうなところに突貫《とっかん》しそうになっているってこと？」

ラヴィニアは無言でうなずく。夏梅は顔をひくつかせていた。

「……あのヤンキー、敵を倒《たお》すことに夢中になって、相手陣地《じんち》に誘《さそ》われたんじゃないでしょうね……っ！」

夏梅は歯ぎしりしながら、拳《こぶし》を震わせていた。半笑いをしているが、その双眸《そうぼう》は憤怒《ふんぬ》の色と化している。彼女はドカドカと足音を立てながら玄関《げんかん》へと向かう。

「鮫島綱生を捕《つか》まえるわ！　戦闘覚悟《せんとうかくご》でも、彼を放《ほう》っておくわけにはいかない！」

鮫島との合流――。それはウツセミ――同級生との戦闘再開を意味していた。

2

隠《かく》れ家《が》のマンションを出て、街中に着いたとき、皆川夏梅は鳶雄に一枚のマイクロＳＤカードを手渡《てわた》した。

「それのなかに『総督《そうとく》』が用意してくれたとあるデータが入っているわ。携帯電話《けいたいでんわ》にそのカードを入れれば勝手にアプリがインストールされるの。急いで」

彼女に急《せ》かされながら、鳶雄は己《おのれ》の携帯電話を取り出した。昨夜から電源を落としたままだった。警察は頼《たよ》れないと夏梅にも説明を受けていたし、かといって誰《だれ》かを巻き込みたくはなかったため、自主的に携帯電話の電源を切ったのだ。

……電源を入れると、友人からの着信があり、若干《じゃっかん》何とも言えない心境となる。今日から当面、学校に通えない。通えるはずがない。今回の一件に現在の学友を巻き込みたくなかったし、学校に行けば高い確率で敵に気取《けど》られるだろう。事件が解決するまでは、元の日常に帰ることはできないのだ。

夏梅から受け取ったカードを携帯電話に入れた瞬間《しゅんかん》、勝手にインストールは始まり、中に入っていたアプリが立ち上がる。

画面に若者たちの写真が現れる。それはウツセミと化した生徒二百三十三名分の写真名《めい》簿《ぼ》だった。

「今後の対策のために、相手の顔を覚えておいて損はないってことね」

夏梅はそう言った。

知っている者、知らない者、次々と画面に表示されていく。

――知らない同級生も多い。

ウツセミとなってしまった陵空高校二年生二百三十三名のなかで、知っているのは自分の元クラスメイトと、わずかに見知っている別クラスの者たちだけ。大半は名前と顔が一《いっ》致《ち》しない人ばかりだった。

それはそうだ。教師でもない限り、同級生全員を顔と名前が一致できる高校生なんてそういないだろう。

だが、このアプリはありがたい。いざというとき、参考となる。見知らぬ怪《あや》しい人物を見かけたり、接近を許してしまったら、これを見て判断すればいいということだ。

スティックの先端を光らせるラヴィニア。街中でこの光景を見ると、とんがり帽子《ぼうし》を被り、マントを羽織ってスティック型のおもちゃを光らせるコスプレ金髪《きんぱつ》少女に思える。あまり人目にはつきたくなかったため、途中《とちゅう》でタクシーを拾ってラヴィニアの誘導《ゆうどう》のもと、目的地へと急いだ。

車内に黒い子犬まで乗車できるのか、心配になったのだが、直前までついてきていた子犬はいつの間にか消えていた。消えたことに気づいた夏梅が言う。

「そういうものらしいのよ、私たちのパートナーって。ちなみにうちのグリフォンちゃんはお空を飛んでついてきているはずよ」

彼女はそう気軽に答えた。彼女曰《いわ》く、基本的にタマゴから孵《かえ》ったセイクリッド・ギア――子犬や夏梅のグリフォンは同級生のウツセミたちと違《ちが》って関係のない人にとって、知覚、認識《にんしき》されない存在なのだそうだ。自ら認識されたいと思えば他人にも見えるようになる。

関係者である鳶雄にいま見えないのは、鳶雄が子犬を求めていないからだと夏梅に言われた。

家を出ても子犬は後方からトコトコとついてきた。タクシーの発車寸前まで付き添い、子犬は頑《かたく》なに鳶雄のそばを離《はな》れなかったのだ。

そういう存在なのだ、この独立具現型と言われるセイクリッド・ギアは。関係のない者には、認識されない存在——。しかし、主人のピンチには必ず駆《か》けつけるという。

夏梅はふいに言う。

「名前、つけてあげたほうがいいかも。呼ぶとき、名前がないと不便でしょうから」

……名前、か。昨夜にいろいろなことが起こりすぎたためか、そこにまで思考が及《およ》ばなかった。……この黒い子犬が、自分の超能力《ちょうのうりょく》でありながらも、意思があるのであれば、名《めい》称《しょう》は必要なのかもしれない。

タクシーでの移動中、外の風景を眺《なが》めながら鳶雄は犬のこと、今後のこと、様々な事柄《ことがら》を思慮《しりょ》していた。

乗車中、ウツセミに狙《ねら》われるのではと心配したが、日中だったのが功を奏したのか、タクシーは無事にふたつ先の町内にまでたどり着く。公園の入り口に降り立ったあと、ラヴィニア先導による鮫島綱生捜索《そうさく》が開始された。途中、出くわす住人がウツセミではないかといちいち警戒《けいかい》してしまうが、大概《たいがい》は学生には見えない歳《とし》の者たちばかりだった。当然かもしれない。いま、学生は学校で授業を受けている時間なのだから。こんな時間帯に学生に見える自分たちが住宅街にいるほうが目立つだろう。

さらに進み、三人がたどり着いたのは——住宅街の端っこに存在する廃業《はいぎょう》したデパートだった。このデパート廃業の話は鳶雄の耳にも届いた。隣町《となりまち》にできた大型ショッピングモールの攻勢《こうせい》に敗れて、近く取り壊《こわ》しが検討されている。跡地《あとち》には屋内プールを備えた総合スポーツジムが建つとされていた。

人気《ひとけ》のないデパートを前に鳶雄と夏梅は構えてしまう。現在、置かれている立場を鑑《かんが》みても危険な場所に他《ほか》ならない。何せ、人気がないということと建物内というウツセミに襲《しゅう》撃《げき》される最悪に等しい条件が被《かぶ》っているのだから。

だが、ラヴィニアのスティックの光は、素人《しろうと》が見てもデパート内に向けていっそうまばゆく輝《かがや》いている。……このなかに鮫島綱生がいるということだろう。

意を決した夏梅が言う。

「……ウツセミの巣になっていてもなんらおかしくない」

消えていた黒い子犬もいつの間にか足下《あしもと》に姿を現していた。……つまり、そういうことなのだろう。主人の身に危険が及ぶ可能性が高いから——。このなかにそれだけの存在がいるということになる。このデパートの規模を考えれば、中に入っているウツセミは一人二人ではないのかもしれない。

「なかに入るのです」

ラヴィニアは特に臆《おく》することもなく、裏のほうに向かおうとしていた。正面の入り口はシャッターが降りていて入ることはできない。鮫島が中にいるということは、どこかから入れるところがあったのだろう。関係者用の入り口が開いているのかもしれないと鳶雄は考える。

三人は関係者用の入り口を探して歩を進めた。


「やっぱり、暗いわよね……」

夏梅のつぶやきは小声でも店内に軽く響《ひび》いた。

あのあと、裏手に回って入り口を探し当てた。やはり、関係者用の扉《とびら》が何者かの力によってこじ開けられており、侵入《しんにゅう》は容易《たやす》かった。

デパートの中は、当然灯《あか》りがついておらず、シャッターが締《し》め切られているため、店内は暗黒に近かった。夏梅は鞄《かばん》の中からペンライトを二本取り出して、一本をこちらに渡《わた》してくれた。ラヴィニアはスティックの先端を光らせているため、ライトはいらないようだ。

三人で一定の距離《きょり》を取って一階を進む。夏梅は中にいるであろう敵に察知されないよう囁《ささや》くような声でラヴィニアに訊《き》く。

（……あのヤンキー、何階にいそう？）

（わからないのです。ここは私の魔法《まほう》が及びにくい力場なので、シャークにつけたマーキ

ングを捉《とら》え続けるのが限界みたいなのです。ただ、このなかにいるのは確かなのです)

彼女が言うように、スティック先端の光源は不規則に点滅《てんめつ》を繰《く》り返《かえ》していた。ラヴィニアが使うという魔法とやらを妨害するものがこのデパート内にあるということなのだろう。

夏梅は提案を小声で囁く。

(一階ずつ捜索しましょう。無闇《むやみ》にどかどかと上に上がっていって大勢に出くわしても困るし。ラヴィニアは連絡《れんらく》用の魔法か何か使えたわよね?)

夏梅の問いにラヴィニアはうなずき、スティックで宙に何かを描《えが》き出した。杖《つえ》の先端の光源が、スティックの動きと共に円を浮《う》かび上がらせる。さらに見知らぬ文字、紋様《もんよう》を円のなかに描いていき、小型の魔方陣《まほうじん》らしきものが目の前に生まれた。

……ウツセミが消えるときに現れる魔方陣みたいなものと同種……いや、紋様には違いがあるように思えた。小型の魔方陣が消えると、米粒《こめつぶ》大の光の結晶《けっしょう》が空《くう》に浮かんでいた。光の結晶は勝手に動き出して、自分や夏梅、ラヴィニアの耳のなかに入っていく。突然《とつぜん》のことに体をびくつかせる鳶雄だったが……耳のなかに入っても特に問題は起こらなかった。

夏梅が鳶雄の反応にくすりと小さく笑いながら、耳元を手で押さえて、囁いた。

『(聞こえる?)』

――っ！　目の前から夏梅の声が届くのと同時に、耳の奥にも直接聞こえてきたことに鳶雄は驚《おどろ》いた。

（耳を押さえてしゃべればその声は私たちに伝わるわ。これがラヴィニアの魔法のひとつよ）

…………。

言葉もなかった。隣《となり》で若干得意げにピースサインをするラヴィニアだが、本当に魔法――超常《ちょうじょう》現象を起こせるとは……。あの発火現象も本当の魔法だった？　……だが、このように驚くのは今更《いまさら》なのだろうか。何せ、昨夜からその手の現象に遭遇《そうぐう》し続けているのだから――。

……そうなると、ウツセミが消えるときのあの魔方陣も魔法使いが関係している？　ラヴィニアが自分たちに協力しているのも、もしかしたら、それが原因なのか？　鳶雄は様々なことに想像を巡《めぐ》らせたが、いまは鮫島捜索《そうさく》が急務のため、ラヴィニアへの言及《げんきゅう》は置いておくことにした。……ここから生きて帰ったらあらためて訊けばいい。

夏梅が確認するように言う。

（いったん散って捜索するわ。一階ずつね。二階に上がるときは相互《そうご》連絡《れんらく》を取り合い、決めていきましょう。鮫島くんを見つけたら、皆《みんな》に連絡後、追ってちょうだい）

うなずきあって、三人はいったん距離を取って探索《たんさく》を開始した。

ヒトのいない閉め切られたデパート内というのは、こんなにも不気味なものかと鳶雄は心音を鳴らしながら歩いていた。中にあった各店舗《てんぽ》は商品ごと引き払《はら》っているのか、内部にあるのは撤去《てっきょ》用に使われたであろうビニールシートや脚立《きゃたつ》、置き忘れの商品棚《だな》などしか見当たらなかった。おかげで姿を隠《かく》す場所は限られてしまう。

……放課後、誰《だれ》もいなくなった学校も薄気味《うすきみ》悪さを醸《かも》し出してくるが、誰もいないデパートも相当なものだ。しかも、この建物内には、昨夜襲《おそ》ってきたようなバケモノ付きの同級生たちがいる。昨日まで一般《いっぱん》の高校生だった鳶雄にしてみればたまったものではない。

それでもどうにか意思を強くつなぎ止めていられるのは、この状況《じょうきょう》を気にも留めず前をとことこと歩く黒い子犬の存在が大きい。犬は額から鋭《するど》い突起物《とっき》——刃《やいば》のようなものを生やしており、すでにいつ襲われてもいいような臨戦態勢だった。

……強い意志を宿すことができるのは、この恐《おそ》ろしげな現状の先に、同級生たちの解放と——紗枝との再会があると信じているからに他ならない。

この先に紗枝がいるのなら——。

鳶雄はその思いだけを強く持って、恐怖《きょうふ》に耐《た》えながら前へ進んだ。

（そちらはどう？）

夏梅の声が耳に直接聞こえてくる。鳶雄も耳を押さえて囁いた。

（特に何も。そちらは？）

（まだ何も。グリフォンに先を行かせているんだけど、特になしね）

……となると、一階は特に何もなしということか？

鳶雄が行き着いたのは、停止したエスカレーターだった。上がるとしたらここから？　それとも階段から行ったほうがいいのか。判断は皆と合流してからにしよう——そう考えていたときだった。

子犬が何かを感じ取り、一点を見つめていた。鳶雄は生唾《なまつば》を呑《の》み込んで、ペンライトをそちらに当てる。子犬が視線を送るのは、柱だった。……裏に誰かが隠れている？　ライトを当てても一向に出てこないのを見て、皆をいったん集めようか思慮したときだった。

柱の裏側から——白い猫《ねこ》が一匹《いっぴき》現れる。真っ白な毛並みの猫。長い尻尾《しっぽ》を左右に揺《ゆ》らしていた。

……デパートに入り込んだ野良猫《のらねこ》？　——が、すぐに思い改める。奴《やっ》らウツセミが持つのは、動物の姿を模したバケモノだ。だとしたら、この猫も……？

構える鳶雄だったが、柱の裏側からもうひとつの影《かげ》が姿を見せる。ペンライトに当てられたのは、背の高い茶髪《ちゃぱつ》の少年だった。

――鮫島綱生だ。

少年――鮫島はライトの光に目を細めながらも手元に視線を落としていた。携帯電話《けいたいでんわ》を見ているようだ。子犬も相手の猫も見つめ合ったまま、微動《びどう》だにしない。少しして、鮫島が嘆息《たんそく》した。

「……どうやら、このリストにない奴みたいだな。すると、生き残り組か？　ったく、こんなところまで来やがってよ」

鮫島は後頭部を手でかきながら文句を垂れていた。

お互《たが》い、身の危険がなくなったところで鮫島が言う。

「おまえ、皆川や魔女《まじょ》っ子と一緒《いっしょ》に来たのか？」

「……ああ、彼女たちも一階で捜索しているよ」

「……俺の動きを把握《はあく》されたってーと、魔女っ子か、あの生意気な銀髪《ぎんぱつ》のクソガキに特定されたってところか。……ったく、当面勝手にやらせろと言ったのによ」

毒づくように鮫島は言う。

――と、鮫島が何かに気づいたようにエスカレーターの先に視線を送った。同様に白い猫と黒い子犬も鮫島と同じ方向を見つめていた。鳶雄も促《うなが》されるようにそちらへ目線を送るが……暗がりだけしか確認《かくにん》できず、何があるのか感じ取れなかった。

「……やっぱ、ここにいるってことか」

鮫島はエスカレーターの先を睨《にら》んでいた。

「気配の取り方、覚えたほうがいいぜ。神器を通して感覚を研《と》ぎ澄《す》ませば、ケンカの素人《しろうと》でもすぐに覚えられるはずだ」

鮫島はそう言いながら鳶雄の横を過ぎて、エスカレーターのほうに向かう。鮫島の発見と、彼が二階に上がろうとしていることを夏梅たちに伝えようとしたとき——耳から聞こえてきたのは彼女たちの声だった。同時に一階の奥から大きな音が鳴り響いてくる！

『幾瀬くん！　ごめん！　襲撃されちゃった！　いまラヴィニアと一緒に対応しているの！　そっちは⁉』

襲撃⁉　一階から相手は襲ってきたというのか！　上から階段で下りてきたのかもしれない。

鳶雄は耳を押さえて、夏梅たちに言う。

「こっちは鮫島綱生を見つけたよ！　俺はどうしたらいい⁉　鮫島を連れて、そっちに向かったほうがいいよな⁉」

その提案をする鳶雄だったが、鮫島は小さく笑うだけだった。

「魔女っ子がいるんだろう？　なら、あの鳥頭でも心配するだけ損だぜ？　悪いが、俺は上で待っている奴らに用があるんでな」

そう言うなり、鮫島は白い猫を拾い上げると肩《かた》に乗せてからエスカレーターを上がっていく。

「おいっ！」

制止させようとする鳶雄だったが、夏梅の声が届く。

『幾瀬くん！　いまの声、鮫島くんでしょ？　なら、彼を追ってちょうだい！』

「けど！　そっちは本当にだいじょうぶなのか⁉」

『私のグリフォンちゃんを舐《な》めないで。それにこちらにいる魔法少女はそんじょそこらのウツセミ程度じゃ相手にならないわ』

刹那《せつな》、奥から破砕音《はさいおん》と共に赤い閃光《せんこう》が闇《やみ》に煌《きら》めく。

夏梅が言うように、ラヴィニアは昨夜発火現象にてウツセミの連れたバケモノを一瞬《いっしゅん》で倒《たお》した。夏梅や鮫島が二人して心配をしていないということは、それほどの実力者なのだと思う。

「……悪い！　俺は鮫島を追う！　絶対に死なないでくれよ、皆川さん！　ラヴィニアさん！」

『了解《りょうかい》！』

『了解なのです』

耳に届く女の子二人の勇ましい返事。女子を置いていくことに抵抗《ていこう》はあるが……鳶雄は振《ふ》り切るように鮫島を追ってエスカレーターを上がった。

二階に上がると、途端《とたん》に灯《あか》りがついた。突然の光明に目がくらむ鳶雄と鮫島。灯りのおかげで、フロア全体が見通せるようになった。

そして、二階で待っていたのは——巨大《きょだい》なバケモノたちだった。カマキリ、クワガタ、蟹《かに》、亀《かめ》のような姿をした怪物《かいぶつ》の群れ——。昨夜戦ったカエル、蜘蛛《くも》の別種も存在していた。傍《かたわ》らには少年少女たち。同級生のウツセミだ。ざっと見渡《みわた》すだけで十体はいる。

……この一件に巻き込まれて二日目にして、この数を相手にしなければならないのか。

鳶雄は、初めて味わう数の暴力というものに背筋を冷たくさせていた。

——が、その男は「ククク」とおかしそうに、不敵に笑《え》んだ。

鮫島は臆《おく》することなく、一歩、また一歩と敵陣《てきじん》に踏《ふ》み込んでいく。

「白砂《びゃくさ》、いくぞ」

肩に乗る猫にそう告げる。すると、猫の長い尾《お》がピンと立って——二つに分かれていった。分かれた二本の尾はぐんぐんと伸《の》びていき、その一本が鮫島の左腕《ひだりうで》をぐるぐると包み込んでいく。主人の腕を包む白い尾っぽは徐々《じょじょ》に形を変えていき——円錐《えんすい》形の巨大なランスと化した。

「——俺の猫はなんでも貫《つらぬ》く槍《やり》だ。さ、ぶっ刺《さ》されてぇ奴《やつ》からかかってこい」

左腕にランスを生やした鮫島はウツセミたちに宣戦布告をたたきつける。

それが開戦の狼煙《のろし》となり、前方から蜘蛛のバケモノが突貫《とっかん》してきた。鮫島は体勢を低くして、超《ちょう》低空からのアッパーをする要領で蜘蛛のバケモノを左腕のランスで貫いた！

天にかざすように貫いた蜘蛛を突《つ》き上げる鮫島は、敵方のほうに放《ほう》り投げるようにランスを振り下ろす！　一瞬で絶命した蜘蛛がランスから解き放たれて吹《ふ》っ飛んでいく！　その場から散っていくバケモノたち。鮫島は右側から襲い来る蟹に向けて、右手で猫に指示を送る。

「硬《かた》い殻《から》の隙間《すきま》を狙《ねら》えっ！」

二本ある白い猫の尾の一本が、うねうねと動いて高速で飛び出していく！　蟹のバケモノは避《よ》けることもできずに殻の一角から尾の一撃《いちげき》を許してしまう！　白い尾は細く鋭いレイピアのごとく、蟹の体を貫き、その動きを止めてしまった。自在に動く尾が、体に侵入《しんにゅう》後、核《かく》となる部分を破壊《はかい》したのだと鳶雄は理解する。鮫島が穿《うが》つランスと、猫の操《あやつ》る鋭く細い尾。息を合わせるように鮫島と猫はこの二種の攻撃《こうげき》を繰《く》り出していた。

——と、今度は鳶雄のほうにもバケモノは襲い来る。昨夜同様、カエルのバケモノが舌を垂らしながら、飛びかかってきたのだ。鳶雄は右手をカエルのほうに示して、黒い犬に命令を送った。子犬は目にも留まらぬ速度で飛び出して、通り過ぎざまにカエルを額の刃にて両断する。

その光景を見て鮫島はひゅーっと賛辞の口笛を鳴らす。

鮫島は続いて、カマキリの両腕《りょううで》の刃を避けて腹をランスで貫き、低空で飛んできたクワガタの突進《とつしん》をジャンプして回避《かいひ》する。

「——んじゃ、ここだな！」

ジャンプした勢いでランスを下に向けて、上からクワガタを刺突《しとつ》した。二階の床《ゆか》に突《つ》き刺さるランスだったが、貫いたクワガタごと引き抜《ぬ》いて横に薙《な》いだ。変わり果てたクワガタのバケモノは力なく床にうち捨てられる。

横では、鳶雄がまた一体バケモノを始末したところだった。この状況で、鳶雄は力を実感していた。

——戦える。勝てる！

まだこの異常な世界に飛び込んで二日目だが、黒い子犬の力は本物だ。そして、傍らで戦う鮫島の力も他《ほか》のウツセミを圧倒《あっとう》していた。

……これが、本物のセイクリッド・ギアと人工物の差なのだろうか？　そんなふうに思ってしまうが、むろん、相手の一撃を生身に食らえば鳶雄も鮫島もひとたまりもない。自分たちが有するセイクリッド・ギアが、持ち主の想定以上の力を発揮しているからこその攻勢《こうせい》だろう。

だが、鮫島の攻撃が通らない相手がいた。亀のバケモノだ。硬い甲羅《こうら》が彼のランスを弾《はじ》く。亀のバケモノは甲羅のなかに頭部と四肢《しし》を隠《かく》して防御《ぼうぎょ》に徹《てっ》していた。これには鮫島も舌打ちしていた。——が、黒い子犬はかまわずに飛び出していった。

いくら犬の刃《やいば》が鋭《するど》く鋭利《えいり》だとしてもあの甲羅までは傷をつけることなんて——。

だが、犬は鳶雄の想像以上の行動に出る。亀の頭部が引っ込んだ先に刃を生やしたまま突撃《とつげき》していったのだ。

頭部が引っ込んだ部分の前に来ると——額の刃を前方に突きだして伸ばしていった。亀は甲羅に隠れたとはいえ、頭が引っ込んだ部位は硬いものに覆《おお》われていない。犬は小柄《こがら》な体と刃を生かして、そこを狙ったのだ。鋭く伸びていった刃は、引っ込んだままの亀のバケモノを串刺《くしざ》しにしてしまう。甲羅に隠れたままの亀を頭部の先端《せんたん》から、尾までを貫いたのだ。亀はそのまま絶命した。

「甲羅がダメなら、甲羅のないわずかな部分から攻撃か。うちの白砂みたいなことやるじゃねぇか」

鮫島はそう評した。確かに、白い猫《ねこ》は先ほど蟹のバケモノを倒す際、硬い殻の隙間を狙って貫いた。……黒い子犬はそれを見て、即座《そくざ》に学習したというのか？　だとすると、この子犬の知能は思った以上に高いと判断できる。

二人が二階に上がり、戦闘《せんとう》を始めて数分——。

十体はいたウツセミは全滅《ぜんめつ》していた。バケモノを倒された同級生たちは気を失ってその場に倒れ込む。魔方陣《まほうじん》に消えていく同級生を見届けながら、鮫島が鳶雄に訊《き》いてくる。

「ひとつ訊きてぇんだが」

鳶雄は無言でうなずいた。

「おまえ、ここに来たってことは逃《に》げるのを止《や》めたってことだよな？　なんでだ？　こんなわけのわからねぇ、頭がおかしくなりそうなほどの理不尽《りふじん》が来てんのによ、どうして動ける？　なんで戦おうと決心した？　その犬は、おまえと戦うって目してんぜ？」

鮫島の視線の先、黒い子犬は赤い瞳《ひとみ》を爛々《らんらん》と輝《かがや》かせていた。それは勇ましく思えるほどに強いものを乗せている。

鮫島に問われて、鳶雄は天井《てんじょう》を見上げた。

「……俺も怖《こわ》いよ。でも――」

真っ正面から、鳶雄は鮫島に言った。

「どうしても救いたいヒトがいる。どうしても助けたい友人たちがいる。……俺に戦えるだけの力があるなら、せめて抵抗をしてから死にたい」

それを聞いた鮫島は、初めて気を許したように強面《こわもて》な表情を和《やわ》らげた。

「……へっ。ただの愚図《ぐず》じゃなさそうだな」

鮫島はそのままエスカレーターのほうに足を向けて、三階へと上がろうとする。鳶雄もそれを追っていった。

二人がエスカレーターを上がっていくなかで、鮫島が振り返りもせずに訊いてきた。

「……女か？」

不意打ちの一言だった。先ほど鳶雄が口にした「救いたいヒト」というものが、鮫島に看破されているようだった。

鳶雄はその通りだったためか、顔を赤くさせて慌《あわ》てた。

「え！　い、いや、あの……」

言いよどむ鳶雄に鮫島は笑う。

「ははっ、女か。いいじゃねぇか。変に正義ぶるよか、よっぽどいいさ」

鮫島は振り返り、手を突き出した。

「鮫島綱生だ」

鳶雄は驚《おど》きながらもすぐにその手を取って握手《あくしゅ》に応じた。

「幾瀬鳶雄、よろしく」

元陵空高校一の不良――鮫島綱生。だが、噂《うわさ》よりも大分まともな男だと思えた。


三階、四階と上がっていき、五階にたどり着いたときだった。

そこで待っていたのは――三十人以上はいるであろう、ウツセミの大群だった。各種様々な異形《いぎょう》のバケモノたちが、怪《あや》しい眼光でこちらを睨《にら》む。三十体以上のバケモノに睨まれるのはそれだけで十分に驚異《きょうい》的な情景だった。初めて見るタイプであろう巨大な植物のようなものまで何体もいる。

鮫島の視線が一点に注がれた。鳶雄が追うと、そこには明らかに場《ば》違《ちが》いな男の姿があった。

背広を着た二十代後半の男性がそこにいたのだ。

男性は不敵な笑みを見せながら、近づいてくる。嫌《いや》みな笑みを見せながら言った。

「やあ、これはこれは。二人も。いや、下に三人めもいるのかな？」

鮫島はドスの利《き》いた声で問う。

「……黒幕か？」

「――の一人と言っておこうかな。私は童門計久《どうもんかずひさ》という者だ。今回の『四凶計画《しきょう》』に参加している者だよ。楽しそうだからね、現場を見学しに来たんだ」

「……四凶？　んだ、そりゃ」

鮫島が問い返すように、鳶雄にも聞き覚えのない単語だった。……『四凶計画』？

この反応を見て、男は怪訝《けげん》そうな表情となる。

「ほう、まだ例の『堕天の一団《グリゴリ》』からは話されていないのかな？　まあいい」

男は指を鳴らした。――刹那《せつな》、背後で待機していた怪物たちが一斉《いっせい》に動き出す。

童門と名乗った男は両手を広げて、鳶雄たちに言う。

「何はともあれ、キミたちを奪取《だっしゅ》させていただくよ。我々はその猫と犬を持つキミたちが欲《ほ》しいのだからね。『ウツセミ』など、そのための前座の実験に過ぎない」

鮫島はそれを聞いても、この状況《じょうきょう》となっても一切退《いっさいひ》かずに剛胆《ごうたん》に言い放つ。

「本物の神器《じんぎ》――セイクリッドなんたらだっけか？　わけのわからねぇことに巻き込みやがってよ。いいから、俺のダチを解放してもらおうか？」

「確か、キミは前田信繁《まえだのぶしげ》と友達だったようだね。うむ、彼はウツセミと化しているよ」

その一言に鮫島は、憤怒《ふんぬ》の形相《ぎょうそう》となった。打って変わっての濃厚《のうこう》な戦意を鳶雄も横で感じ取れるほどだ。

鳶雄はその名前に覚えがあった。前田は鮫島の数少ない仲間の一人だったはずだ。よく、二人でつるんでいるのを陵空時代に見かけた。

「だから、返せって言ってんだよ。ぶっ飛ばすぞ、クソ野郎《やろう》がっ」

鮫島の左腕に再度ランスが誕生する。完全に戦闘態勢だった。

「下賤《げせん》だ、実に」

男は吐《は》き捨てるようにそう口にした。

鮫島が構えながら、鳶雄に訊く。

「……鳥頭と魔女《まじょ》っ子はまだ上がってこられないか？　黒幕をせっかく捉《とら》えたのにさすがにこいつは面倒《めんどう》だ」

鳶雄はうなずいて耳を押さえて二人に問いかける。

「皆川さん、ラヴィニアさん、そっちはどう？　こっちは上階で大群と戦うことになりそうなんだ」

そう報告するが、聞こえてきたのは夏梅の必死な声だった。

『こっちもね、外から侵入してきたウツセミと交戦中でなかなか抜けられないわ！　ラヴィニアが燃やしても痺《しび》れさせても切りがないわ！　たぶん、四十人ぐらい来てる！』

──四十！　こちらとあまり変わらないじゃないか！

どうやら一階も激戦と化しているようだった。

『いざとなったら、「凍《こお》らせる」のです』

『そ、それは最後になさい！　こっちも凍っちゃうかもしれないでしょ！　この！　無差別氷姫《ディマイズ・ガール》！』

何か切り札があるようだが……こちらにはまだ加勢に来られないということには変わりないのだろう。

「……わかった、こっちも死なない程度にがんばってみる」

『ええ、お互《たが》い、生き残りましょうね！』

その連絡《れんらく》を隣《となり》で聞いていた鮫島は嘆息《たんそく》していた。

「……ま、あの鳥頭じゃ、無理か。いいさ、やるだけやって勝てばいい」

鮫島は鳶雄に言う。

「あの童門とかいう野郎だけは逃がすな、いろいろと訊きたいことがあるからよ」

「ああ、わかってる」

二人はそれだけ確認《かくにん》すると、それぞれのパートナー――子犬と猫と共に一歩前進した。それに呼応するようにウツセミの大群も動き出す。素早《すばや》い形態のバケモノから仕掛《しか》けてくる。正面から迎《むか》え撃《う》つ格好で、黒い子犬、鮫島のランスが巨大《きょだい》なムカデとバッタのバケモノを斬《き》り伏《ふ》せ、貫《つらぬ》き倒《たお》した。ただ突進《とっしん》してくるだけなら容易に相手はできる。――が、距《きょ》離《り》を取って触手《しょくしゅ》または蔦《つた》のようなものを伸《の》ばしてくるタイプは苦手だった。詰《つ》まるところ、鳶雄も鮫島も近距離《きんきょり》から中距離でしか敵に対応できないことを意味していた。

襲《おそ》い来るは虫類タイプの触手と植物タイプの蔦を斬り飛ばすしかない両者。一度でも腕《うで》か足を搦《から》め捕《と》られれば苦戦は必至となるだろう。細心の注意を払《はら》いながら、鳶雄の子犬とランスを持つ鮫島は一体、また一体と退けていく。

二人は怪訝に感じていた。なぜ、あれだけの人数を集めておいて一斉に仕掛けてこないのか？　多くても四体程度のバケモノで奴《やつ》らは攻撃《こうげき》をしてきていたが……。鮫島はともかく、昨日今日能力に目覚めたばかりの鳶雄ならば、十数人で一気にかかれば取り押さえることはできるであろうに、奴らは一向にそうしてこない。

理由は――童門という男にあるようだった。男は、あごに手をやり、興味深そうにこちらに視線を送っていたのだ。ウツセミに指示を送るときも大仰《おおぎょう》ではなく、人差し指をくいくいと小さく動かすだけの所作だけ。それを見て鳶雄はひとつの結論に至る。

おそらく、童門はこちらの戦いを観察しているのだ。あえて、ウツセミを一定数しかけることで、こちらの動きを舐《な》めるように見る。

鮫島も鳶雄と同じことを考えていたのか、舌打ちした。

「……高みの見物ってことかよ。いいご身分だ。──ぶっ潰《つぶ》す！」

童門の行動は激しく鮫島の気に障《さわ》ったようだ。

飛来した蜂《はち》とトンボのバケモノを鳶雄と鮫島が打ち倒したときだった。童門が何度もうなずきながら、懐《ふところ》に手を入れた。

「うんうん、わかった。やはり、本物は違《ちが》う。目覚めたばかりでも人工物ではとうてい及《およ》ばない差を見せつけてくれる。特に鮫島綱生が現状で一番神器を扱《あつか》えるようだ。さすがは『四凶』の一角を宿しているだけはある。──ということで、次に移行しようか」

男が取り出したのは──数枚の札のような紙切れだった。何か、呪術《じゅじゅつ》的な文字が記されているが、それが何を意味しているのか鳶雄は知れない。童門は札を手にして、小声でぶつぶつと呪文《じゅもん》のようなものをつぶやきだした。

「……土より生まれ出《い》ずるもの、金の気を吐き、水の清めにより、馳《は》せ参《さん》じよ」

男が札を手放すと――札が意思を持ったかのように宙を漂《ただよ》い始め、五芒星《ごぼうせい》を形成していく。札のすべてが怪しい輝きを放ったあと、床《ゆか》に大きな影《かげ》が生まれる。その影が盛り上がり、形をなしていく。

……鳶雄、鮫島の眼前に現れたのは、三メートルはあるであろう人形《ひとがた》の土の塊《かたまり》だった。あまりの高さに天井に頭部をぶつけるほどだ。目も鼻も口も耳もないのっぺらぼうではあるが、電柱ほどもありそうな太い両腕《りょううで》は見るだけで寒気を覚えてしまう。

童門が笑う。

「これでも由緒《ゆいしょ》ある術士の家系でね。さ、私の土人形でキミたちを捕《と》らえよう」

男が指を鳴らすとそれに応じて、土人形がゆっくりと動き出す。

鮫島がランスを構えながら吐き捨てるように言う。

「……魔女っ子の魔法《まほう》といい、てめえのバケモノ召喚《しょうかん》といい、なんでもありかよっ！」

「それでもキミたちの持つものに比べたら、矮小《わいしょう》であるんだよ。まったく、不愉快《ふゆかい》なことにね」

土人形が大ぶりにパンチを繰《く》り出した。空気が振動《しんどう》するほどの勢い。直撃《ちょくげき》――いや、かするだけでも大きくダメージを受けそうだ。鮫島は後方に飛び退《の》いて距離を取り、一気にランスを突《つ》き刺《さ》していく。――が、乾《かわ》いた音だけがフロアに響《ひび》くだけで、ランスは土人形の体に弾《はじ》かれてしまう！　土人形の硬度《こうど》が鮫島の持つランスの攻撃力を上回っているということなのだろう。今度は黒い子犬が翼《つばさ》のように生やした背中の一対《つい》の刃《やいば》にて斬りかかるのだが——それも乾いた音を生むだけで土人形にダメージらしいものを与《あた》えられなかった。

その結果を見て童門は嘲笑《ちょうしょう》する。

「どうやら、現時点では私の人形のほうがキミたちを上回っているようだ。——では、仕上げといこうか」

男は、さらに札を取り出して呪文を唱えた。札が宙を飛び回り、鳶雄と鮫島の背後で展開して二体めの土人形を呼び寄せる。バックに現れた新手。正面からも先ほどの土人形が詰め寄ってきていた。

「……くそったれ！」

「…………くっ」

程《ほど》なくして、鳶雄と鮫島は、土人形によって取り押さえられてしまう——。

「さてさて、どうしたものか」

童門の土人形により、床に取り押さえられた鳶雄と鮫島。土人形は右腕《みぎうで》で鳶雄を、左腕で鮫島をそれぞれ押さえている。鳶雄は自分を押さえる土人形の腕から凶悪《きょうあく》なほどのパワーを感じ取れてしまう。自分の力だけでは完全に抜《ぬ》け出せないであろうことは理解できてしまった。子犬と猫《ねこ》ももう一体の土人形の手に掴《つか》まれており、自由を奪《うば》われている。

童門は再びあごに手をやり、手元の携帯《けいたい》機器を見ながら何かを楽しそうに考え込む。携帯機器をいじる手が止まった。鳶雄にいやらしい視線を送り、こう言う。

「ちょうど、この場にキミと縁《えん》のある者を連れていたようだ」

男は、背後で待機するウツセミたちに言う。

「後方にいる者は前に出なさい」

すると、うしろの列にいて正面からは確認できなかった者たちが複数現れる。

――っ！

そのなかに鳶雄の友人がいた。

「……佐々木？」

そう、それは昨日再会した友人だった。一度、連れていたトカゲのバケモノを倒して、魔《ま》方陣《ほうじん》に飛ばされてしまったのだが……。佐々木は再びトカゲのバケモノを引き連れてこの場に列している。

童門が言う。

「昨日、キミに一度倒された子だね。けれど、こちらの技術で、分身体を再生できるケースもあるのだよ。できない子もいるが、彼は幸運にも再生できるタイプだった。だから、パートナーを再び連れていける」

……童門の説明よりも、鳶雄は再び出会えた友人の姿に複雑な心境を覚えていた。

「やめろ、佐々木！　俺だよ、幾瀬だよ！」

あのときできなかったこと——。呼びかけを鳶雄は必死でおこなう。だが、佐々木は何も答えない。無表情でその場に立つだけだ。

鮫島が目を細めて悔《くや》しそうに言う。

「……無駄《むだ》だぜ。こいつらを操《あやつ》る連中を叩《たた》かない限り、襲いかかってきやがるのを止《や》めやしない」

童門はこちらの反応を楽しみながら、佐々木を子犬と猫を捕らえている土人形の前に立たせた。童門が、佐々木の首をつかみ、さらに前に詰め寄らせる。その先には——子犬が額から出している鋭利《えいり》な刃があった。

「まだ、ヒトを斬ってはいないのだろう？　『四凶』とされるキミたちの神器がヒトの血を覚えたとき何が起こるのか、実に興味深いとは思わないかな？」

楽しげに語る男の目は――狂気《きょうき》に彩《いろど》られている。

……自分の分身である子犬に佐々木を斬らせようとしているのか……ッ！　衝撃《しょうげき》的な行動に鳶雄は絶句して、無理矢理にでも土人形の手から抜け出ようともがく。――が、屈強《くっきょう》なまでの腕力《わんりょく》にて、鳶雄は微動《びどう》だにできない。

「…………ッ！　てめえ、卑怯《ひきょう》にもほどがあんだろうが……ッ！」

同様に暴れる鮫島が叫《さけ》ぶが、男は嘆《なげ》くように息を吐《つ》くだけだった。

「何を言っている？　もとはといえば、あの豪華《ごうか》客船に乗らずにいたキミたちが悪いのだ。まあ、それもキミたちのなかにいたそのセイクリッド・ギアが、危険を察知して熱を出させたのだと思うがね。しかも忌々《いまいま》しくも堕天の一団が関与《かんよ》したせいか、キミたちの不参加を事前に知ることすらできなかった。おかげで我々は計画を大幅《おおはば》に修正せざるを得なかった。よくもまあ我々を出し抜いて情報を操作したものだ、あの黒き翼の者たちめ」

男は一転して苦笑《くしょう》する。

「いや、だからこそ、神の子を見張る者《グリゴリ》たちと呼ばれるのだろうか。ふむふむ、セイクリッド・ギアは神からの贈《おく》り物《もの》とされるからねぇ」

佐々木が――こちらに視線を送り、口を動かす。

「うらぎりもの」

「佐々木……」

切ない心情が鳶雄に押し寄せてくる。

——うらぎりもの。

そうだ、彼にしてみれば、自分は裏切り者なのだろう。あの旅行に参加せずに、彼らを巻き込んでしまった。こんな理不尽《りふじん》なまでに異常な事態に投げ込まれて、バケモノの主《あるじ》として級友と戦うよう仕向けられた。

これが裏切り以外の何だというのだ……!?

ふいに鳶雄の脳裏《のうり》に旅行前に佐々木と会話した光景が蘇《よみがえ》る。

放課後、帰り道で佐々木は気恥《きは》ずかしそうに言った。

『なあ、幾瀬。俺な、今度の旅行でC組の室瀬《むろせ》にコクろうと思ってんだ……』

佐々木は、室瀬のことを事あるたびによく口にしていた。恋路《こいじ》に疎《うと》い鳶雄でも、佐々木が彼女に恋しているのぐらいは知り得ていた。佐々木は鳶雄の背中をばんばんと叩く。

『もし、玉砕《ぎょくさい》したら、そのときはあっちで慰《なぐさ》めてくれよなっ！　頼《たの》むなっ！』

普通《ふつう》の学生だ。佐々木は、普通の高校生だ。

勉強をして、運動をして、笑って、怒《おこ》って、泣いて、恋をする。どこにでもいる普通の男子高校生だ。

童門が子犬の刃に佐々木を近づけていくなかで、佐々木はくぐもった声を発する。

「…………い……いくせ……」

――っ。……それは、自分の名前……？

佐々木は無表情のまま、涙《なみだ》を流していた。

「……たす……けて……」

意識はないはずだ。バケモノを使役《しえき》するだけの存在に塗《ぬ》り替《か》えられた同級生――級友。

あのときだって、自分を倒《たお》そうと向かってきた。いまだって、意識は奪われて、童門たちの手駒《てごま》として機能している。

なのに、佐々木は……自分の名を呼んだ。救いを口にした。

その現象に鳶雄は――頬《ほお》に涙を伝わらせた。

童門がこの一連の光景を見て、打ち震《ふる》える。

「これは……素晴《すば》らしい！　まだ意識があるというのか！　なんとも興味深いことだ！　彼らを捕らえたら、すぐに職員に報告しなければならない！　まだまだ人工セイクリッド・ギアのデータは少ないのだから、これは貴重なものとなる！」

……あくまで、この男にとって、佐々木は、陵空の生徒たちは、物でしかないのか……？

どうして、こんな酷《ひど》いことができる？　なぜ、ここまでの非人道的なことができる？

「……ざけるなよ……っ」

鳶雄は──激情を抑《おさ》えられなかった。

「ふざけるなよ……ッ！　なんで、佐々木や皆《みんな》がおまえたちの研究に付き合わないといけないんだ……っ！」

童門は嘲笑《ちょうしょう》する。

「それはキミたちがあのときに参加しなかったのが悪い。いや、堕天の一団がキミたちを隠《かく》したせいか。だとして、手に入らなかったのだから、プランBは発動するべきだと思わないかね？　どちらにしても、もともと『四凶計画』の実験体として多くの若者が必要だった。彼らの協力は必然だったのだよ」

知らない。そんなものなど、彼らは関係なかったはずだ！　自分たちだって──普通に暮らしていたに過ぎない！　たとえ、そのような力があったとしても、こいつらが求めてこなければ何もなかったはずだ！　いつも通りの生活がそこにあったはずなんだ！

童門が何かを思い出して、おかしそうに口にした。

「幾瀬……か。ああ、そういえば、キミは確か東城《とうじょう》紗枝と懇意《こんい》にしていたというデータがあったね。いいだろう、会わせてあげよう。彼女もいいウツセミとなっているよ。思い出した！」

――紗枝。

その名前を聞いて強く反応する鳶雄を見て、童門はさらに醜悪《しゅうあくえ》に笑んで続ける。

「彼女は、実験中にこう何度も呼んでいたね。『とびお、とびお』――と。そうか、キミを呼んでいたんだね。納得《なっとく》したよ」

…………。

………………。

言葉もない鳶雄は――奥歯を激しく噛《か》み、怒《いか》りと悔しさのあまり、涙を止めどなく流した。殺意に満ちた瞳《ひとみ》で童門を睨《にら》む。奴《やつ》はせせら笑うだけだった。

……ああ、そうか。

……こいつらは……『悪』なんだ……っ！

……こいつらは、どうしようもないほど、俺を、佐々木を、紗枝を、己《おのれ》らの欲《よく》――悪意で満たそうとしている。

――許せない。

こんな奴らを許せるはずがない……ッ！

こんなクソのような存在を、見過ごすわけにはいかない……ッ！　佐々木を、友達を、紗枝を救う！　こいつらの魔《ま》の手《て》から、大事な者たちを助けなければならないっ！

そのときだった。ラヴィニアに言われたことが脳裡に蘇る。

——想《おも》いの力。神器——セイクリッド・ギアは想いが強ければ強いだけ、所有者に応《こた》えるのです。

——トビーが強く想えばきっとそのワンコも応えてくれるはずなのです。

押さえられている黒い子犬に視線が行く。

なあ、俺の影《かげ》から生まれたおまえ。おまえは、俺が想えば、願えば、力を貸してくれるのか？　俺のために《刃《やいば》》と化してくれるのか？

黒い子犬はバケモノたちに押さえられながらも、その双眸《そうぼう》を赤く、赤く輝《かがや》かせる。

ドクン……。

自分のなかで静かに脈動する何か。自分と犬が繋《つな》がっているという感覚を、昨夜よりも強く感じさせてくれる。

なら、俺のために、《刃》となれ——。

奴らを斬《き》る《刃》となってくれ！

鳶雄のなかで何かが、勢いよく弾《はじ》けようとする——。

――斬れ。斬れ斬れ斬れ斬れ斬れ斬れ斬れ斬れッ！

奴らを全部斬り伏《ふ》せろッッ！　斬り伏せてみせろッッ！

「俺に力を貸せェェェェェェェェッ！　おまえは《刃》なんだろォォォォォォッ！」

オオオオオオオオオオォォォォォォォ………。

鳶雄の絶叫《ぜっきょう》に呼応して、子犬はフロア全体に響《ひび》き渡《わた》るほどの咆哮《ほうこう》をあげる。

刹那《せつな》――子犬の体から黒いもやのようなものが生じて、広がっていく。それは鳶雄の体にも現れて、ついには土人形すらも包み込む。鳶雄はゆっくりと起き上がろうとしていた。強力なまでに押さえられていた土人形の腕力を、徐々《じょじょ》に徐々に解いていき、ついにはその巨腕《きょわん》を破壊《はかい》して解き放たれる。自分でも信じられないほどの力が身の内側から生じている。それはしだいに膨《ふく》れあがって、内側から食い破ってきそうなほどの感覚だった。鼓動《こどう》はさらに高まる。呼応するように黒い子犬も全身から無数の刃を生やして土人形の腕を破壊した。

互《たが》いに束縛《そくばく》から解放された鳶雄と犬は、揃《そろ》って童門の前に立った。鳶雄と犬が身にまとうのは、漆黒《しっこく》のオーラのようなものだった。

鳶雄は自分のなかで知らず知らず「力」――「刃」の使い方を認識《にんしき》できていた。

手を前に突《つ》きだして、鳶雄は一言つぶやく。

「――全部、刺《さ》せ」

子犬の全身を覆《おお》う黒いオーラがいっそう深まる。次の瞬間《しゅんかん》、男の後方で待機していたウツセミ――従えていたバケモノの大群が影より生じた無数の刃で、串刺《くしざ》しになっていく！

見れば、鮫島と白い猫《ねこ》を押さえていた土人形二体も足下《あしもと》の影より生まれた巨大《きょだい》な刃によって、縦に両断されていた。

そう、これが子犬の能力のひとつ。影から攻撃《こうげき》を加える。鳶雄の視界に映る範囲《はんい》であれば、犬の刃は影から生やすことができるのだ。その力の使い方が先ほど鳶雄の頭のなかに入り込んできたのだ。

「……な、なんだ、これは⁉　影から刃⁉　無数の剣《けん》だと⁉　どうしたというんだ⁉」

あまりの光景に童門は激しく狼狽《ろうばい》して、視線を後方と前方と配り、混乱の様相を見せていた。

鳶雄は横で構える子犬に言った。

「……思い付いたよ、おまえの名前」

夏梅が言っていた。パートナーには名前が必要だと。鳶雄は、いままさにこのとき名を見いだす。

「――《刃《ジン》》。おまえは刃だ。すべてを斬り払《はら》うための俺の刃《やいば》だ」

そう、それが自身より生じた分身の名前——。

鳶雄は子犬——刃に命ずる。

「刃、斬《スラッシュ》れ」

子犬の刃は神速とも言えるほどの速度で前方に飛び出して、残っていたウツセミのバケモノどもを一刀両断にしていく。あまりの速さにウツセミのバケモノは一体も反応できずに斬り倒されていった。距離《きょり》を取ろうとしたバケモノたちも再び足下——あるいは物陰《ものかげ》から生じた無数の刃にて、為《な》す術《すべ》もなく貫《つらぬ》かれ、切り刻まれていく。五階のフロアは、数え切れないほどの歪《いびつ》な形の刃が生える異様な空間と化していた。

突然《とつぜん》の逆転劇に童門は狼狽《うろた》え、首を横に振《ふ》って顔をひきつらせる。

「バカな！　数十体を一瞬《いっしゅん》で始末したというのか!?　なんだ！　なんだ、その神器は!?　四凶ではないのか!?　影からの刃だと!?　知らないぞ、そんな能力はッ！」

男に詰《つ》め寄《よ》る鳶雄。容赦《ようしゃ》するつもりはない。元凶《げんきょう》の一人なのだから——。

童門は懐《ふところ》から札を新たに取り出して、呪文《じゅもん》を唱えたあとで鳶雄に放《ほう》る。——が、それは童門の足下の影から伸《の》びてきた刃によって、すべてが塵《ちり》と化す。童門の横にある柱の影から、音もなく子犬の刃が姿を現した。影を通じて転移したのだ。その移動能力もまた先ほど覚えたばかりの力のひとつ。鳶雄の視界が届く範囲であれば、刃は影のなかを自由に移動できるのだ。刃が額の得物《えもの》を童門に突きつける。パートナーである刃は一片《いっぺん》の隙《すき》も童門に与《あた》えなかった。

「あとはあんただけだ」

眼前に立つ鳶雄を見て、男はその場に尻餅《しりもち》をついて、這《は》うように逃《に》げ出す。そこにさきほどの余裕《よゆう》は微塵《みじん》もなかった。

「ひっ。くるなっ！　こっちにくるなっ！」

まるで異物を見るかのような男の目。

手を出しかける鳶雄だったが、その横でまばゆい輝きが生じる。見れば、魔方陣《まほうじん》らしきものが出現して、そこから人影《ひとかげ》が現れた。

四十代ほどの男性が、魔方陣の中央から登場して童門に向かって叫《さけ》ぶ。

「計久っ！　ここは退《ひ》け！」

童門がそれに気づいた。

「姫島《ひめじま》室長！」

──姫島。姫島だと？

その名前に鳶雄は反応してしまう。

……いや、まさか、そんなはずはない。

一瞬、気を取られた隙に童門はポケットから筒《つつ》のようなものを取り出すと、こちらに放った。刹那、閃光《せんこう》がフロアに広がり、鳶雄たちの視界を遮断《しゃだん》させる。

目がくらむなかで、魔方陣から現れた男の声だけが聞こえる。

「——おもしろい。いずれ、まみえよう。《狗《いぬ》》よ」

目が回復したときには、すでに男たちはこのフロアから消えていた。同様に、ウツセミたちもすべていなくなっている。……どちらもあの魔方陣によって、ここから逃げたのだろう。

「……へっ、逃げやがったか」

鮫島が息をつきながらそう吐《は》き捨てた。

黒いオーラが消え失《う》せた鳶雄はドッと疲《つか》れが表れて、その場に座り込んだ。怒りが爆発《ばくはつ》したとき、一気に体力を奪《うば》われたように思える。

少しして、エスカレーターを上がってくる靴音《くつおと》がふたつ。

「幾瀬くん、鮫島くん！　無事⁉」

皆川夏梅とラヴィニアだった。どちらも服が汚《よご》れ、下での激戦をうかがわせる。

「おっせーんだよ、鳥頭」

呆《あき》れるように言い放つ鮫島に、夏梅はぷんすか怒《おこ》った。

「誰《だれ》が鳥頭か！　勝手に突っ込んだあんたが原因でしょうが！」

口げんかを始めてしまった二人をよそにラヴィニアが鳶雄のもとに近づいて言う。

「……トビー、その子に想いが通じたのですね」

傍《かたわ》らで尾《お》を振る子犬——刃。それを見て鳶雄は微笑《ほほえ》んだ。

「ああ、キミのおかげだ」

そう、ラヴィニアのアドバイスのおかげで、鳶雄は強く願い、強く想えた。それは刃に通じて、力となったのだ。

ラヴィニアは微笑み、「よかったのです」とだけ口にする。

口げんかを終えた夏梅は大きく息を吐いたあとで、言った。

「さて、どちらにしても、このメンツが揃ったことですし、あらためて『総督《そうとく》』に会いにいきましょうか。今度は詳《くわ》しく教えてもらわないとね」

鮫島も、夏梅の言葉を否定せず目元を厳しくしていた。彼も『総督』とやらに訊《き》きたいことがある様子だった。

四人は一休みしたあと、デパートを抜《ぬ》け出て、『総督』のもとに足を進めることになる。

3

その日の午後、指定の駅に降りて、夏梅先導のもと、鳶雄たちは足を進める。

駅から十五分ぐらい歩いた先の雑居ビル。そこが、夏梅が連絡《れんらく》を取り合っていた『総督』から指定された場所だった。

人の気配は、外からは感じられない。なかを確認しながら、鳶雄はビルへと入っていった。場所は四階。エレベーターは壊《こわ》れているのか、使えなかった。階段を上りながら、四階を目指す。

上りきった先に薄汚《うすよご》れた一枚のドア。ドアノブに手をかけ、「キィ」という音をさせながら、扉《とびら》を開けていく。塾《じゅく》の教室ぐらいの間取りの部屋に、白く長い机と椅子《いす》がいくつも並べられていた。巨大なスクリーンらしきものも確認できる。

昼間なのに、窓には暗幕がかけられていた。天井《てんじょう》からの灯《あか》りがなければ真っ暗だろう。

少しして、部屋に備えつけられていたスピーカーに音が入りだした。

《……こんにちは、元・陵空高校の二年生諸君》

突然、男性の声がスピーカーより聞こえてきた。『陵空高校』という言葉に鳶雄と鮫島が反応する。夏梅のほうは、ここのことを少しばかり知っているせいか、冷静だ。
《どうやら、役目はちゃんと果たしたようだな、皆川夏梅》
「まあね。で、約束どおり三人集めたんだから、いろいろと聞かせてもらうわよ？」
《いいだろう》
鳶雄の足元には、刃が座る。夏梅のそばにはグリフォン。鮫島のすぐ隣《となり》の椅子にも白い猫が待機していた。
《先にあいさつをしよう。俺はセイクリッド・ギアなどの超能力《ちょうのうりょく》を研究する組織の長《おさ》だ。組織の名前は『グリゴリ』。セイクリッド・ギア研究のほか、所有者の保護なんかもしている。キミたちを匿《かくま》っているあのマンションは、その手の能力者の隠《かく》れ家《が》のひとつだ》
……『グリゴリ』。そういえば、童門と名乗ったあの男もその名を口にしていた。鳶雄の記憶《きおく》が確かであるのなら、その名は聖書や伝記に出てくるものだったはずだ。
鳶雄はスピーカーのほうに顔を向ける。
「質問がいくつかあって、それを訊きにきたんです」
《ああ、俺も立場上、おいそれと接触《せっしょく》することも、機密事項《じこう》を話すこともできないんだが……そろそろキミたちが次のステップに進んでもいいだろうと判断している》
「俺たちがセイクリッド・ギアというものを持っているのはわかりました。その力が常識じゃ考えられないものであることも。旅行を襲撃《しゅうげき》した奴《やつ》らが、この国のとある機関の連中で、そいつらの目的が実は俺たちの力だった――」

《その通りだ、幾瀬鳶雄。機関を語る前に、キミたちが見たであろう連中の術についてだ。この国には、古くから裏で魑魅魍魎《ちみもうりょう》を相手に戦ってきた者たちが多かった。キミたちが出会った男の力もそれだ。陰陽道《おんみょうどう》、あるいは方術、法術と呼ばれる人の手が起こす超常《ちょうじょう》現象――。ラヴィニアの使う魔法《まほう》に限りなく近いが、極《きわ》めて遠くもある》

……超能力や魔法だけじゃなく、陰陽道とまで来た。いったい、自分たちは何に巻き込まれたのか。鳶雄たちも心中穏《おだ》やかではない。

『総督』が続ける。

《その異能使いのなかでも特に強い力を持つ一族が五つあり、それらをこの国では『五大宗家《そうけ》』と呼んでいる》

「五大宗家？」

夏梅の言葉に『総督』はさらに説明していく。

《童門、櫛橋《くしはし》、真羅《しんら》、姫島、そして百鬼《なきり》。これらが『五大宗家』だ。それらの出自の者は退魔《たいま》師になって国を裏から守るか、あるいはそれに近しい職務に殉《じゅん》ずる。――ところが、この各家のはみ出し者どもが暴走したようでな。今回、キミたちを襲《おそ》っている連中、事件

の黒幕はその者たちだ》

鮫島が足を机の上に乗せるという行儀《ぎょうぎ》の悪い格好で座りながら言う。

「そういや、昼間に俺と幾瀬を襲った奴は自分を童門と言ってやがったな」

そう、あの醜悪《しゅうあく》な笑《え》みを見せた男は自らを『童門』と名乗った。そして、それを魔方陣から現れて救いに来た男は、『姫島』と呼ばれていた。

《彼らは『四凶』と言われる魔《ま》物《もの》を封《ふう》じた神器の所有者を探し当てた。独立具現型のなかでもトップクラスの性能を有する代物《しろもの》だ。皆川夏梅、鮫島綱生、キミたちが持つそれらは『四凶』に違《ちが》いないだろう》

夏梅、鮫島はそれぞれ鷹《たか》と猫《ねこ》を見る。鳶雄も刃に視線を向けた。

……これが『四凶』？　そもそも、『四凶』すら自分たちは知り得ない。魔物というのは、なんとなくわかる。この動物たちが、ただの生き物でないことぐらいは十分なほど感じ取れているのだから。

……だが、童門もこの一件を『四凶計画』だと言っていた。

《四凶とは、渾沌《こんとん》、檮杌《とうこつ》、饕餮《とうてつ》、窮奇《きゅうき》のことであり、不吉《ふきつ》をもたらすとされる伝説上の怪《かい》物《ぶつ》のことだ。古い時代に退治されてな、セイクリッド・ギアに転じることになった。それが現代にも伝わって、いまキミたちの力となっている》

……名前からしておどろおどろしいものを感じてしまう。

鮫島は携帯電話《けいたいでんわ》を取りだして、『四凶』を調べている様子だった。

「……パッと調べてもわからねぇことだらけだが、関連してる四神《ししん》とかいうのに名前ぐらい知ってるのがあるな。玄武《げんぶ》やら朱雀《すざく》やら。『四凶』ってのと関係あるのか？」

《──ある。五大宗家はそれぞれ四神と黄龍《おうりゅう》を司《つかさど》る一族だからな。一族で一番強い力を持って生まれた者に朱雀だの玄武だのの名と能力を与《あた》える決まりがある。今回の事件の裏側にいる者たちは、その各家の名を継《つ》げなかった連中だ》

「……なんだか、ファンタジー色が濃《こ》くなってきたわね。魔女《まじょ》っ子とセイクリッド・ギアだけで精一杯《せいいっぱい》だったのに、この国を裏から守っている陰陽師《おんみょうじ》とか超能力者とか……」

額に手をやりながら考え込む夏梅。さすがの夏梅も理解に苦しんでいる様子だった。鳶雄も同様だ。バケモノ、セイクリッド・ギア、魔法、そして四神ときたのだから、ついこの間まで普通《ふつう》の高校生だった彼らにしてみれば、理解の度合いを遥《はる》かに超《こ》えている。

鳶雄が訊く。

「……俺たちを襲ってきている連中は、四凶つまり、俺たちの神器が欲《ほ》しいってことですよね？」

《ああ、そうだ。今回の裏にいる連中──『虚蟬機関《うつせみきかん》』に所属する者たちは、もともと、力があるのに問題があって家を追い出されたはみ出し者ばかりだ。そんな者たちが集《つど》っているせいか、どうしても自分たちを切った宗家を逆恨《さかうら》みしていてな。見返すだけの力が欲しかったのさ。そこで『四凶』の反応を得た奴らは行動に出た》

「──それが、豪華《ごうか》客船襲撃の真相か。四神とかいうのに対抗《たいこう》するために四凶ってのを利用するっつーことかよ」

鮫島の言葉に『総督』は『そうだ』と肯定《こうてい》する。

《修学旅行での襲撃で連中は生徒だけをすべて回収した。連中にとって幸運だったのが、船体の半分が海底深くに沈《しず》んだことだ。おかげで人数分の遺体を用意する手間が省けたただろう。その後の遺族への対応も目に余るものだった。何せ、子供の生存不明に悲しむ親族に催眠《さいみん》をかけたのだからな。キミたちも違和感《いわかん》のある葬儀《そうぎ》に参列したはずだ。どこか、演技じみたあの葬儀をな。奴らは子を想《おも》う親の心すらも握《にぎ》り潰《つぶ》した。己《おのれ》たちの野望を達成せんがために──》

……そうだ、『総督』が言うようにあの合同葬儀は違和感ばかりのものだった。現在自分たちを狙《ねら》っている者たちは、同級生の肉親の心をも支配したというのか……っ！

……なんとも身勝手で怒《いか》りを覚える話だ。その機関の者たちは、五大宗家の出身ではみ出し者であり、追い出した者たちを見返すために自分たちを、陵空高校の生徒を襲った。

自分や皆川夏梅たちの持つ力が原因だったとはいえ、奴らがそもそもそれを狙ってこなければこのような事態は起こらなかったのではないか？

自分も紗枝も何事もなく、ごくごく平凡《へいぼん》な毎日を過ごせたのではないだろうか——。

夏梅が問う。

「それで、『総督』が私たちに協力している理由は？　いくらなんでも見ず知らずの私たちをここまでフォローするなんて、ヒトがよすぎでしょう？」

それは鳶雄も感じていた。ここまで自分たちに気配りする理由はなんだろうか？　むろん、戦い自体はこちらにゆだねているが、それ以外の面では、今回もこうして情報を提供してくれるほどだった。

《ウツセミはな、うちの組織が開発していた技術——人工セイクリッド・ギアが漏洩《ろうえい》した結果だ。キミたちが四凶であることを機関に漏《も》らしたのもうちの組織の裏切り者でな。もともとは俺たちの組織が招いた厄災《やくさい》に等しい。本来なら、俺たちが出ていって止めるべきなんだが……こちらの世界とは複雑な事情があってな、おいそれと干渉《かんしょう》はできない。キミたちをサポートしつつ、違う角度から事件を処理するしかない。俺たちの組織がしたいこととは今回の人工セイクリッド・ギアの実験を阻止《そし》することと、裏切り者を捕《と》らえることだ》

——っ。

……言葉を失う面々。ラヴィニアだけは事情を知っていたのか、平然としているが、鳶雄たちのショックは隠しきれない。

鮫島が一転して憤怒《ふんぬ》の表情で机を激しく叩《たた》いた。

「んじゃ、あんたらの不始末で俺らがこんな目に遭《あ》ってるってことかよ⁉　冗談《じょうだん》じゃねぇぞ！」

怒りを隠さない鮫島だったが、鳶雄も激情に駆《か》られていないだけで、理不尽《りふじん》は強く感じている。ラヴィニアが手をあげる。

「シャーク、総督《そうとく》だけを咎《とが》めないで欲しいのです。実は、今回の一件、私の組織――魔法《まほう》使《つか》いの協会が追っている者たちも関与《かんよ》しているので、何も総督の組織だけが不備を出したわけではないのです。いくつかの悪い要因が集まって、今回の事件に繫《つな》がっているのですよ。私も『グリゴリ』に協力しつつ、その者たちを追おうと思って、ここにいるのです。いままでこの話をシャークたちにしなかった私にも責任はあると思うのです。怒《おこ》るなら、私も怒って欲しいのです。でも、これだけは知っておいて欲しいのです。いっぺんに非日常の話をしたら、夏梅もトビーもシャークも頭がパンクしてしまうと思ったからこそ、少しずつ現実として受け止めてもらいながら、徐々《じょじょ》に話そうとしていたのですよ」

ぺこりと頭を下げて謝るラヴィニア。心なしかどこか声のトーンも落ちていた。

……『総督』の組織の裏切り者だけではなく、魔法使いの協会とやらが追っている不審《ふしん》者も、『虚蝉機関』に協力していて、ウツセミ──人工セイクリッド・ギアの実験と『四凶計画』に関与しているということなのか……？

ラヴィニアの謝罪に鮫島も複雑な表情となり、頭をかいたあとで「あー、クソ！」と行き場のないものを吐《は》いていた。

怒りを無理矢理抑《おさ》え込んだ鮫島は、話をぶった切るように『総督』に訊《き》く。

「今更《いまさら》、わけのわかんねぇことが増えてもどうでもいい。来た奴を全員ぶっ倒《たお》せばいいからな。それよりもあんたに訊きてぇことがある！」

鮫島はスピーカーをにらむように視線を向けていた。

《なにかな？》

「ウツセミに変わった奴は、二度と元に戻らねぇんか？」

その質問は、鳶雄も夏梅も同じく抱《いだ》いているものだ。

《──戻《もど》れる。俺が保証しよう》

それを聞いて鮫島は右の掌《てのひら》に左の拳《こぶし》を打ち付けた。その表情は活力に満ちていた。

《前田信繁──。キミの友人だったな。無事に連れ帰れば、元に戻すと約束しよう。皆川夏梅と幾瀬鳶雄の友人も同様だ》

鳶雄と夏梅はその報告を聞いて、表情を明るくさせた。

「あんたが何者か知れないし、まだ語る気もねぇんだろ？　今回の事件があんたらが招いたもんってのも納得《なっとく》はできねぇが……ダチを元に戻してくれるってのと、あんたを一発殴《なぐ》らせてくれるなら、それでチャラにしてやってもいい。俺もそのなんたら機関ってのは気に食わねぇからよ。ぶっ倒すのは賛成だ」

《すまないな。いまは顔を出せないことについて謝ろう。だが、いずれ必ずキミたちの前に顔を出すことも約束する》

その『総督』の声、対応はあくまで真摯《しんし》だった。

夏梅が小声で鳶雄に「鮫島くんのあの態度、ツンデレっていうのよね」と笑っていた。

今回の一件、まだまだ裏がある。自分たちの想像を超えた何かが、暗躍《あんやく》しているのだろう。だが、ひとつだけ大きな朗報はある。希望は——見いだせた！

——紗枝を取り戻せる！

いまだ会えない大切な幼馴染《おさななじみ》。けれど、あとは連中から奪取《だっしゅ》するだけだ。

必ず助ける。必ず——日常を取り戻してみせる。

夏梅が違う事柄《ことがら》を訊く。

「ねえ、『総督』。他《ほか》の子——残りの生存組は、どうなっているの？」

そう、夏梅の言うとおりだ。自分たちの他にも旅行に参加せずにいた者たちがいる。自分たちを含《ふく》めて、全部で九名——。彼らも今回の事件に巻き込まれているだろうし、自分たち同様の能力を得ているのではないか。

『総督』が言う。

《旅行に参加せずにいた九名のうち、四名が『四凶』であることは間違《まちが》いない。しかしな、その他の者は、ただのヒトであったり、違うセイクリッド・ギアの所有者でもあった。現在わかっていることは、九名中七名がセイクリッド・ギア——異能力者だ。うち、四名が四凶ということになる》

「残りの二名は普通のヒト？」

夏梅の問いに『総督』は『ああ』と答えた。

《常人だった者たちは、今回の一件からは外されていてな、変わらずの日常を送っている。だが、四凶と三名の異能力者は奴《やつ》らに追われている身だ。キミたち以外の四凶は、こちらの協力を拒否《きょひ》して独自に暴れ回っている。残りの三名はこちら側が匿《かくま》っているところだ》

他の生存組の情報を聴《き》けたのは貴重と言える。できれば合流して共に戦いたいところではあるが……生存組のなかには不気味な雰囲気《ふんいき》を持っていた生徒もいたため、接触《せっしょく》には躊躇《ためら》いも生じてしまう。……願わくは、その生徒が能力を持たず、日常を送っていてほしいと鳶雄は強く思ってしまう。

《『四凶』はな、自然と四つが引かれあって一か所に集《つど》うことが多い。覚醒《かくせい》しようとしまいと、それは古くから変わらない『四凶』唯一《ゆいいつ》の理《ことわり》だ。幸か不幸か、キミたちが一堂に会したのもそれが原因だろう。いずれ、残りの二人とも出会うことがあるはずだ》

……二人？　怪訝《けげん》に感じる鳶雄、夏梅、鮫島の三名。四凶は——あと一人ではない？　そういえば、先ほど『総督』は四凶と断言した者のなかに鳶雄を含めなかった。そう呼んだのは——夏梅と鮫島だけだ。

『総督』が鳶雄に言う。

《——黒い狗《いぬ》の少年、幾瀬だったか。キミのその狗は『タマゴ』から孵《かえ》らなかっただろう？　自身の隣《となり》から生じた——。そうではないかな？》

——っ。……そう、刃はあのタマゴからは孵っていない。自身の影《かげ》から生じたのだ。

……言い当てられてしまったため、鳶雄は生唾《なまつば》を呑《の》み込んだ。

「……なぜ、それを……？」

恐《おそ》る恐る訊き返す。

《おそらくな、おまえは今回の奴らの目論見《もくろみ》を超えた存在だ。イレギュラー体、ラヴィニアもそう睨《にら》んでいる。奴らは『四凶』奪取の過程で異物を取り込んだ。幾瀬鳶雄、おまえ

の持つその犬は――別次元の存在だろう》

ラヴィニアに視線を送れば、彼女は珍《めずら》しく目を細めていた。

「たぶん、彼らの想定外の異物がトビーなのです」

……あの黒いオーラのようなものは、四凶の力ではない？　では、自分の力は……刃の正体はなんだというのだ？　先ほど、『四凶』以外の能力者を三名匿っていると言っていたが……つまり、そのなかの一人に自分が含まれているということか。

ラヴィニアと『総督』はなんとなく鳶雄の力の真実に覚えがあるようなのだが……。

《幾瀬鳶雄、キミはおばあさんがいるかな？》

「いました。中学の頃《ころ》に亡《な》くなってます」

なぜ、それを？　――と怪訝に思うが鳶雄は偽《いつわ》りなく答えた。

《……そうか、おばあさんの旧姓《きゅうせい》を教えてもらえないだろうか》

「……姫島です」

……童門のもとに姫島と呼ばれた男が現れたとき、鳶雄は一瞬《いっしゅん》驚《おどろ》いた。偶然《ぐうぜん》とはいえ、祖母の旧姓と同じ者が現れたからだ。

それを聞いて『総督』は――初めて笑った。

《………………くくくくく》

「……『総督』？　どうかしたんですか？」

夏梅が疑問符《ぎもんふ》を浮《う》かべながら問う。

《……いや、なんともな。皮肉にパンチが利きすぎていて久しぶりになんとも言えなくなってしまったよ。……どんなに家の闇《やみ》を祓《はら》おうとも、今世においてはどうしようもないようだな、長殿《おさどの》。くくく、『狗』だぞ『狗』。雷光《らいこう》を毛嫌《けぎら》いしたあんたは、『狗』まで祓えるのか？》

おかしそうに一人笑う『総督』。誰《だれ》もその真意は測れない。

「……もしかして、さっきあんたが言ってた『五大宗家』ってーのと、そいつのばあさんが関係あるのか？」

鮫島も鳶雄と同じことを思っていたようで、口に出して訊いていた。

だが、『総督』はあえて語らない。

《いや、いまは気にするな。すべてが決められていたことならば、いずれ全部繋がるだろう。だがな、黒い狗の少年。他の『姫島』には気を付けることだ。その名は、この国の裏では酷《ひど》く重い代物《しろもの》だからな》

まだ鳶雄は知らない。

『五大宗家』とされる者たちとの出会いが、自分の運命を狂《くる》わすことに――。

四章　銀髪《ぎんぱつ》／少年

1

鳶雄《とびお》が雑居ビルを出ると、バイクにまたがっている鮫島《さめじま》と、彼を引き止める夏梅《なつめ》が言い合いをしていた。

「ちょっと、どこに行くのよ⁉」

「先に帰るだけだよ。今日は疲《つか》れたから寝《ね》る」

「本当に帰るんでしょうね？　寄り道とかしてまた勝手に戦闘《せんとう》開始なんてのはカンベン願いたいわ」

「あー、はいはい。けど、事件の黒幕を知れたのは、俺が釣《つ》りだしたからだ」

「それにしたって単独で危険な行動をしているのは確かでしょ？　『総督《そうとく》』の話を聞いてなかったの？　なんだか、ヤバそうな人たちが襲《おそ》いかかってきてるのよ？　三人で協力しあっていかなきゃダメなの！」

鮫島は燃料タンクの上に座っていた白い猫《ねこ》をシャツの胸元《むなもと》に入れる。

「こいつがいればどうにかなる」

白い猫も主人のシャツから顔だけ出して、「にゃー」と鳴いていた。

強気な鮫島に夏梅も怒《いか》りを通り越《こ》して呆《あき》れ顔《がお》となっていた。

「……良く言えば、勝手ってよりは極端《きょくたん》に前向きで行動的なのかしら……」

鮫島が単独で動いていたのは、親友である前田《まえだ》の現状を知りたかったのと、事件の黒幕たる者たちを追おうとしていたからだろう。そのため、独りで暴れ回り、『虚蟬《うつせみ》機関』の注目を集めて、結果的に機関員の釣り出しに成功した。相当に自分勝手な行動であるが、それは彼が親友の現状を探《さぐ》りたかったのと、自分たちを陥《おとしい》れた者たちへの怒りからくるものだ。彼の行動原理に関して、鳶雄もわからなくもない感情を抱いていた。自分も大きな力を得て、敵の全容が朧《おぼろ》げながらも把握《はあく》できたら、紗枝《さえ》の現状を早く知りたくなって独りで動いたかもしれない。鳶雄には、鮫島の行動が他人事《ひとごと》のようには思えなかったのだ。

夏梅が鳶雄に告げる。

「幾瀬《いくせ》くんもこのヤンキー止めて！」

心の中で「俺が止めるのか!?」と抗議《こうぎ》をあげるが、そんなことを口にしたら目の前の不良少年の機嫌《きげん》を損《そこ》ないそうだ。

鳶雄は冷静に思い直して、ビルの部屋を出るときに夏梅がぼそりと口にしていたことを話す。

「止めるって言っても、皆川《みながわ》さんのほうが伝えたいことがあるって言ってたじゃないか」

そう、夏梅は『総督』から得られた情報があると言っていたのだ。

「そうそう」と、夏梅は思い出したように自分のバッグをあさりだした。

夏梅はクリアファイルに挟《はさ》まれたプリント用紙を取り出すと、鳶雄と鮫島双方《そうほう》に見えるように鳶雄を鮫島のバイクのそばに呼んだ。

彼女が取り出したプリント用紙には、ずらりと人の名前と住所らしきものが羅列《られつ》してある。よく見れば、見覚えのある名前と住所も記載《きさい》されていた。

「これは、事故で死亡したことになっている生徒の住所録よ」

「これも『総督』が？」

鳶雄の問いに、夏梅は「ええ」と答える。夏梅が用紙をめくっていき、とある一枚を見せてきた。

「で、問題はこれ。ここを見て。遺族の人たち、引っ越ししてるの。しかもほとんど同時期。信じられる？　二百三十三名もの生徒の遺族が、ほとんど同時期に違《ちが》う場所に移り住んじゃっているのよ」

確かに、あまりに不自然すぎる。二百以上の家庭が、そろって引っ越すなんて異常だ。……そう、紗枝の両親も自分に連絡《れんらく》もなく引っ越しをした。鳶雄が幼い頃から世話になっていた紗枝の両親だ。引っ越すならば、一言あってもよかったのだが……。

例の合同葬儀《そうぎ》のとき、紗枝の両親も他の遺族同様、催眠《さいみん》にかかったように違和感《いわかん》のある演技じみた悲哀《ひあい》の表情となっていた。

これらの遺族の変化はすべて繋《つな》がっているのだろう。――つまり、

「……『虚蟬機関』が絡《から》んでるよね？」

鳶雄の言葉に夏梅はうなずいた。

「ええ、間違いなくね。それに、引っ越し先の住所がまったくわからないってのも怪《あや》しいわ。できる範囲《はんい》で手を尽《つ》くしたけど、遺族の引っ越し先だけはわからなかった。二百以上もの家庭が集団失踪《しっそう》なんて、あまりにありえない話よ。普通《ふつう》だったら、事件になってもおかしくない。いや、事件にできた。けど、できなかった」

「……この国の裏で顔が広いという五大宗家……。その関係者が名を連ねるっていう『虚蟬機関』……。それらが関与《かんよ》してるってことか……」

遺族をすべてどこかへ移すことのできるほどの力。裏で大きな力が動いているのは確かなようだ。

「これを追えば、もしかしたら『虚蟬機関』か五大宗家のことが少しはわかるかもしれない」

強い口調で夏梅は言った。表情は真剣《しんけん》そのものだ。

「鮫島くんじゃないけど、私もね、好き勝手に私や同級生たちの人生をハチャメチャにしてくれた奴《やつ》らが許せないのよ。……私たちが『四凶《しきょう》』だとか独立具現型のセイクリッド・ギアを持っているだとか……だとしても、そいつらが宗家を見返すために私たちを求めたのがそもそもの原因でしょ？　……人が死んでいるのよ。同級生を拉致《らち》して悪用しているのも許せないけど、船に乗っていた無関係の人たちも死んでいるの。……それが、私たちが原因だなんてさ……たまんないじゃん。……同級生にも、多くの船員さんにも、申し訳なくて……何か、ひとつでも報《むく》いることをしてあげたいのよ」

……夏梅の口調は悔《くや》しさに満ちており、瞳《ひとみ》は悲哀の色が濃《こ》かった。

彼女の言う通りだ。豪華《ごうか》客船の沈没《ちんぼつ》事故も、もともとは夏梅や鮫島に宿る『四凶』を狙《ねら》った『虚蟬機関』の行動が原因だ。同級生たちも、船の乗員も、『虚蟬機関』の思想のとばっちりだ。

夏梅がふいに鳶雄へ申し訳なさそうに言う。

「……ゴメンね、幾瀬くん。幾瀬くんと幼馴染《おさななじみ》の東城《とうじょう》さんは私たちの被害者《ひがいしゃ》だね。いくら、幾瀬くんにセイクリッド・ギアが宿っていようと、『四凶』とは別だったわけだし……」

……そうか、そういう考え方もあるんだなと鳶雄は思ってしまった。この事件に関与したのが、昨日の今日だからか、それとも先ほど真実の一端《いったん》を知ったからか、夏梅の謝罪を聞いて鳶雄は初めて自分と紗枝が実は被害者側であることに気づいた。

――自分は『四凶』とは別のセイクリッド・ギアの持ち主だった。

奴らの求める力ではないから、自分は無関係？　……いや、そうとも言い切れない。どうにも自分のルーツ――祖母の『姫島《ひめじま》』が事件に関係しているようなのだ。そうだとしたら、これは他人事ではない。

鳶雄は夏梅の言葉に首を横に振《ふ》る。

「……俺がまったくの無関係ってわけでもなさそうだし……それに俺は皆川さんに一度助けてもらった」

そう、昨日、佐々木《ささき》に襲われたときに夏梅は鳶雄を救ってくれたのだ。それは善意だと鳶雄は認識《にんしき》している。だとしたら、礼を言うのはむしろ自分だ。

「昨日は危ないところをどうもありがとう。あらためて礼を言うよ。それに俺も紗枝を救うって大事な役目がある。共同戦線は有効ってことでいいよね？」

逆に鳶雄がそう訊《き》いた。

「え、ええ、もちろん」

そう返す彼女に鳶雄は真っ正面から告げる。

「じゃあ、一緒《いっしょ》に最後まで戦おう。どこまでやれるかわからないけど、同級生を救うことぐらいはやるべきなんだと思うんだ。同じ陵空《りょうくう》に通っていた者なんだしさ」

正直な気持ちを吐露《とろ》する鳶雄だった。

怖《こわ》いという面も多い。当然だ。一歩間違えば、そこにあるのは紛《まぎ》れもなく──死なのだから。あのバケモノの触手《しょくしゅ》が喉《のど》をかっ切ればそれで自分は死ぬだろう。

いままでは『四凶』だという条件があったから、殺されるまではいかなかっただろう。けど、奴らは自分が『四凶』ではないと知った。……ここからは死のリスクが高まる。何せ、奴らにしてみれば自分は部外者に等しい。『姫島』の流れがあったとしても、夏梅や鮫島ほどの価値が自分にはあるのか？　……答えは『わからない』。どうにも自分の力はイレギュラーのようだが、それが彼らにとって価値あるものか、現状分からずじまいだ。

リスクは依然《いぜん》高いままだと認識したほうがいいだろう。

けれど、それを鑑《かんが》みても紗枝奪還《だっかん》のために独りで戦うより夏梅や鮫島、ラヴィニアと共同戦線を築いて戦ったほうが賢明《けんめい》な判断だ。何よりも二日間の付き合いで、夏梅にも鮫島にも仲間を救う以外に他意はないように思えた。ラヴィニアはいまだ捉《とら》えきれない面も多い上に顔からは感情も読めないが、悪意を持って自分たちと行動しているようには思えない。いや、思いたくない。

……考えることは多い。大きな何かに関与して、危《あや》うい位置に立っているのもわかる。でも、陵空の生徒であり、同級生を救いたい気持ちは一緒だ。なら、いまはこれだけで今後も共に戦う理由は十分なんじゃないのか？　そう、鳶雄は思っていたのだ。

とうの夏梅は鳶雄の一言を聞いて目を潤《うる》ませている。

「……幾瀬くんって、お人好《ひとよ》しだよね」

お人好しなのだろうか？　それもよくはわからない。ただ、彼女は好い人だ。そして、紗枝を奪《うば》い、無関係の人たちを殺した者たちは身勝手に悪意を振りまいていると鳶雄は感じていた。

「トビーは好い人なのですよ」

ラヴィニアの声だ。振り返れば、ビルから出てくる金髪《きんぱつ》魔法《まほう》少女の姿があった。彼女だけ、『総督』と話があったようでビルの一室に残ったのだ。

鳶雄の足下《あしもと》にいた黒い子犬――刃《ジン》を抱《かか》え上げるラヴィニア。刃も安心して身を任せているということは、やっぱりラヴィニアに邪気《じゃき》めいたものなんて微塵《みじん》もないのだろう。

「……はははっ！」

おかしそうに笑い声をあげるのは鮫島だった。

「おい」

鮫島が呼んでくる。見れば、口端を愉快《ゆかい》そうに吊《つ》り上げていた。懐《ふところ》を探《さぐ》ると、携帯電話《けいたいでんわ》を取り出す。画面を鳶雄に向けた。

「——俺の番号だ。さっさと登録しろ」

突然《とつぜん》の申し入れに、鳶雄はポカンとしていたが、途端《とたん》に笑《え》みを浮《う》かべて自分の携帯電話を取り出した。

「ああっ！」

鳶雄は素早《すばや》く鮫島の番号を登録し、ボタンを操作する。すると、鮫島の携帯電話が鳴った。

「それが、俺の番号だ」

鳶雄がそう告げて鮫島が確認する。ふいに鳶雄は訊いた。

「でも、なんで急に番号を？」

鳶雄の問いに、鮫島は笑みを浮かべたまま言った。

「バカが好きなだけだ。幾瀬、おまえは最高にバカだな。——さて、俺は先に帰るぜ。どこか、行くような用事があるなら俺に連絡しろや」

鮫島は白い猫《ねこ》を懐に入れて、フルフェイスのヘルメットをかぶる。

「あっ！　まだ話すことあるのに！」

非難の声をあげる夏梅をよそに、鮫島はアクセルを吹《ふ》かす。すさまじい排気音だ。

「マンションでひと眠《ねむ》りしたあとに聞いてやんよ。それと、幾瀬」

鮫島が人差し指を鳶雄に突《つ》きつけてくる。

「――三日だ。とりあえず、三日はそのワン公と特訓しとけ。黒幕が割れた以上、奴らも本腰《ほんごし》を入れてくるだろうよ。なら、おまえのワン公が使ったあのおっかねぇ影《かげ》の剣《けん》みてぇなのが必要になるだろうしな。俺も三日間、白砂《びゃくさ》と向かい合うつもりだ。おい、鳥頭」

「何よ！」

鳥頭というあだ名が気にいらない夏梅だが、かまわずに鮫島が言う。

「――幾瀬をヴァーリに会わせろや。クソ生意気なガキんちょだが、セイクリッド・ギアに関しては、まあ、アリだろうからよ」

それだけ言うと、鮫島はアクセル全開の猛《もう》スピードでこの場を去っていった。

「もう！　何から何まで勝手なんだから！」

夏梅は地団駄《じだんだ》を踏《ふ》んで、すでに見えなくなった不良に文句を言い続けていた。

……特訓、か。鳶雄もラヴィニアに抱えられる刃を見ながら、それが必要だと感じていた。

――刃の能力を生かさないと、死のリスクは高いままなのだから。

……いますぐ紗枝の捜索《そうさく》を再開したいところだが、鮫島が言うようにここからは危険が昨日今日の比ではないほどに高くなるのだと予想できる。

三日間、鳶雄は刃と向き合う決意を決めた。

2

翌日の朝――。

鳶雄はマンションの屋上にいた。傍《かたわ》らには刃。ビール瓶《びん》ケースの上にスチールの空《あ》き缶《かん》を置いていく。

ふいに誰《だれ》かが屋上に上がってくるのに気づく。――夏梅だった。

「やっぱりここにいた。おはよー！　――って、何をしてるの？」

軽快に朝のあいさつをしてくる夏梅が、空き缶を置く鳶雄に訊《たず》ねる。

「おはよう。これ？　ちょっとね、試《ため》したいことがあるんだ」

「？」

疑問符《ぎもんふ》を浮かべている夏梅を尻目《しりめ》に、鳶雄は刃の横につく。

「刃、いくぞ」

鳶雄の命令を聞くと、刃は額から日本刀状の突起物《とっきもの》を出す。次に鳶雄は空き缶のひとつを指差した。

「スラッシュ！」

その掛《か》け声と共に、黒い子犬は閃光《せんこう》と化して前方に飛び出していく。そして、スチールの空き缶を斜《なな》めに切る。斜めに真っ二つになった空き缶は、乾《かわ》いた音を立てて下に落ちた。

「おおっ、すごいね」

夏梅はパチパチと拍手《はくしゅ》を送ってくる。

「まだだよ。次だ」

鳶雄は足元に戻《もど》ってきた刃に次の指示を出す。鳶雄が複数の空き缶を空高く放《ほう》り投げた。

「跳《と》べっ！」

その命令を受けて、刃は西洋の騎士《きし》が持っていそうな両刃《もろは》の剣《つるぎ》をふた振《ふ》り、羽のように背中から出現させた。

「ラッシュ！」

鳶雄の指示のもと、刃が凄《すさ》まじい勢いで飛び跳《は》ねる。空中で回転しながらスチールの空き缶を次々と切り刻んでいった。

刃の額にも片刃《かたは》の剣が出現し、最後の空き缶を鋭《するど》く貫《つらぬ》いた。

鳶雄は満足そうな表情で息をつくと、「もういいよ」と刃に言う。それを聞いて、刃は剣を体に戻していった。

「おおっ！」

刃との連携《れんけい》に拍手を送ってくれる夏梅。興味深そうに訊いてくる。

「なんだか、刃ちゃんの剣が昨日見たときより、鋭くなってる？」

「うん。実は、昨日帰ってから徹夜《てつや》で躾《しつ》けたんだよ。マンションの共同フロアにＤＶＤが置かれていたから、そこからチョイスして刃に時代劇や騎士が出る映画とか見せたんだ」

昨日、デパートでの激戦とビルでの『総督《そうとく》』からの説明を受けたあと、マンションに戻ってきた鳶雄は、マンションの共同フロアに置いてあったＤＶＤに目が行ったのだ。そこには、各種映画やらバラエティ、教養ものと様々なジャンルが用意されていた。

彼はそこから時代劇と中世ヨーロッパが舞台《ぶたい》の映画をチョイスして刃と共に映画を見始めたのだ。直感だが、鋭利《えいり》な突起物が生える刃に剣士《けんし》や侍《さむらい》が登場する映像を見せたとき、何か変化が起きるのではないかと思い至った。

テレビの中の役者たちが、軽快に殺陣《たて》を交《か》わしていく。刃も主《あるじ》と共に画面を見つめている。理解しているのかどうかはわからないが、視線をそらさずに時代劇に見入っていた。

犬のイメージとして、かまってあげないとすぐに暴れるというものが鳶雄のなかではあった。だが、この黒い子犬は大人しい。まるでこちらの心中を察しているかのようだ。エサのときもがっつかず、キレイに食べる。手間がかからないといえばそこまでだが、この犬はセイクリッド・ギアという異能が具現化したものだ。本物の犬ではない。

だからこそ、鳶雄はこの刃に映像を見せることに意味があるのではないかと思ったのだ。

『天誅《てんちゅう》でござる！』

テレビでは、ちょうどクライマックスの殺陣シーンに突入《とつにゅう》した。ドラマも佳境《かきょう》だ。

キンッ！　キンッ！　という、刀と刀がぶつかり合う金属音が聞こえてくる。かっこい い殺陣シーンを見ながら、鳶雄はぼそりと呟《つぶや》く。

「……おまえもあんな刀が生えたら、カッコイイかもな」

冗談《じょうだん》半分で口にしたことだが、次の瞬間《しゅんかん》——子犬の額から、刀の形に似た刃《やいば》状の突起物が出現したのだった。いままで生えていたものよりも無機的になっている。以前の突起物は、どこかバラのトゲのように有機的だった。

鳶雄は、突然の出来事に度肝《どぎも》を抜《ぬ》かれるが、確かに子犬の額からテレビで役者が持っているような刀が生えているのだ。そう、日本刀に酷似《こくじ》した突起物——。

鋭さも独特の刃紋《はもん》もないが、刀の形をしている。

——こちらの言葉に反応したのか？

そうとしか思えない状況《じようきよう》だ。

鳶雄は、それを確認《かくにん》するために黒い子犬に向かって言う。

「もう少し、刃は鋭いかも……」

その言葉に反応して、子犬の額から出ている刀は細くなっていき、鋭さを増した。

ふと閃《ひらめ》いた鳶雄は、子犬に「テレビの刀を見て、もっと正確な刀にしてみろ」と命令する。すると、黒い子犬はテレビを見つめながら、額の刀を何度も修正していく。

額の刀が、細くなったり、長くなったり、自由自在にうごめいている。傍《はた》から見たら怪《かい》奇《き》現象だが、鳶雄は理解した。

この子犬は、自分の言葉を理解して、刃を変化させられる——と。

いつの間にか、鳶雄は子犬の変化を食い入るように見つめていた。

そして、映画が何本か見終わっている頃《ころ》、刃の体には以前よりも具体性のある突起物——剣が生えるようになっていたのだ。

わずか、四時間弱で、黒い子犬は進化を遂《と》げたのだった——。

鳶雄は変わったばかりの刃の剣を試したくなり、昨夜から徹夜で試し切りをおこなっていた。それらのことを夏梅に説明したあとで鳶雄はこう続ける。

「それから何度か切り方を試していたんだけど、考えてみると具体的にどう指示するか決めてなかったからさ」

夏梅は鳶雄の言葉を聞いて、屋上の周囲を見渡《みわた》す。そして、言葉を失う。

屋上には、無数の空き缶や木製の板が転がっている。それらは、ほぼすべて刃によって切り刻まれていた。

鳶雄は切り刻まれた板や空き缶をゴミ袋《ぶくろ》に入れながら言う。

「このマンションの近くにあるゴミ収集所に、いっぱいあったからさ、拾って使ったんだよ」

「……一晩、ずっと練習してたの？」

生唾《なまつば》を呑《の》み込みながら夏梅がそう訊《き》いてきた。

「ああ、昨日童門《どうもん》とかいう男が使っていた人型の泥《どろ》に攻撃《こうげき》が効かなかったから、少しでも対策を立てておこうと思ってね」

鳶雄はこれでも足りないぐらいだと思っている。現状、刀の強度はこれ以上硬《かた》くは変えられなかった。西洋式で両刃の剣を出現させられるようにもしたが、片刃の刀と比べると受けにある程度強くても斬《き》りの威力《いりょく》は弱い。そこで、両刃剣《りょうばけん》を使うときはコンビネーションから突進力《とっしん》を得て一気に貫くように躾けた。

出せる剣の種類は、まだ数種類だ。だが、一夜でこれだけできれば大したものだ。刃の異常な学習能力の賜物《たまもの》といえる。

「まったく、先にセイクリッド・ギアを得た私としては負けていられないわね」

呆《あき》れるように息を吐《つ》いて苦笑いする夏梅。

鳶雄は、夏梅のグリフォンと連携を強めたいと思ってもいたため、

「そうだ、皆川さん。グリフォンとの連携を――」

そう申し出ようとしたときだった。

「――なんだ、話を聞いて来てみたら、そんなものなのか」

ふいに第三者の声が屋上に響《ひび》いた。

声の出先を探《さぐ》れば、開かれたままの屋上の扉《とびら》に背中を預ける人影《ひとかげ》がひとつ。

――一瞬《いっしゅん》、少女と見まごうばかりに整った顔立ちをした銀髪《ぎんぱつ》の少年だった。

夏場だというのに首にマフラーを巻き、しかしながら下は短パンというミスマッチな出《い》で立ちだ。右肩《みぎかた》にかわいらしい白いドラゴン（？）のぬいぐるみを乗せていた。大人びたことを言う割には背は低く、声もかわいらしく、一見すると小学校の高学年ほどにしか見えないのだが……。

見知らぬ少年だ。しかし、不思議な雰囲気《ふんいき》をまとっている子だった。おそらく、このマンションの住人の一人なのだろう。

鳶雄は訝《いぶか》しげに感じながら問う。

「……キミは？」

だが、少年を見てツカツカと勢いよく近寄っていく夏梅の姿があった。

「ちょっと！　いきなり、そんなことを言うもんじゃないっていつも言っているでしょ？　あんたね、初対面の人に悪い印象与《あた》えすぎよ、ヴァーリっ！」

夏梅に詰《つ》め寄られても少年はふんと鼻を鳴らすだけだった。

「ふん、知ったことじゃないさ。印象よりも初めて見たときの相手のオーラが肝心《かんじん》だ。そちらの彼も皆川夏梅も下の中がいいところだね」

半眼でそう評する少年。……もしかして、夏梅や鮫島が言っていた生意気な男の子というのは……。

そう思慮《しりょ》していた鳶雄に夏梅が少年を紹介《しょうかい》してくれる。

「この子はヴァーリ。ほら、このマンションに生意気な男の子が一人いるって言ってたでしょ？　この子のことよ」

ああ、やはり、この子がそうなのか。確かにどこか皮肉げというか、反抗期《はんこう》というか、生意気盛《ざか》りの男の子というイメージを抱《いだ》かせる子だなと鳶雄は思った。

銀髪の少年――ヴァーリは、鳶雄を見上げながら不敵に訊いてくる。

「《狗》の飼い主くん、俺と一戦交えないか？」

かわいい声からは想像もできないほどに好戦的な物言いと、戦意を感じさせてくれた。小柄《こがら》な体ながらもその身からはたとえようのない不気味な何かを強く滲《にじ》ませている。

夏梅はそのヴァーリの額を指で弾《はじ》く。

「だからね、ヴァーリ！　これから一緒《いっしょ》にウツセミ操《あやつ》ってる連中倒《たお》すメンバーなんだから、ケンカ腰《ごし》は止《や》めなさいって言ってるでしょ？　そんなだから鮫島くんのときも大げんかになったんじゃないの！」

弾かれた額を手でさすりながら、ヴァーリは不敵な笑《え》みを浮《う》かべ続ける。

「何を言っているのさ。俺は言っているだろう？　一緒に手を組むなら、その者の実力を知るのは当然の権利だ。何せ、弱すぎて足手まといにでもなったらたまらないのだから。まあ、鮫島綱生《こうき》はいちおうの合格点をあげたけどね」

……鮫島は、この少年と一戦交えたのか。そうわかると、俄然《がぜん》興味は湧《わ》いてくる。

――幾瀬をヴァーリに会わせろや。クソ生意気なガキんちょだが、セイクリッド・ギアに関しては、まあ、アリだろうからよ。

昨日、鮫島が口にしていたことが脳裏《のうり》をよぎった。

刃もヴァーリを視界に捉《とら》えており、じっと見つめていた。まるで少年の力を探るように赤い双眸《そうぼう》を輝《かがや》かせる。

「……わかった。キミをどうすれば満足させられるかわからないけど……俺も自分の相棒を実戦形式で試《ため》したいところだった」

鳶雄はヴァーリの挑戦《ちょうせん》を受けることにした。

このヴァーリという少年がどれほどの力を持っているかは知れないが、鳶雄は一夜かけても皆目《かいもく》見当のつかない事柄《ことがら》がひとつだけあったのだ。

それは——例の『影《かげ》からの刃《やいば》』である。

デパートの一戦で、鳶雄の想《おも》いが頂点に達して刃が応《こた》えて発現したあの影からの刃が、昨夜からの自主的な特訓ではまるで出せる気配がなかったのだ。刃に口で命じても、鳶雄が心のなかで念じても子犬はそれに応えてはくれなかった。鳶雄がやりたいことは心を通じて刃にも伝わっているはずだ。

ただ、刃自身がそれをおこなえるだけの条件が満たされていないため、念じられても困《こん》惑《わく》しているのだと鳶雄は何となく感じ取っている。

この銀髪の少年との一戦で、条件に関する糸口が見えれば幸いだ。鳶雄は、影からの刃を習得したいがためにヴァーリからの挑戦をあえて受けた。

今後の『虚蟬機関』という組織とやり合うには、あの力が絶対に必要だ。それは紗枝を救うことと同義でもある。

三日間のうち、どうしてもあの力の一端《いったん》でもいいから、モノにしたい——。

あの力の発動条件は、激しい怒《いか》りか、それとも恐怖《きょうふ》か、はたまた……。

少年——ヴァーリの前に立つ鳶雄と刃。ヴァーリはそれを見て口の端《はし》を愉快《ゆかい》そうにあげていた。

「いいじゃないか。いいオーラをまとい始めた。キミにはまだ視認できないだろうけど、体からいい色合いの戦意が立ち上っているよ」

……と言われたものの、鳶雄にはそのようなものは見えていない。彼の能力は、見えないものが見えるというものなのだろうか？　それはわからないが、小柄な肢体《したい》からは隙《すき》を微塵《みじん》にも感じさせてくれない。

夏梅が横から言う。

「……気を付けて。鮫島くんは、あの子にけちょんけちょんにやられちゃったの。あの『総督《そうとく》』の秘蔵《ひぞ》っ子だって、ラヴィニアが言ってたわ。——強いわよ」

……鮫島が手も足も出なかったということか？　デパートでの一戦でわかったことだが、

彼は並のウツセミを歯牙《しが》にもかけないほどセイクリッド・ギア――白い猫《ねこ》を使いこなしているということだ。少なくとも、いまの自分や夏梅よりも上手だろう。だからこその自信も垣間見《かいまみ》える。

その鮫島でも勝てなかった。童門と同等クラス？　それとももっと……。年下相手に身《み》震《ぶる》いしてしまうが、鳶雄は意を決して刃に命じる！

「いけっ！　刃！」

指示を受けた黒い子犬は、額から刀タイプの突起《とっき》物を生やして、高速で真っ直《す》ぐに飛び出していく。黒い弾丸《だんがん》と化した刃を前に少年は――微動《びどう》だにしなかった。まるで避《よ》ける素《そ》振《ぶ》りを見せない。

いくら彼が強かろうと、鋭利《えいり》な刀を生やした刃の突撃《とつげき》は正面から受ければ致命傷《ちめいしょう》となるだろう。止めるべきか、行かせるべきか、苦慮《くりょ》する鳶雄だったが、その判断をする前に刃がヴァーリに飛び込んでいった！

当たる！　という間際《まぎわ》に来て、ヴァーリは最小の動き――体を横に逸《そ》らすだけで刃の突撃を避けてしまった！　無駄《むだ》のない動きだった！　刃は避けられてもなお、軌道《きどう》を修正してすぐさま猛追《もうつい》していく！　しかし、それもヴァーリに軽《かろ》やかに避けられてしまう。

刃はヴァーリの周囲を駆《か》け回り、いくつかのフェイントになる動きを混ぜたあとで、一気に詰め寄り、斜《なな》めに額の刀を薙《な》いでいく！　これは昨夜からの特訓で覚えたことだ！

刃は愚直《ぐちょく》なまでに主《あるじ》に仕込まれた攻撃を仕掛《しか》けていく！　――が、それでもヴァーリは横に飛び退《の》くだけで避けてしまった。

だが、それを刃は見逃《みのが》さない。まるで横に避けるのをわかっていたかのようにその場で一回転して着地後、すぐにヴァーリを追っていく！　主の鳶雄すらも驚《おどろ》いた刃の反応速度であったが、直撃《ちょくげき》するというところでその攻撃は徒労に終わる。

――ヴァーリが正面から、刃の首根っこを押さえて攻撃を止めてしまったのだ。

当たる寸前に少しだけ屈《かが》み、直撃を避けた。そこに手を出して刃の首を押さえて止めてしまった――。

刃の首をつかむヴァーリはふと漏《も》らす。

「……そうか、わかったよ」

それだけつぶやくと、刃を解放して後方に軽く飛び退く。指でくいくいっと仕掛けてくるように挑発《ちょうはつ》をしてくる少年。刃もそれを受けて、飛び出して――。

「――ッ！」

鳶雄の眼前で、予想外の出来事が起こる。少年が突如《とつじょ》として、消えた。いまのいままで目で確かに追えていたのに、瞬《まばた》きしている間に銀髪の少年が姿を消したのだ！　驚く鳶雄は辺りに目線を配るのだが……。

「――ッ!?」

……背後からの気配に気づいた鳶雄。恐《おそ》る恐る振《ふ》り返ると、手のひらをこちらに向けた少年が立っていた。手元に――怪《あや》しげな銀色の輝きが生まれる。……その輝きからは危険を強く感じてならない。空気を伝わり、ピリピリと攻撃《こうげき》的なものを身に覚えてしまう。

ヴァーリが手元を輝かせながら言う。

「独立具現型のセイクリッド・ギアは、分身となる獣《けもの》を宿主の意思によりいかようにも自由に動かせるものだ。一番のメリットは相手から距離《きょり》を取って攻撃を加えられることだろうか。安全な場所から指示を出せば余計なダメージを受けずに敵を倒すことができる。だが、デメリット――いや、弱点もわかりやすい」

刹那《せつな》、自身の体が強い衝撃《しょうげき》を受けて吹《ふ》っ飛ばされる感覚が襲《おそ》う。腹部への痛み、跳《は》ね飛ばされた浮遊感《ふゆうかん》……。

「ぐわっ！」

飛ばされたあと、屋上の床《ゆか》にたたき付けられて、鳶雄は悲鳴をあげる。そのまま何度か転がって、屋上の隅《すみ》っこに追い詰められてしまった。

……銀髪の少年が手元から放ったのは……セイクリッド・ギアの力？　それともラヴィ

ニアと同様の魔法《まほう》なのだろうか？　ともかく、彼が手元から衝撃を生んだのは確かであり、自分はそれをまともに浴びて吹っ飛ばされてしまったのだ。

ヴァーリがゆっくりと歩み寄りながら言う。

「独立具現型は本体が弱い場合が圧倒《あっとう》的に多くてね。距離を詰めてしまえば御《ぎょ》しやすい」

主を守るため、ヴァーリの横合いから飛びかかる刃だが……それも少年は軽々と避けてしまう。健気《けなげ》にも何度も何度も飛びかかっていくが、そのすべてがヴァーリには届かない。

ヴァーリは鳶雄の眼前まで迫《せま》ると、その場でしゃがみ込み不敵な笑みを浮かべて言った。

「鮫島綱生も俺にこうやってやられてしまったよ。結果、彼は分身と共に戦うスタイルを確立したようだが」

……そうか、鮫島が肩《かた》に猫を乗せて、その尾《お》を自分の腕《うで》に巻き付けてランスと化していたのは、そういう意味合いがあったのか。

自身を守るための武器とさせ、同時に猫にも援護《えんご》攻撃《こうげき》をさせるスタイル――。それが、鮫島がこの少年との戦いで学んだこと。鮫島が、この少年と会わせろと言っていたことがいまならよく理解できる。

――つまり、独立具現型のメリットとデメリットを体で覚えろ、ということだ。

……それがわかったところで、この少年に反撃《はんげき》できるような気配もうかがえない。

どうやら、この小柄な年下の男の子は、自分よりも遥《はる》かに格上の相手のようだ。まるで手も足も出ない。鮫島がそうなったのもいまなら大いにうなずける。

夏梅も「あちゃー」と顔を手で覆《おお》っていた。「やっぱり、そうなったか」と言わんばかりの反応だった。

——が、こちらの思いとは裏腹に少年は横に目線を送って楽しげな顔つきとなっていた。

「……ああ、でも、遊ぶには十分かもしれない」

鳶雄も視線を追うと——そこには全身から黒いもやのようなものを発生させる刃がいた。赤い双眸が危険なほどの輝きを見せており、ヴァーリに対して威嚇《いかく》とも取れる低いうなり声をあげている。明らかに、刃は怒りに満ちていた。

ドクンッ。

……ふいに高鳴る鼓動《こどう》。自分の体にも黒いもやが滲み出ていることに鳶雄は気づいた。

……これは、デパートの一件と同じ現象だ！　見れば、屋上の物陰《ものかげ》という物陰から、歪《いびつ》な刃《やいば》が生えていっている。——影からの刃だ。

何がスイッチとなって発動したのか？　刃の怒り？　主である自分の危機？　それともその両方か？　まだ見当もつかない鳶雄ではあったが、刃が発生する言い様のないプレッシャーを浴びて、ヴァーリはうれしそうな笑《え》みを浮《う》かべるばかりだった。

「いいな。それが本性《ほんしょう》の一端か。額の刃なんておまけみたいなものだろう？　さあ、打ってこい！」

両手を広げて、迎《むか》え撃《う》つ格好のヴァーリ！　その足下《あしもと》の影から、巨大《きょだい》な刃が突《つ》き上がってくる！　ヴァーリは瞬時《しゅんじ》に後方に飛び退いて直撃を避けた！　しかし、着地した先にできた影からも刃は幾重《いくえ》にも発生する！　ヴァーリはそれすらも喜びながら体捌《たいさば》きですべて避けきった！

ヴァーリへの攻撃以外にも屋上の物陰《ものかげ》という物陰から刃は無尽蔵《むじんぞう》に生えていく。このままでは、屋上全体が鋭利な突起物によって埋《う》め尽《つ》くされてしまう。影から襲いかかる刃に満足げな銀髪《ぎんぱつ》の少年という光景が展開するが、鳶雄はこれ以上の継続《けいぞく》は取り返しがつかなくなりそうだと判断して叫《さけ》んだ。

「刃ッ！　止めろッ！」

主の命令を聞き、いままさにヴァーリに飛びかかろうとしていた刃の動きがぴたりと停止する。

刃は額の剣《けん》を体に収めると、とことこと主のもとに歩み寄ってきた。ヴァーリはそれを見て、途端《とたん》に不機嫌《ふきげん》な表情となり、つまらなそうに息を吐《は》いていた。

……この戦闘《せんとう》でわかったことは大きい。

まず、主である自分を守る術が必要なこと。少年が言うように、自分自身が敵に詰《つ》め寄られたらそれで終わりだ。幾瀬鳶雄自体は普通《ふつう》の高校生であり、飛び抜《ぬ》けた身体能力を有していない。

……デパートで力が解放されたときは一時的に身体能力が引き上がったが、いまはそれがなかった。影《かげ》からの刃が使えたとしても、必ずしも自分も強くなるとは限らないということだ。

そして、影からの刃——。これは、主である自分と刃の意識が同時に高まったときに発現できるのかもしれない。たとえば、鳶雄がヴァーリに攻撃されたこと——主の危機、主が攻撃を受けたこと——刃の怒り、このふたつが重なって先ほどの発動を見た？

その場で立ち上がりながら、鳶雄は刃を抱《だ》きかかえる。腕のなかで尾っぽを振る黒い子犬。……いまだ力の全容は見えてこないが、主である自分が不甲斐《ふがい》なければ、自分もこの刃も危険に晒《さら》される。

……もっと、力を知らなければならない。ヴァーリとの一戦は、学ぶことが多かった。

ヴァーリが気を取り直したのち、訊《き》いてくる。

「キミ、名前は？」

「幾瀬鳶雄だ」

鳶雄がそう名乗ると、ヴァーリは手を広げて自信満々にこう述べた。

「ふっ、俺はヴァーリ。魔王《まおう》ルシファーの血を引きながらも伝説のドラゴン――『白い龍《バニシング・ドラゴン》』をこの身に宿した唯一《ゆいいつ》無二の存在さ」

「…………」

…………ま、魔王？　ルシファー？　ド、ドラゴン？　唯一……無二？

首をかしげる鳶雄。いきなり、『魔王』と言われてしまった。しかも、『ドラゴン』らしい。……超常《ちょうじょう》現象が連発している身の上ではあるが、さすがに『魔王』と『ドラゴン』は突拍子《とっぴょうし》なものを超《こ》えて、反応に困るしかない。

鳶雄はどうにか、

「…………あ、ああ、そうか」

作り笑顔でそう答えるしかなかった。

とうのヴァーリは気取った口調とポージングをしながらうんうんとうなずく。

「ふっ、ついこの間まで一般人《いっぱんじん》だったキミにはこの領域《レベル》の話はまだ早いようだ」

……どうしたらいいのか、鳶雄は苦慮するしかない。

これは……少年のノリに合わせたほうがいいのだろうか？　ふと夏梅が近づいてきて、

耳打ちする。

（……年齢《ねんれい》的にちょうど中二病っていうのを発症《はっしょう》しているようなの。なんとなく、相手をしてあげてね）

あー、なるほど。と、鳶雄は相づちを打った。

自分も中学生の頃《ころ》、似た症状《しょうじょう》を発症した記憶《きおく》もあるので、言われてみると少年の仕草もよくわかることだった。

おそらく、セイクリッド・ギアか、魔法が使えるのは確かだろう。その上で自分が魔王の血を引く、伝説のドラゴンだということなのだ。

この歳《とし》で超常現象を身につければ、そういう症状になっても仕方ないことかなと鳶雄はうなずく。

――と、見守っていると、ヴァーリがいきなり独り言をつぶやき始める。

「……ああ、わかっている。今回はここまでさ。これ以上は何もしないよ」

それを興味深く観察していると、視線に気づいたのか、彼が気取りながら言う。

「ふっ、俺のなかのドラゴンとキミの『狗』が反応しているのさ」

「……俺のなかのドラゴン……？」

訊き返す鳶雄にヴァーリは自身の胸に親指をさしながら言う。

「言っただろう？　俺は伝説のドラゴンをこの身に宿す存在。いつだってあいつは俺に話しかけてくる」

……そうか、話しかけてくるのか。それは……仕方ないな。この歳なら、そういうこともあるのだろうと鳶雄は無理矢理自分を納得《なっとく》させた。

夏梅が小突《こづ》きながら言う。

（そういう設定なの、多分ね。合わせてあげて！）

「……あ、ああ、今度、そのドラゴンと話せたらいいな」

顔を引きつらせながら笑みを作り、そう返す鳶雄。

「ふふっ、生半可《なまはんか》では済まないぞ？　俺のドラゴンはな」

少年の夢と設定を壊《こわ》してはいけない。こういうのは一過性のものだ。治るまでは見守ってあげるのが最良であり、無理に現実を押しつけて否定するのは、かえって少年の心の成長に悪い影響《えいきょう》を与《あた》えてしまいかねない。

——と、屋上にいつの間にか現れていたラヴィニア。ヴァーリに近づき、頭をなでていた。

「ヴァーくん、いい子いい子なのです」

その手を振り払《はら》うヴァーリ。

「な、なでるな！　俺は子供じゃないぞ！」

おおっ、今度は年相応に怒《おこ》った。口調も自然だった。やはり、いままで見せていた顔は気取った中二病的なものだったのだろう。

短時間だったが、このヴァーリという少年のことが少しだけわかったように思えた。

ラヴィニアが言う。

「朝ご飯の時間なのです。皆《みんな》で食べるのです。シャークも起きたのですよ」

――と、言っても朝ご飯を作るのは自分で、これから作れという意味合いの報告なのは重々承知である。

ヴァーリがあごに手をやりながら言った。

「おい、幾瀬鳶雄。付き合ってくれた礼だ。――日燐《にちりん》食品の『ねぎみそこくまろラーメン』をくれてやる。特別だぞ」

…………年下の男の子に上から目線でカップラーメンを振《ふ》る舞《ま》われる。なんとも言えなくなりそうだったが、彼の善意なのだろうから、否定するつもりは毛頭ない。

「あ、ああ、いただくよ」

その上で自分は五人分の手料理を作らねばならないのだろうが……。

「ったく、カップ麺《めん》ばかりじゃおっきくならないわよ？」

嘆《なげ》くように息を吐きながらそうヴァーリに言う夏梅だったが、とうの本人は――、

「腹に入ればどれも同じだ。カップ麵はお湯を注げば約三分で出来上がる。空腹をすぐに満たすことに関して、これほど理《り》にかなっているものもないぞ」

と、返すだけだった。少年ながらに独自の生活理論があるようだ。だが、夏梅が言うようにこの歳でカップ麵は不健全だ。……彼用の朝ご飯も用意したほうがいいなと鳶雄は心に決めた。

夏梅は再び大きく息を吐きながら、肩《かた》を落としていた。

「それはともかく、片しておいてね。いくら、私たち以外に住人のいないマンションだからって、このままじゃダメだと思うし」

鳶雄は屋上の惨状《さんじょう》に改めて困惑《こんわく》した。屋上は歪な刃《やいば》だらけだ。さて、これをどうしたものか……。

眠《ねむ》いのか、刃は隣《となり》であくびをあげていた。

五章　再会／虚蝉《うつせみ》

1

このマンションの住人であり、新たな仲間（？）でもある銀髪の少年ヴァーリと出会った三日後——。

「刃《ジン》？　刃、どこだ？」

早朝、鳶雄《とびお》は起床《きしょう》するなり、ある変化に気づいた。

——刃が、そばにいなかったのだ。

目の前に顕現《けんげん》して以降、自分のもとから少したりとも子犬は離《はな》れたことがなかった。不思議に感じて、鳶雄はベッドの下、ベランダまで調べてみたのだが……。もしや、姿を消しているだけかと思い、声をかけてみたり、心の中で念じてもみたが、やはり出てはこなかった。

……消失、するのかは鳶雄自身わからないが、遠くに離れていない感覚だけ感じ取れる。

気配とでも言えばいいのか、それを五感以外のところで察知できていた。日に日にその感覚は強まっていく。

この三日間で呼んだり、念じれば刃はすぐに姿を現した。しかし、それが今朝になって叶《かな》わなくなったということは……刃が近くにいながらもここに来られない状況《じょうきょう》にあるということか？　それがどのような状態にあるか見当の付かない鳶雄ではあったが、部屋を出て刃を捜《さが》すことにした。

部屋の扉《とびら》に鍵《かぎ》はかかっていなかった。いや、寝《ね》る前にかけたのは確実だ。しかし、いま部屋を出るときに鍵がかけられていなかったことから、刃が開けたのだろうと思い至る。ただの犬にそのような芸当を見せられたら仰天《ぎょうてん》するが、刃であれば額の突起《とっき》物を伸《の》ばして鍵を解除するぐらいやってのけそうだ。

共同フロアにも、給湯室にも刃がいなかったことから、もしやと思い、夏梅《なつめ》の部屋に歩を進める。チャイムを鳴らそうとするが……ドアが半開きだった。訝《いぶか》しく感じながら、鳶雄はおそるおそるチャイムを鳴らす。しかし、返事はない。――が、中から誰《だれ》かが話す声だけは聞こえてきた。

「――――」

「――――っ！」

女の子二人の声だ。……部屋の主《あるじ》である夏梅と、ラヴィニアだろうか？　何やら大きな声が発せられていた。どうしたものかと思慮《しりょ》する鳶雄だったが、ふいに部屋の扉がバンと勢いよく開け放たれる。

半開きのドアから飛び出してきたのは――刃だった！　全身をびっしょり濡《ぬ》らしている。主である鳶雄を見かけるなり、背後に回ってブルブルブルと全身を震《ふる》わせた。水しぶきが鳶雄にかかってしまう。

「刃、捜したんだぞ。……風呂《ふろ》にでも入っていたのか？」

自分が寝ている間に部屋を抜《ぬ》け出て夏梅のもとに行っていたのかと鳶雄は状況を呑《の》み込んだ。そのまま、風呂に入れられたのだろう。考えてみれば、出会ってから一度も風呂に入れてなかった。ただの犬ではないが、それでも鳶雄が反省するべき点である。

「……幾瀬《いくせ》くん？」

ふいに夏梅の声が聞こえてきた。鳶雄が、視線を声のするほうに向けてみると――開け放たれたドアの先、廊下《ろうか》に立つ全裸《ぜんら》の少女の姿があった。

……スレンダーな肢体《したい》が、生まれたままの姿で立っている。いやしかし、服の上からわからない質量もそこにあった。突然《とつぜん》のことに、鳶雄も夏梅も全身を強張《こわば》らせて固まってしまうが……さらにそこへ追い打ちとばかりにもうひとりの少女が現れた。

「トビーなのですか？　刃ちゃんを迎《むか》えにきたのですね」

風呂場《ふろば》から全裸のままで出てくる金髪《きんぱつ》少女——ラヴィニア！　こちらは夏梅以上に女性らしい凹凸《おうとつ》が強調された体だった。以前にベッドの上に現れたとき以上のものが、視線の先にある。

「…………な、なななななっ」

この状況に徐々《じょじょ》に赤面していき、ついには風呂場に戻《もど》ってしまう夏梅。鳶雄も顔を下に向けて「ゴメン！」と謝るしかなかった。まさか、半開きの扉の向こうで、このような状況が生まれていたとは予想もできなかった。

風呂場から夏梅が叫《さけ》ぶ。

「……朝起きたら、ラヴィニアがいつものように私の部屋で眠っていて！　けど、今回は刃ちゃんを抱《だ》きながら寝ていたの！　その流れで……皆でシャワーを浴びることになって……ああもう！」

説明をしながらも動揺《どうよう》した様子の夏梅だ。当然だろう。同い年の異性に裸《はだか》を見られれば、女子なら誰でも動揺する。それは鳶雄も同じだ。

しかし、このなかでも一名だけ空気を読めずにいる者もいる。ラヴィニアが全裸のまま、扉から出てきて鳶雄の手を取った。

「トビーもシャワーを浴びるのです」

裸体《らたい》を隠《かく》すことすらせずにそのようなことを言い出してきたのだ！　鳶雄はたまらなくなり、夏梅に向かって叫んだ。

「皆川《みながわ》さん！　ラヴィニアさんを早く止めてくれっ！」

このマンションは健全な男子にとって、恵《めぐ》みのようでもあり、試練のようでもある。


朝、例のビデオを見せられた部屋に集《つど》う面々——鳶雄、夏梅、鮫島《さめじま》、ラヴィニア、ヴァーリ。

「……ったく、ここに顔を出してみりゃ、何があったんだか……」

半眼でそうつぶやくのは鮫島だった。妙《みょう》によそよそしい鳶雄と夏梅の姿にどこか勘《かん》づくところがあったようだ。あのようなことがあった直後だ。二人の態度に変化があってもおかしくはない。結局、夜中に部屋を抜け出した刃は、寝ぼけて自室から出てしまっていたラヴィニアに捕《つか》まり、夏梅のところに上がり込んでいたようだ。経緯《けいい》にも驚《おどろ》くが、刃の行動にも興味が尽《つ》きない。……夜中の散歩をしたかったのだろうか。

そのようなことがあった朝でも、鳶雄は朝食の準備だけは完了《かんりょう》させていた。

テーブルの上に並べられる一品一品。今日の献立《こんだて》は、目玉焼きにウインナーとソテーしたほうれん草を添《そ》えたもの、焼いた鮭《さけ》の切り身、色とりどりのサラダ、味噌汁《みそしる》といったごくごくありふれたメニューであった。だが、味噌汁は出汁《だし》を取ったものであり、目玉焼きもウインナーも鮭の切り身も、焦《こ》げひとつ見当たらない完璧《かんぺき》なものだった。白米も、わざわざ圧力鍋《あつりょくなべ》で炊《た》いたものであり、炊きあがったばかりのせいか、米粒《こめつぶ》ひとつひとつが見事に立っていた。ちなみにサラダにかかっているドレッシングも鳶雄のお手製だ。

「こんなものしか用意できなかったけどいいかな?」

謙遜《けんそん》気味にそう言う鳶雄。正直言うと、亡《な》くなった祖母と幼馴染《おさななじみ》である紗枝《さえ》にしか自身の料理を食べてもらったことがないため、毎食の調理に自信がない。

だが、このような追い詰《つ》められている現状のなかでまともな食事にありつける、夏梅はその喜びに満ちていた。

「わーおっ! やっぱり、幾瀬くんをお料理当番にして正解だったわ!」

皆がいただきますをする前に鮫島が味噌汁を啜《すす》っていた。途端《とたん》に表情を破顔させる。

「やっぱ、うめぇな」

不良の舌も唸《うな》らせるものがそこにあった。鮫島同様、ラヴィニアもひたすらパクついていた。

「トビーのお料理は最高なのです」

夏梅も「いただきます」と言ったのちに箸《はし》を進めだした。

「うーん、美味しい！」

夏梅からの評価は今日も上々だったようだ。誰も箸を止めないため、どうやら今朝の献立も成功したようだと鳶雄は安堵《あんど》の息を漏《も》らした。食事の当番に任命されてからというもの、皆《みんな》の機嫌《きげん》を損《そこ》なわないメニューを心がけていた鳶雄であった。ここにいるメンバーは日常を逸《いっ》した状況に置かれている身の上だ。食事ぐらいはまともなものを作って振《ふ》る舞《ま》いたいと心に決めていた。

——と、無言で箸を進めるヴァーリの姿を見て、夏梅がイタズラな表情を浮《う》かべる。

「あーら、ヴァーくんったら、随分《ずいぶん》と夢中になって食べているじゃない？　カップ麺《めん》さえあれば食事なんてどうでもよかったんじゃないの？」

「……勘違《かんちが》いするな。この食事から得られる栄養分に興味があっただけだ」

「栄養分ときましたか。まったく、素直《すなお》じゃないんだから」

カラカラと笑う夏梅。ヴァーリも文句を言いながらも箸を止めなかった。そう、この歳《とし》の男子が朝からカップ麺なんて不健全だ。こんなありふれた食事でよければ、毎日でもこの子に食べさせたほうがいいだろうと鳶雄は感じていた。

夏梅とのやり取りを受けて鮫島が「くくく」と笑いを漏らす。

「ルシドラ先生は生意気盛《ざか》りだからな」

「むっ、鮫島綱生《こうき》。そのルシドラとはなんだ？　俺のことか？」

ヴァーリが眉《まゆ》を吊《つ》り上げて鮫島に問う。

「ああ、ルシファーでドラゴンなんだろ？　なら、略してルシドラでいいじゃねぇか」

鮫島の言葉に機嫌を損なったのか、ヴァーリは口をへの字に曲げる。

「むむっ、違《ちが》うぞ。俺は魔王《まおう》ルシファーの血を引きつつも、伝説のドラゴン『白い龍《バニシング・ドラゴン》』をこの身に宿すという——」

「あー、はいはい。ルシドラルシドラ」

ヴァーリの『設定』を軽く流してしまう鮫島に少年もついに異を唱える。

「むぅ、皆川夏梅。この不逞《ふてい》な輩《やから》に俺の貴重性をもっと強く言い聞かせないとダメだぞ」

子供のようなやり取りをする鮫島とヴァーリの姿に夏梅も息を吐《は》くばかりだ。

「ったく、食事中にケンカしないの」

夏梅はウインナーのひとつをグリフォンに放《ほう》り投げると、鷹《たか》はそれをうまくキャッチして飲み込んでいく。独立具現型とされる刃、グリフォン、白砂《びゃくさ》も食事をするが、それは通常の動物——鷹や猫《ねこ》、犬の食事ほど気を遣《つか》う必要はなく、主が与《あた》えるものは肉でもフルー

ツでもなんでも食べた。いままでひとつも異常が見られないのだから、本物の動物のように食べ物に制限があるわけでもなさそうだ。

そもそも刃たちに食事が必要なのかどうかさえ、鳶雄はわからないでいる。今度、『総《そう》督《とく》』と話すことがあれば、その辺りを聞きたいものだ。

「ヴァーくん、いい子いい子なのです」

ラヴィニアは不機嫌《ふきげん》なヴァーリの頭部を撫《な》でていた。

「だから、俺の頭をなでるな！　子供じゃないんだぞ！」

普段《ふだん》クールな少年は、このようにちょっとからかうだけで年相応の顔を見せてくる。

非日常のなかでも、この食事風景だけは鳶雄にとって癒《い》やしのひとつだった。

食事を終えた面々は、ミーティングを始めていた。

――あれから三日過ぎ、ようやく次の行動に出ようと決めていたからだ。

「それで、どうする？　今日、動くんだろ？」

食後のコーヒーをぐいっといきながら、鮫島が鳶雄たちに訊いてくる。

夏梅はうなずき、『総督』から得ていた例のファイルをテーブルの上に広げた。この一帯周辺を記した地図だった。

　夏梅が地図を前に言う。

「ええ、動くわ。とりあえず、前に言った通り、同級生の遺族の動向を探《さぐ》りましょう」

　そう、三日前に夏梅はウツセミと化した同級生たちの遺族が、どこも謎《なぞ》の引っ越《こ》しをおこなっていることに気づいた。どの家庭の引っ越し先もわからずじまいだったのだ。

「あれだけ大きな事故があったのだから、これだけの集団失踪《しっそう》をメディアが気づかないというのもおかしな話よね」

　それは夏梅の言う通りだった。あれだけ国内を騒がせた事件だ。その遺族がこぞっていなくなれば、メディアのどこかが気づくだろう。しかし、そのことは報道されていない。不自然なほどに取《と》り沙汰《ざた》されていなかった。

「……機関、というよりも五大宗家が事前に情報統制したとか？」

　鳶雄がそう口にする。この国の古くから裏側にいるという異能力の集団。それぐらいの力があってもおかしくはないのではないかと鳶雄は思う。

　これに夏梅も肯定《こうてい》的にうなずいた。

「……仮にどこかのジャーナリストが勘づいて動いたとしても、消されているでしょうね」

「まず間違《まちが》いなく、消されていると思うのです」

ラヴィニアも静かに怖《こわ》いことを口にしていた。

ヴァーリも腕《うで》を組みながら言う。

「彼らの大本――五大宗家は家に連なる者から出た不備は正すという絶対の戒律《かいりつ》があるそうだ。『虚蟬機関《うつせみ》』のはみ出し者たちは、現時点で五大宗家から粛清《しゅくせい》の対象となっているだろうな。同時に機関が出した不備をも宗家の者たちが抹消《まっしょう》し始める。つまり、五大宗家に触《ふ》れる者は誰《だれ》とて許さないというスタンスだ」

……関《かか》わった者は、すべて消すということか。それは、機関の者たちが、宗家を見返すためにおこなっている『四凶計画《しきょう》』に関わった者も含《ふく》まれる……？　となると、自分たちも――。

「…………」

「…………」

自分と同じことに思い至ったのか、夏梅も鮫島も渋《しぶ》い顔をしていた。自分たちだけではなく、親しい者にも非日常の手が伸《の》びるということを案じたのだろう。

夏梅、鮫島は家族について、あまり口にしなかった。二人は生まれと育ちに事情を抱《かか》えているようで、深くは語ってくれなかったのだ。ただ、『総督』の組織が『四凶』をはじめとした生存組と親しい者たちを保護下に置いているそうで、現状では『虚蟬機関』の者もおいそれと手は出せないという。

あくまで『現状』だ。今後、状況《じょうきょう》が変われればその限りではなく、保護しきれないことも起こるかもしれないと警告されている。身内を攫《さら》われて自分たちを招き寄せるために使われたらたまったものではない。

不幸中の幸いといえばいいのか、鳶雄には肉親と呼べる者はすでにいなかった。祖母が亡くなった時点で、家族というものを鳶雄は失っている。だが、自分は……『姫島《ひめじま》』に連なるとされている。いずれ奴《やつ》らにもそう見られる可能性は高い。……今後、それを理由に狙《ねら》われても不思議ではないのかもしれない。

夏梅が頭を横に振ったのち、あらたまって言った。

「どちらにしてもこちらも動かないと狙われっぱなしなだけで現状を打破できないわ。

——動きましょう」

鳶雄もその意見に賛成だ。動かなければ、紗枝に行き着かないだろう。恐怖《きょうふ》に縮こまったままでは、彼女と再会できそうもないのだから。

夏梅が会話を続ける。

「同級生の引っ越し前のお家《うち》に行こうと思うの。何か、手がかりがつかめるかもしれないから。……何ひとつ残さずに消え去るなんてことはあり得ないはず。それに——」

夏梅が視線をラヴィニアに向けた。ラヴィニアがひとつうなずく。

「はい、そのお家に行って、私が探索《たんさく》系の魔法《まほう》を使うのです。きっと、何か見つかると思うのです」

魔法で探索ができる、か。しかし、ラヴィニアの目的も謎が多い。彼女の組織が追っている者とやらが、『虚蟬機関』に協力しているそうなのだが……。五大宗家のはみ出し者たちは、いったいどこまで手を広げているのだろうか……？

異能集団、魔法使い……。知らない世界、非日常な出来事……。これが夢であればどれだけ楽なことか。

鮫島が夏梅に問う。

「同級生ったって、二百人超《こ》えてんだぞ。どこから当たるつもりだ？　手当たりしだいか？」

「それは──」

夏梅は言い淀《よど》みながら、鳶雄に視線を向けていた。

2

移動は電車とバスでおこない、目的地の近くに着いてからは徒歩で住宅街のほうへ向かう。大きな通りから少し離《はな》れたところに、東城《とうじょう》紗枝の自宅は存在していた。なんの変哲《へんてつ》もない二階建ての家屋だ。

そう、鳶雄たちは、紗枝の家に向かうことで意見を合致《がっち》させた。これには夏梅の直感も含まれている。

夏梅はマンションで言った。

「彼らは、鮫島くんの友達と、幾瀬くんの幼馴染《おさななじみ》の名前を口にしたわ。少なくとも彼らは同級生のなかで私たちが特に親しかった者を認識《にんしき》しているはず。つまり——」

その言葉に鳶雄が続く。

「関連のありそうなところに俺たちが顔を出すかもしれないと予想を立てる」

首を縦に振る夏梅。

それは同時にあちらが、こちらの赴《おもむ》きそうな場所に罠《わな》を仕掛《しか》ける可能性も非常に高いことを意味する。すでにあちらは幹部を二人も釣《つ》り出された上に顔も見られており、計画の内容もある程度まで知られた手前がある。

それに比べ、こちらは日に日に力を増しているのだ。あちらの行動が慎重《しんちょう》になり、関連した場所にも目を瞠《みは》って罠のひとつでもかけていてもなんらおかしくはないということだ。

それ以前に自分たちが『総督』の組織——グリゴリと関係を持ったことはあちらも認識している。同級生の遺族たちが一斉《いっせい》に引っ越ししている不可解な行動にこちら側が気づくと予測するだろう。

夏梅が言う。

「あちらとしても、こっちが友人知人を助けたいことはわかっているでしょうから、いつまでも身を潜《ひそ》めてはいないだろうと踏《ふ》むわ」

鮫島が肩《かた》をすくめた。

「俺らが力をつけてきてるから、調子に乗って関係する場所に現れるかもしれねぇって奴らが思ってもおかしかねぇわな」

うなずく夏梅が鳶雄に目線を向けながら、はっきりとこう断言する。

「こっちが力をつけている上に幾瀬くんというイレギュラーな人が飛び込んできている現状……あっちとしても次に仕掛けてくるなら、これまで以上のものを投入してくるでしょうね。それが杞憂《きゆう》だったとしても、同級生の家で手がかりがつかめたとしたら前進できる。どちらにしろ、彼らに繋《つな》がる何かを得られる可能性は高いと思うの」

そういう意味で同級生の元自宅に赴くのは、進展が望めるということか。……夏梅の言った後者はともかく、前者である「これ以上のものを投入してくる」という予想は実に恐《おそ》ろしげだ。

しかし、あちら側の立場で考えてみれば、いままでの仕掛けが効かなくなったとしたら次の一手に移るだろう。それはこれまで以上の手で攻《せ》める意味合いを示す。

……こちらが力をつければ、戦いも苛烈《かれつ》化していく……。三日間の特訓が功を奏せばいいが……付け焼き刃《ば》に等しいとも言える。紗枝に一歩ずつ近づくなかで、不安も増す一方である。

そして、マンションでの話し合いの結果、足を運ぶ先は紗枝の家ということになった。

理由は、引っ越しの手がかりをつかむのもそうだが、何よりも鳶雄——祖母に繋がるものを探したくなったからだ。

「……ばあちゃんが紗枝のご両親と親しくしていて、生前に死後のことも含めていろいろと話したと聞いたからさ」

そう、祖母の葬儀《そうぎ》のあと、紗枝のご両親に呼び出されて、頼《たの》まれたものがいくつもあると聞かされた。生活面でのこと、金銭面でのこと、それは多岐《たき》にわたった。

そのなかに、成人したあとに孫に見せてあげてほしいと懇願《こんがん》されたものも含まれている
と、事前に聞かされていた。

紗枝の両親は連絡《れんらく》もなく引っ越しをしたため、そのあたりが曖昧《あいまい》になってしまっていた。

いま思えば、人のよかった紗枝のおじさんとおばさんが別れのあいさつもなく旅立ったという点以上に、祖母の遺品についてまったく言及《げんきゆう》してこなかったなんてあり得ないことだ。おじさんとおばさんが紗枝を失ったショックで距離《きより》をおきだしたと勝手に解釈《かいしやく》していた自分の認識の甘さに腹が立つほどだった。

鳶雄は、遺品が気になって仕方がなくなった。その代物《しろもの》は紗枝の家にあったと思われる。引っ越しが完了《かんりよう》しているあの家にいまそれがあるとは思えないが……。しかし、引っ越し先が判明すれば探しに行ける可能性が強まる。

祖母が遺《のこ》したものはおそらく『姫島』に関連するものか、自分のこの異能に関するものだと思われる。前者であれば、自分の出自と敵の実情を少しでも知れるだろう。後者は刃の力に関してわかることがあるかもしれない。どれも情報として確実性に欠けるが、見つければ逆転の一手になる可能性を秘《ひ》めている。

いま、鳶雄たちにとって自分の能力や敵に関する情報はひとつでも重要だ。それらを加味して、紗枝の家に行くことに全員で同意したのだった。

ただ、ヴァーリのみが、

「悪いが、俺は『総督《そうとく》』の個人的な頼み事を聞かないといけない立ち位置なんでね。今日、キミたちとは行動を共にできない」

そう言い残して、先にマンションを出て行った。

そのため、紗枝の家に向かっているのは、鳶雄、夏梅、鮫島、ラヴィニアの四名のみである。バイクでの移動に慣れていた鮫島は、電車での移動中、

「……どうにも電車は慣れねぇ」

と、ぼやいていた。

さて、その四名で紗枝の家の前にまで来たわけだが……。

少し離れたところから見ても、生活感がまるで感じられない。窓がすべて閉まっており、表札の名前も消えている。手入れされていない庭の草は伸びきっていた。

おばさんが庭で草花に水をまいていた記憶《きおく》が蘇《よみがえ》る。おじさんは休日に庭の椅子《いす》に座ってよく本を読んでいたものだ。

この庭で、ゴールデンレトリーバー相手に悪戦苦闘《あくせんくとう》もしたんだったな……と、鳶雄は懐《なつ》かしむ。

そのことを思い出すと同時に、紗枝の笑顔《えがお》が蘇る。この家のどこを見ても彼女との思い出が脳裏《のうり》に浮《う》かび上がり、胸をしめつけられるが、いまはそれを抑《おさ》えて家の様子を探《さぐ》らねばいけないのだ。気持ちを切り替《か》え、家の観察を再開する。

気のせいか、周囲の民家からも人の気配がしない。いま自分たちがいる場所が、酷《ひど》く寂《さび》

しく感じる。昼間なのに、雰囲気《ふんいき》が暗い。以前はこんなことはなかった。しかし、いまは周辺から、あまりに生活感が伝わってこないのだ。

四人は、門を開け、玄関《げんかん》の扉《とびら》前にまで足を運んでいた。鍵《かぎ》がかかっているかどうか確認する。玄関の扉は簡単に開いた。鳶雄と夏梅は鍵がかけられていないことがわかると、全員と顔を見合わせる。

鮫島が家を見上げながら言った。

「……すでに誰《だれ》も住んでいないとはいえよ、鍵ぐらいは閉めるだろうよ。じゃなきゃ、この土地の管理者はとんだ無能だ」

そう皮肉を口にしながらも彼は肩に白い猫《ねこ》を乗せる。いつ何が起きてもいいように警戒《けいかい》を強めたのだ。

これを、罠と見るか否《いな》か。

ラヴィニアが言う。

「というよりも、この家を中心にこの一帯は人払《ひとばら》いの術がかけられているのです。私たちのような異能を有する者以外に認識できなくされているので、ある意味、管理されているといえば管理されているのですよ。日本の方術、神道《しんとう》、陰陽道《おんみょうどう》は、この手の『隠《かく》す』『退ける』といった『祓《はら》い』の力に秀《ひい》でているのです」

……つまり、この家は普通《ふつう》の人間に知覚できないようにされているのか。自分たちがこの家を捉《とら》えることができるのは、セイクリッド・ギアや魔法を得ているから？　しかし、そうなるとこの家だけじゃなく、他《ほか》の同級生の家もこうなっているのだろうと予測できる。セイクリッド・ギア――刃とグリフォンを自分たちの近くに置く。ここに何があるかはわからないが、一度人目のつかないところへ足を運べば、そこはウツセミの領域。いつ襲《おそ》われてもおかしくないのだ。こうしている間も、ウツセミはうしろから近づいてきているかもしれないのだから。

おそるおそる扉を開け、玄関へ侵入《しんにゅう》していく。玄関には、鳶雄が目にしたことのある小物や額に入れられた絵。以前来たときに見たそのままの風景だった。

……引っ越《こ》ししたというのに、家財道具一式移動していないというのか？　『虚蟬機関』がおこなった行動は、やはりただの引っ越しではないということだろう。

閉めきられているため、昼間なのに家の中は薄暗《うすぐら》い。そのなかを四人は進んでいく。玄関では靴《くつ》を脱《ぬ》がなかった。いつでも駆《か》け出せるようにしておく。

夏梅は懐中《かいちゅう》電灯を点灯させ、暗い室内を照らしていった。

まずは、一番近くの部屋。静かにドアノブを回し、少し開けて中にライトを当てて確認する。――何もないようだ。

室内はテーブルやソファーもそのままだ。引っ越し自体はされていないということだ。移動したのは──人。紗枝の両親のみ。おそらく、他の同級生の家でもこうなのだろう。

「手分けして、調べましょう。何か見つかったら、例のラヴィニアの魔法《まほう》で相互連絡《そうごれんらく》よ」

鳶雄たちは夏梅の意見にうなずき、ラヴィニアの魔法で作られた光の結晶《けっしょう》を耳に入れたあと、二手に分かれて奥へと足を進めた。


鳶雄とラヴィニア組は、扉を開けリビングに進む。テレビやテーブル、枯《か》れた観葉植物が目に入る。観葉植物は葉が落ち、床《ゆか》に散らばっていた。

キッチンにも冷蔵庫や電子レンジなどの家電が残っている。電気は止められていたが、冷蔵庫のなかはそのままになっており、腐《くさ》った食材が異臭《いしゅう》を放っていた。水道の蛇口《じゃぐち》をひねるが、さすがに水は出ない。

「…………」

時折、ラヴィニアが立ち止まって床に杖《つえ》で円陣《えんじん》を描《えが》いて呪文《じゅもん》らしきものを唱えている様子だった。光の軌跡《きせき》を生みながら円陣が床に浮かび、儚《はかな》い輝《かがや》きを発したあとで消えていく。

……魔法、というやつなのだろう。事前に聞いていた話通りであれば、彼女がしているのは、ここの住人の足取りを探るものだと思われる。

足音が聞こえ、警戒するが、現れたのは夏梅と鮫島だった。彼女たちもこちらを確認すると、頭《かぶり》を振《ふ》る。あちらも何も見つけていないようだ。

四人はリビングの真ん中に立ち、改めて辺りを見渡《みわた》していた。

「ここ、そのまま？」

夏梅の問いに鳶雄はうなずいた。

「ああ、まんまだ。引っ越しはされていないね。いなくなったのは――おじさんとおばさんだけだ」

それが鳶雄の答えだった。物が残され、住人だけがいなくなっている。つまり、『虚蟬機関』が欲《ほっ》したのは、陵空《りょうくう》高校二年生の肉親――。それが何を意味するのか、鳶雄たちは知らないが、嫌《いや》な予感を覚えてならない。

鳶雄は人差し指を上に向けた。

「俺、二階のほうを調べてみる」

鳶雄の提案に、夏梅も「じゃあ、私たちはこのまま一階をもう少し調べてみるわ」と答え、四人は再び分かれた。

鳶雄とラヴィニアが、一度玄関のほうまで戻《もど》り、階段を上ろうとしたときだ。二階に人《ひと》影《かげ》らしきものを視界に捉えた気がした。ラヴィニアに視線を配らせれば、同様に感じ取ったのか、上に目を向けている。彼女は耳を押さえて言った。

「……夏梅、シャーク、警戒をしておいてほしいのです」

それは戦闘《せんとう》を覚悟《かくご》しろという通告だ。一気に住宅内を緊張《きんちょう》の空気が支配し始めていた。

「……刃」

鳶雄は、静かにパートナーを呼び、先導させる。生唾《なまつば》を呑み込みながら、子犬のあとに続いて階段を上っていく。

刃は小さな体で一生懸命《いっしょうけんめい》階段を一段一段上っていった。先に二階についた刃は、鼻をひくひくとさせながら匂《にお》いを嗅《か》ぐ。特に何もないとわかると、尾《お》をこちらへ向けて振ってくれた。少し安堵《あんど》して、鳶雄は階段を上りきる。

刃の存在は大きい。こんな小さな体だが、なんと心強いことか。ひとりだったら、人影を見かけただけで恐怖《きょうふ》に包まれ、パニックになっていたことだろう。

緊張のなかで、脳を動かせるのは刃や仲間たちのおかげだ。

二階に上がった鳶雄は、紗枝の自室へと足を向ける。埃《ほこり》が目立ってきた廊下《ろうか》を進み、紗枝の部屋のドアノブをゆっくりと回した。

この部屋には、何度も入ったことがある。他の女の子の部屋がどんなものだかわからないが、室内はいつでも整理整頓《せいとん》がされており綺麗《きれい》だった。

ベッドや机はそのままにされていた。机の上には、何も置かれていない。鳶雄は、机まで近づき、そのひきだしを開けていく。中には教材やノートが入っていた。

紗枝の机を調べるのは気が引けたが、それでもひきだしを開けていき、鳶雄はとあるノートに気づいた。取り出すと、それは紗枝の日記だった。

手にして、ペラペラとめくっていく。他愛《たわい》もない日記だ。よく読めば自分のことに関しての記述が多くて心底気恥《きは》ずかしくなり、直視できない。だが、ひとつひとつおもしろおかしく書いてくれてはいたようだった。

旅行前日の日記に目が留まる。

『五月○日晴れ　明日はついにハワイへ旅行だというのに、鳶雄の具合は完治していない。一緒《いっしょ》に行きたかったけど、仕方ないよね。明日は朝一に鳶雄の顔を見てから、空港へ向かおうと思う。明日は早い。早く寝《ね》なきゃ』

その日の記述を最後に、日記は途切《とぎ》れていた。当たり前だ。持ち主はいま不在なのだから——。

ラヴィニアが魔法を床に刻み終わると、紗枝の部屋をあとにして、鳶雄たちはおじさんおばさんの部屋に足を向ける。

二階の奥にある紗枝の両親の部屋――。……この家から消えたのが、紗枝の両親だけとわかった今、鳶雄の祖母が紗枝の両親に託《たく》したとされるものが、この家に残っている可能性は高まった。

紗枝の両親の部屋に入った鳶雄は、申し訳ない気持ちを抱《いだ》きながらもタンスや棚《たな》を調べていった。だが、それらしいものは一切《いっさい》見つからない。――と、クローゼットの奥に金庫を見つける。もしやここに……と鳶雄が意識を向けた。

そのとき、キィという部屋の扉が開く音。鳶雄とラヴィニアがそちらに振り返ると、扉の向こうに一人の少女が立っていた。その姿に見覚えがある。当たり前だ。

「紗枝！」

目の前に現れたのは、幼馴染《おさななじみ》である紗枝その人だ。こちらをジッと見つめている。

……ようやく、会えたっ！

目元が潤《うる》み、いますぐに駆け寄りたい気持ちに駆られるが、それを必死に堪《こら》えた。

「紗枝、俺だ。わかるか？」

しかし、鳶雄が呼んでも、こちらの姿を捉えても、紗枝に変化はなかった。目の前の紗枝は薄《うす》く不気味な笑みを浮かべるだけだ。鳶雄の視線がとあるものを捉える。

左手に数珠《じゅず》――。

それは、見覚えのあるものだった。祖母から譲《ゆず》り受けた大切な数珠である。旅行の前に紗枝に渡《わた》したものだった。

鳶雄は悲愴《ひそう》な表情を浮《う》かべることしかできなかった。

いままでの経緯《けいい》から鑑《かんが》みれば、彼女もまたウツセミとなっていることだろう。だとしたら、彼女をその状態から救わなければ意味がない。

だが、安易に刃に命令は出せない。紗枝を斬《き》るなんてこと、できようはずがない。

ラヴィニアもこちらの様子を察して、静観していた。

「やはり、斬れないかね」

第三者の声が廊下から聞こえてくる。部屋に入ってきたのは――三つ揃《ぞろ》いの背広を着た初老の男性。見覚えがあった。そう、それはあのデパートでの戦闘のときだ。童門《どうもん》と名乗った男を助けに現れた謎《なぞ》の男性……。その男が眼前に現れたのだ。

……この男は、童門に『姫島』と呼ばれていた。

精悍《せいかん》な顔つきの男が静かに口を開く。

「私は姫島唐棣《はねず》というものだ。すでに知っているかもしれないが、『虚蟬機関』という組織の長《おさ》をやっている」

そうか、この男が一連の事件を起こした組織の長――。

……いきなり、敵の親玉が登場したということになる。まさか、紗枝を伴《ともな》って現れるなど露《つゆ》ほどにも思わなかった。

「……五大宗家」

鳶雄がそうぼそりとつぶやく。

それを聞いて男――姫島唐棣は興味深そうにあごに手をやった。

「ふむ、どうやら黒き翼《つばさ》の一団より情報は得ているようだ。ならば早い。――『四凶』を有するキミたちを迎《むか》え入れたいのだ」

「………………」

自分はその『四凶』ではない。彼らの計画からすれば、イレギュラーな存在だ。

しかし、男は口元を笑《え》ます。

「むろん、キミのことも欲《ほ》しいと思っている。幾瀬鳶雄。――いや、姫島鳶雄と呼んだほうがいいのだろうか？」

……こちらのことをすでに調べているようだ。

男――姫島唐棣は話を続ける。

「キミは知らないだろうが、キミのおばあさん――朱芭《あげは》は『姫島』宗家の一員だったのだよ。残念ながら姫島の望む力にあまり恵《めぐ》まれず家を出されてしまったが……」

「……俺は幾瀬だ。姫島は祖母の旧姓《きゅうせい》に過ぎない」

「キミがそう思っても、この国の裏で動く者たちにとっては姫島の血は大きい。しかし、皮肉だ。宗家を追われた者の系譜《けいふ》に『狗《いぬ》』が生じようとは……」

姫島唐棣は、視線を下に向けて、刃を捉《とら》えていた。その瞳《ひとみ》は暗く、感情を一切乗せていない。先ほどの笑みも作られたもののように感じ取れた。

「……正直言うと、私の本懐《ほんかい》は半ば果たされたと思っている。――幾瀬鳶雄、キミの登場でね。あの姫島から『雷光《らいこう》』の娘《むすめ》以上の『魔《ま》』が生まれた。しかも、正確には『雷光』の一件以前に誕生していたことになる。これほどの喜劇はないのだよ。神道《しんとう》と『朱雀《すざく》』を司《つかさど》りし姫島が『朱』ではなく、『漆黒《しっこく》』を生みだしているのだから。キミを認知《にんち》したあとの『姫島』宗主《そうしゅ》の顔を思い浮かべるだけで、私は十分に満たされるだろう」

男は首を横に振る。

「だが、我が同胞《どうほう》たちの心中はそうはいかない。……最後まで『計画』に準ずるのがあの組織を束ねる者のつとめなのだ」

「………………」

……男は理解のできないことを口にする。鳶雄は、姫島唐棣が何を話しているのか、まるで解することができない。ただ、彼が口にする言葉の端々《はしばし》に怨恨《えんこん》めいたものが根深く渦《うず》巻《ま》いているのは感じ取れた。

男はかまわずに続けた。

「幾瀬鳶雄、私たちに力を貸してはくれまいか？　いや、仮に私たちを斬り伏《ふ》せたとしても、そのときは――私たちに代わり、五大宗家のバケモノたちを倒《たお》してはくれまいか？」

「……勝手な言い分だ。しかも意味のわからないことばかり……っ！」

一方的な物言いに鳶雄は不快感を露《あら》わにしていた。この期《ご》に及《およ》んで力を貸せとまで言ってくるとは……っ！　何よりも紗枝の隣《となり》でそのような戯《ざ》れ言《ごと》を宣《のたま》うのがたまらなく感情を逆なでてくれる。

男はそれを見て初めて感情の乗った笑みを愉《ゆ》快《かい》そうに浮かべた。

「……キミを一本の禍々《まがまが》しい刃に仕立てあげるのが、私のつとめなのかもしれないな」

男が指を鳴らす。刹那《せつな》――姫島唐棣の隣に立っていた紗枝が一歩前に出て、左手を横に薙《な》ぐ。すると、彼女の足下《あしもと》の影《かげ》が、意思を持ったようにうごめきだして、部屋全体に広がっていく。闇《やみ》に支配される室内。広がった影が盛り上がり、形を成していった。

「――これは」

目を見開いて驚愕《きょうがく》するしかない鳶雄の前に現れたのは――部屋の大半を埋《う》め尽《つ》くすばかりの巨大《きょだい》な一匹《いっぴき》の獣《けもの》。漆黒の毛並み――鬣《たてがみ》を有した獅子《しし》だった。世界最大の獅子であるバーバリライオン以上と思える体躯《たいく》をしている。殺気にまみれるギラついた金色の眼光。剝《む》き出しの鋭《するど》い牙《きば》を覗《のぞ》かせて、低いうなり声をあげていた。

ぞわっと全身の毛穴が広がり、冷たいものが伝わっていく感覚――。肌《はだ》に突《つ》き刺《さ》さるようなプレッシャーから、鳶雄は強制的に思い知らされる。……この獅子は、いままで戦ったウツセミとはまるで違《ちが》う。根本的な『作り』からして、桁違《けたちが》いのバケモノだと――。

全身を恐怖に震《ふる》わせる鳶雄だが、刃だけは獅子を前にしても果敢《かかん》に、一切怖《お》じけずに、威嚇《いかく》の姿勢を崩《くず》さなかった。それは相手との実力差を把握《はあく》できずにいたずらにうなり声をあげているものではない。

――主《あるじ》を守るため、小さな体を必死に奮い立たせて対峙《たいじ》しているのだ。

刃のあまりにも健気《けなげ》で忠義な姿に、鳶雄は感動すら覚えて逃《に》げる素振《そぶ》りも恐怖に戦《おのの》く姿も決して見せなかった。そんなことをすれば、刃の勇気を裏切ることになる。それだけは絶対にしちゃいけない。それがこの子犬の主としての役目なのだ。

姫島唐棣は紗枝の影から出現した獅子の横に位置して言う。

「……私たちに協力してくれている魔術師《まじゅつし》の一団と共に開発しているものだ。――『勇気を失った獅子《カウアドリー・レオ》』と呼んでいる。我々の『四凶計画』の中核《ちゅうかく》を担《にな》う実験のひとつだ。東城紗枝だけが唯一《ゆいいつ》、この試験体に適応できた」

……紗枝が、この獅子を使役《しえき》しているというのか？　獅子から漂《ただよ》う雰囲気《ふんいき》、身にまとう殺意があれらと一線を画すのは嫌《いや》というほどわかる。

ラヴィニアが珍《めずら》しくも忌々《いまいま》しそうに獅子を睨《ね》めつけながら男に言う。

「……獅子……三体のうちの一体はすでに顕現化《けんげんか》できつつあるというのですか。『彼女たち』の実験は実を結ぼうとしているのですね？」

「……『灰色の魔術師《グラウ・ツァオベラー》』の少女よ。伝える時間があるのなら、フェレス卿《きょう》に伝えておくといい。――彼女たちは本気だと」

それを聞いてラヴィニアは心底不快そうな声音《こわね》で漏《も》らした。

「…………不愉快な限りなのです」

ラヴィニアが杖《つえ》を男に向けるなかで、鳶雄の耳に魔法《まほう》の通信手段を介《かい》して夏梅の声が聞こえてくる。

『幾瀬くん！　この家、囲まれているみたい！』

――っ！

それを聞いて背後を振《ふ》り返る鳶雄。部屋のベランダに目を向ければ、そこには怪物《かいぶつ》――ウツセミを伴った同級生の姿が見受けられる。敵意に満ちた視線でこちらに殺気を放っていた。二階のこのベランダにも来ているということは、家の周囲、庭にもウツセミが群がっているに違いないだろう。

ちらりと目線を姫島唐棣に向ける。男は肩《かた》をすくめた。

「ここでやり合うかね？　私は別にそれでもかまわない。——が、ひとつ提案だ」

男は指を一本あげながらこう続ける。

「キミたちがよければ、我々の研究施設《しせつ》に案内しよう。キミたちが求める同級生もすべてそこに待機しているし、彼らの肉親も健在だ。考えたまえ、この獅子と、この家を囲む多くのウツセミを退けるのは、いかにキミたちといえど無事には済まない。こちらとしても、できるだけ穏便《おんびん》にキミたちを招きたいのだが？」

それは彼らが自らアジトに招くことを意味している。もっとも、無条件でこちらが拉致《らち》されることにも相違《そうい》ないが……。しかし、追い求めていたものがすべてそこにあることも事実だ。

——チャンスとみるか、絶体絶命とみるか。

どちらにしても、ここを切り抜《ぬ》けるには犠牲《ぎせい》が伴う。勝つのは……正直、現状では無理に等しい。『影からの刃』を限定条件つきながら、三日間の訓練で習得しつつあるが、この獅子と姫島唐棣を前にしたら、決め手に欠けるに違いない。

あの童門という男ですら、ウツセミ以上の力を持っていた。そのような異能の使い手を束ねる男が、童門よりも弱いわけがないだろう。

何よりもこの狭《せま》い室内では、『影からの刃』はもちろん通常の攻撃《こうげき》だろうと、動きに制限は生じる。刃の小さな体ならここでもある程度は動けるだろうが……紗枝にまで被害《ひがい》が及ぶ可能性はあまりに高い。

……では、逃げるか？　いや、たとえ逃げるとしても、誰《だれ》かが必ず深手を負う。

…………。

……どうにも考えあぐむ状況《じょうきょう》で、ふいに姫島唐棣が懐《ふところ》から何かを取り出す。

――正方形の桐箱《きりばこ》だった。

呪術《じゅじゅつ》めいた文字の札が貼《は》られている箱。それを見て、鳶雄はすぐに思い至る。

それが、祖母が紗枝の両親に渡したであろう自分のルーツに繋《つな》がるもの――と。

姫島唐棣が言う。

「そこの金庫に入っていたものだ。先に拝借させてもらった。何、まだ私も見てはいないよ。どうかね、幾瀬鳶雄くん？　これの中身と――」

男が、紗枝に指をさす。

「どちらも欲しいのだろう？」

こちらの神経に障《さわ》るようなことを平然と口にする男。……紗枝に視線を配らせてみても、彼女は鳶雄のことを感情のこもった目で見てはくれない。

ラヴィニアが鳶雄に言う。

「……ここの判断はトビーに任せるのです。きっと、夏梅もシャークもわかってくれるのですよ。私も正直言うと、彼らの施設とやらに物凄《ものすご》く興味があるのです」

鳶雄の心のなかを察してくれたかのようにラヴィニアはそう言ってくれた。

鳶雄は数秒ほど顔を伏して、苦渋《くじゅう》に満ちた表情を浮《う》かべたのち、耳を押さえて夏梅と鮫島に告げた。

「……皆川さん、鮫島。――ここは退いてくれ！　かまわずに行ってくれ！　あとで必ず合流できるから！」

鳶雄が選んだものは――夏梅と鮫島を逃がすことだった。全員あちら側に行くことはない。可能性は複数残しておいたほうがいいだろう。そのために自分とラヴィニアがここに残り、夏梅と鮫島を逃がす。奴《やつ》らの狙《ねら》いはあくまで『四凶』だ。ならば、該当《がいとう》する二人は真っ先に逃がすべきだ。

『――ッ！　ちょ、ちょっと、幾瀬くん!?　何を言って――』

『幾瀬！　上で何かあったんだな!?』

驚《おどろ》く夏梅をよそに鮫島は鳶雄の言葉の真意になんとなく勘《かん》づいているようだった。

『いくぞ、鳥頭！　あの魔法少女がついてりゃ幾瀬もそうそうやられはしねぇだろ！　それならここに集まった奴らを引き寄せて外で一気に叩《たた》いたほうがいいだろうよ！』

『け、けど！　ああもう！　幾瀬くん、ラヴィニア、死んだら許さないからね！　必ず迎《むか》えに来るわ！』

ウツセミを退けながら去っていく仲間の声を聞きつつ、鳶雄は男を睨めつける。

男は息を吐《は》く。

「なるほど、自分たちだけ残って、『四凶』を逃がすか。全員で戦うのと、全員で逃げるのよりは遥《はる》かに賢明《けんめい》な判断だ」

姫島唐棣は、そう言うなり手で印らしきものを結んで室内の空間を歪《ゆが》ませる。歪んだ空間から襖《ふすま》が出現した。神々《こうごう》しい朱色《しゅいろ》の鳥が描《えが》かれた雅《みやび》な作りだ。襖が開くと、その先には見知らぬ建物の一室が見て取れた。場所を越《こ》えてポイントとポイントを繋ぐ『門』のようなものなのだろう。

姫島唐棣が、招くような仕草で鳶雄とラヴィニアに言う。

「さあ、くぐりたまえ」

刃を抱《かか》えた鳶雄は心中でこう話しかけていた。

——刃、悪いが最後まで付き合ってもらうぞ。俺は、内部からこいつらを食い破って、紗枝と皆《みんな》を救う。

恐怖《きょうふ》に身を裂《さ》かれそうになりながらも、鳶雄の戦意は揺《ゆ》るがなかった。

六章　氷姫《こおりひめ》／四凶《しきよう》

1

東城紗枝《とうじようさえ》の家に現れた異質な襖を通った鳶雄《とびお》とラヴィニアは、『虚蟬機関《うつせみ》』の本拠地《ほんきよち》とされる建物のなかに招かれた。

足を踏《ふ》み入れたと同時に彼らを待ち受けていたのは――ウツセミと化した大勢の同級生たちに囲まれた。……その数を目で確認《かくにん》してみるが、少なく見積もって数十名。いままで鳶雄たちが倒《たお》した数と、先ほど紗枝の家を取り囲んだであろう数から察するに、おそらく、ここにいるウツセミは残りすべてを投入したであろう人数だと推測できる。むろん、先日の佐々木《ささき》のように倒したバケモノを再生できるのであればその限りではないが……。

よく見れば、背広を着た大人の姿も何名か視認できる。……目つきや、身にまとう雰囲気から機関員だと見受けられた。印を結ぶような手の形をしていたり、または札のようなものを持っていた。……こちらが動けば異能を放つという警告のようなものであろう。

殺気を向ける大勢のウツセミと機関員。

この状況下で、姫島唐棣《ひめじまはねず》は隣《となり》に紗枝を置き、満面の嫌らしい笑《え》みを浮かべてこう述べた。

「──『虚蟬機関』の本部、いや、隠《かく》しアジトへようこそ」

これ以上にないほど、激情に駆《か》られそうな招待だった。


鳶雄とラヴィニアは、両手に歪《いびつ》な形の手錠《てじょう》をはめられていた。手錠というよりは、穴の空いた鉄塊《てつかい》に等しい。その手錠には呪術めいた紋様《もんよう》が記されている。……そのせいなのか、手錠をはめられてからというもの、体中を悪寒が走って仕方なかった。同時に、先ほどまで感じられていた刃《ジン》の鼓動《こどう》──伝心が弱まっているように思える。

……とうの刃は、鳶雄たちの後方で檻《おり》に入れられていた。その檻は荷台の上に載《の》せられて機関員の男性が押している。檻にも手錠同様の紋様が描かれていた。鳶雄が現状相手に従っているためか、刃は抵抗《ていこう》もせず、檻の中で静かに座っているだけだ。ただ、その真紅《しんく》の双眸《そうぼう》は危険なほどに敵意むき出しの輝《かがや》きを見せていた。鳶雄が一声かければいままさに食ってかかるとばかりの様相である。

認証の必要なゲートを幾重《いくえ》にもくぐり、二人と一匹《いっぴき》が連れて行かれた先は──大規模に広がる空間だった。

無数とも思えるほどの培養槽《ばいようそう》が並ぶ異様な光景――。培養槽は横に置かれたカプセルと繋がっているようだった。この空間の至るところで培養槽とカプセルのセットが見受けられる。

培養槽の間に設けられた道を進みながら姫島唐棣が言う。

「よく見たまえ」

そう促《うなが》されて、鳶雄は培養槽に視線を注ぐ。すると、緑の液体のなかに――人間が入っていることに気がついた。それはどの槽も同じであり、中年の男女、または若者が入れられて並んでいたのだ。

「これは……っ！」

言葉もない鳶雄に姫島唐棣が付け加える。

「そこにいるのは、ウツセミと化している少年少女の肉親だ」

「――ッ！」

衝撃《しょうげき》の事実に鳶雄は絶句する。引っ越《こ》しという名目で姿を消した同級生の両親たちとその兄弟だろうか。まさか、ここに連れてこられてこのようなものに入れられていたとは……。

姫島唐棣が鳶雄に言った。

「試験体――陵空高校《りょうくう》の生徒たちの肉親を転居させていたのはキミたちも知っていることだろう？　すべてがここに存在する」

……やはり、同級生たちのすべての肉親がここにいる。となると、紗枝の両親もここに――。

視線を配らせている鳶雄に姫島唐棣が説明を続ける。

「どうにも、まだウツセミは試験運用中のためか、人工的なセイクリッド・ギアを発現させると試験体の身体と精神に変調をきたすことがあるのだよ。それを補うために、遺伝子的に近しい存在――肉親が必要となったのだ。ウツセミを使うことで消耗《しょうもう》するものを両親、あるいは兄弟の身体から回収して補っている。定期的にこのカプセルで試験体を休ませねば能力を維持《いじ》できない。……いまだ不完全な技術ということなのだろう」

同級生たちが独立具現型の人工セイクリッド・ギア――あのバケモノを操《あやつ》るのには、デメリットが生じるということか。それを補うために肉親が集められた……。

これだけ大掛《おおが》かりの研究を秘密裏《ひみつり》に行うのも、すべては『四凶計画《しきょう》』――夏梅《なつめ》や鮫島《さめじま》の能力を奪《うば》い取って宗家《そうけ》の者たちを見返すため……。

……『虚蟬機関』の者たちの思惑《おもわく》はそうなのだろう。しかし、彼らに協力しているという、『総督《そうとく》』の組織の裏切り者とラヴィニアが追っている者の真の目的は他《ほか》にあるんじゃないか？　――と鳶雄は思慮《しりょ》する。紗枝の家で見たあの黒い巨大《きょだい》な獅子《しし》は、明らかにウツセミと似ているようで、別個の存在だった。

つまり、ここで行われている実験とは、三者三様、それぞれの思惑が交錯《こうさく》している結果なのだろう。……『四凶計画』をはじめとしたおそろしい研究がここで行われている。『総督』とラヴィニアはそれを防ぎたかったのだ。現にラヴィニアは忌々《いまいま》しそうにこの空間を見渡《みわた》していた。ここのすべてが不快に映るのだろう。

鳶雄とラヴィニアはそのまま奥に促されて、エレベーターに乗った。降りていくエレベーター。ぐんぐんと降下していき、「いったいどこまで降りるんだ？」と鳶雄が不安《ふあん》に駆られた頃《ころ》にエレベーターは止まった。

降りた先を機関員と共に進むと、ぶ厚そうな両開きの扉《とびら》が待っていた。それが重々しい音を立てながら開かれていく。

中は――広大な何もない一室だった。部屋――空間と言ってもいいほどに広い。照明以外何もなく、白い壁《かべ》と床《ゆか》がただ広がるだけだ。

機関員たちは、鳶雄とラヴィニアを真ん中に位置させて、その傍《かたわ》らに刃の入った檻も置いた。

他の機関員を壁ぎわに待機させて、姫島唐棣が二人と一匹と対峙《たいじ》する格好で言った。

「ここは地下百メートルにある空間だ。核《かく》シェルターに転用できるほどに頑丈《がんじょう》でね。ちょっとやそっとの衝撃で崩落《ほうらく》することはない」

彼は、懐《ふところ》から平たいリモコンのようなものを取り出すと、ボタンをひとつ押す。すると、刃が檻から解放される。中から黒い子犬が飛び出した。刃は解放された瞬間《しゅんかん》に静観を止《や》め、低いうなり声をあげて、姫島唐棣を威嚇《いかく》した。

彼は口元を笑ましながら続ける。

「つまり、ここで多少のいざこざがあろうとも、別段上の研究施設《しせつ》に影響《えいきょう》はないということだ」

姫島唐棣は、袖《そで》から鉄の棒を出現させる。それを横に振《ふ》ると、収納されていた分が伸《の》びて錫杖《しゃくじょう》の格好となった。

「さて、幾瀬《いくせ》鳶雄。少しばかり、ここで戯《たわむ》れようではないか」

錫杖の先を鳶雄に向けながら姫島唐棣が言う。

「──私にその『狗《いぬ》』をけしかけてみなさい」

同時に鳶雄の手にされていた手錠が外れて床に落ちていく。途端《とたん》に鳶雄の身体に広がり、漲《みなぎ》る力──。鳶雄の異能と刃の力が解放されて、意識が同調するのがわかる。

いちおう、確認のために鳶雄は、この部屋を一望した。……物陰《ものかげ》らしきものはなく、『影《かげ》からの刃《やいば》』を発生させるには、条件の悪い場所だ。いざとなれば、相手の足下《あしもと》にある影から出現させればいいが……それは読まれる手であろう。しかし、それ以外に必殺となる攻撃《こうげき》手段はいまだできていないのも現状だ。

ラヴィニアが歩み寄り、ぼそりと言う。

「……いざとなったら、どうにかして加勢するのです。けれど、相手の気配から察するにトビーの実力を探《さぐ》りたいのだと思うのです。私がここでトビーに手を貸すと——」

そう言いながら、ラヴィニアは紗枝に視線を配る。

「……本気で彼女までけしかけてきそうなので、いまは見守らせてもらうのです」

どうやって、手錠を取るのだろうかと疑問に駆られるが、魔法使《まほうつか》いならば、いざというときに己《おのれ》を縛《しば》る呪法に関しての解呪法も心得ているのかもしれないと勝手に解釈《かいしゃく》した。それよりも、紗枝の心配をしてくれたのがうれしかった。

ラヴィニアの言うように、ここで大暴れすれば奴《やつ》らは紗枝を戦闘《せんとう》に駆り出すだろう。相手のやり方に不可解な点がある以上、無闇《むやみ》やたらの攻勢《こうせい》は想定外のものを引き起こしそうで実に怖《こわ》い。

いまだ手枷《てかせ》の取れないラヴィニアを後方に下がらせた鳶雄は、相棒に呼びかける。

「……刃」

名を呼んだと同時に子犬の額から、片刃《かたは》——日本刀そっくりの突起物《とっき》が生えた。三日間の特訓で、鳶雄は刃の体から出現する突起物を『ブレード』と呼称《こしよう》している。

そのブレードを頭部より生やした刃に向かって、鳶雄は高らかに命じた。

「いけっ！」

かけ声と共に刃が高速の弾丸《だんがん》と化して真っ直《す》ぐに姫島唐棣へ向かった。相手は、手に持つ錫杖を青白く発光させて、刃の攻撃を弾《はじ》いていた。彼の持つ錫杖は刃のブレードにより斬《き》られることも、折られることもなく、押し返せるという点でも異能によって強度を増していることがわかる。

小柄《こがら》な体を駆使《くし》した高速戦闘をこなす刃だが、相手もただの使い手ではない。刃の動きについていき、頭部ブレードからの一撃《いちげき》も、背中ブレードからの追撃《ついげき》も、尾《お》のブレードからの死角を突《つ》いた攻撃も、すべて錫杖でいなしてしまっていた。

……やはり、通常の攻撃は、歯牙《しが》にも掛《か》けないようだ。ならば――。

「――ハーケンッ！」

鳶雄の命令を聞いた刃の赤い双眸が怪《あや》しく輝いた。刹那《せつな》、姫島唐棣の足下の影より、歪《いびつ》な形の巨大なブレードが出現する。――『影からの刃』だ。この三日間の特訓で、回数制限と出現箇所《かしよ》の限定はあるものの、ある程度まで自在に放てるようになっていた。

名前もとりあえずはつけている。――夜陰鉤《ナイト・ハーケン》だ。

この名称《めいしょう》は、特訓を傍《そば》で見ていたヴァーリが、

「せっかくの技《わざ》だ。名前ぐらいつけてもいいんじゃないか？　そうだな……影から生える刃、鉤《かぎ》のように歪な形……」

しばし、考え込みながら言ってきたのが——。

「——闇夜《やみよ》の鉤、ナイト・ハーケンというのはどうだろうか？」

その名前だった。気恥《きは》ずかしい面はあったが、せっかくあの気難しそうな少年が自ら提案してきてくれたこともあり、採用することとなった。もともと、刃に指示を飛ばすときに言葉に出すこともあるため、名称のようなものは必要だったのだ。

その夜陰鉤が姫島唐棣の足下より襲《おそ》いかかるが、まるで想定していたかのように空中高く跳《と》び上がり、すんでで伸びてくるブレードを躱《かわ》した。躱し様、錫杖にて影から生えるブレードを横殴《よこなぐ》りに砕《くだ》いていく！

……あの錫杖に宿る力は、夜陰鉤すらも容易に砕くのか。この情報は、鳶雄、刃のコンビにとって、痛烈《つうれつ》なものとなる。つまり、この男の体に確実にブレードを突き立てねば、仕留めきれないということだ。

……だが、鳶雄はまだ人を殺すという覚悟《かくご》を完全に持ち得ていない。ウツセミのバケモノは屠《ほふ》れた。けれど、異能を持っているとはいえ、人そのものを殺《あや》める気構えは出来上が

っていないのだ。

それでも鳶雄は刃に命ずる。こんなバカげた出来事を早く終わらせるため。紗枝を救うために――。

「刃！　もっとだ！」

再び姫島唐棣の足下よりブレードは生まれるが、それも後方に跳び退き様《の》に放たれた錫杖の一撃にて、容易く砕かれる。諦《あきら》めずに何度も何度も夜陰鉤を放つが、そのどれもが躱され、直撃《ちょくげき》せずに壊《こわ》されていく。

ふいに姫島唐棣が、片手で印を結び、錫杖が一層輝《かがや》いた。

「ハッ！」

そのまま、かけ声と共に彼は錫杖を横薙《よこな》ぎに振るう。すると、錫杖から青白い光弾《こうだん》が鳶雄のほうに一直線に飛んでくる。直撃するという瞬間に、鳶雄の足下の影からもブレードが生えて、盾《たて》になる格好で光弾を受けた。これは三日間の特訓で得た防御《ぼうぎょ》方法でもある。敵がセイクリッド・ギアの刃ではなく、主《あるじ》である鳶雄を直接攻撃してきた場合の打開策――防御《ぼうぎょ》手段として、鳶雄の足下の影から幅《はば》の広いブレードを盾代わりに突きだす。

――が、鋭《するど》い破砕《はさい》音と共に盾となった夜陰鉤は光弾によって砕かれてしまう。光弾の勢いは、ブレードを砕くだけに留《とど》まらず、衝撃《しょうげき》の余波が鳶雄の体を吹《ふ》っ飛ばしていく。

「がはっ！」

打撃《だげき》にも等しい力が全身を襲い、鳶雄は後方の床に叩《たた》きつけられた。光弾による衝撃の余波と、床に打ち付けられたダメージ——激痛が体中に広がっていく。

息が詰《つ》まるほどの痛みにもがきたくなるが……いたずらに床を転げ回っていたら、次の一手を打つ前に追撃を受けてしまう。鳶雄は途切《とぎ》れかける意識を懸命《けんめい》につなぎ留めて、立ち上がろうとした。

……打ち付けられた痛みで、全身が言うことを聞かない。ふるふると手の先、足の先まで震《ふる》えは止まらず、しかし、それでも視線だけは相手から外すまいと姫島唐棣に向ける。

相手は——睨《ね》めつけるこちらの双眸《そうぼう》を捉《とら》えるなり、ふっと笑った。

「……やはり、そうか。その『狗』は、まだ人の血を吸っていないのだな？」

彼は、錫杖の先を刃に向けながら続ける。

「幾瀬鳶雄、キミの——その『狗』の攻撃は鋭く、的確なようでいて覚悟を感じないものだった。つまり、御《ぎょ》しやすい攻撃だったのだよ」

鳶雄の心情を看破するがごとく、姫島唐棣はこう述べる。

「……主であるキミはまだ人を殺めることに躊躇《ちゅうちょ》を抱《いだ》いているようだな？　その心構えがセイクリッド・ギアたる黒い『狗』にも伝心して攻撃を鈍《にぶ》らせていたのだろう」

…………。

こちらの行動を把握《はあく》されていたようだ。そう、彼が言うように、鳶雄は――人間相手に必殺となる攻撃を躊躇《ためら》った。それは、心身が繋《つな》がっていく感覚を日に日に増す刃に伝わらないわけがなかったのだ。

現状、姫島唐棣のほうが鳶雄よりも遥かに上手の異能力者だろう。けれど、刃が彼を仕留める気でブレードを放っていたとしたら……ここまで容易に御されることもなかった。少なくともあの錫杖の一本ぐらいは、真っ二つに斬れていたはずなのだ。

日に日に力を増すごとに、鳶雄は心のどこかで安堵《あんど》しながらも、不安視していた。もし、刃の攻撃が制御《せいぎょ》できず、相手を――人間を死に至らしめることになったら……。ウツセミのバケモノが相手ならいい、あの土人形が相手でもいい、でも――。それを操《あやつ》る人間まで、人の形をした存在まで、自分は、刃は、斬れるのか？　斬っていいのか？

――自分は、紗枝や同級生を救いたいだけだ。

戦うだけの決心はついた。バケモノならいくらでも相手にできるだろう。仲間もいる。刃もぐんぐん力を付ける。しかし、相手が人間なら……。

自分が人殺しになるということよりも先に、鳶雄が行き着いた想《おも》いは――。

『刃を人殺しにしていいのか？』

その一点だった——。

この土壇場《どたんば》に来てもなお、幾瀬鳶雄は——優《やさ》しすぎたのだ。

鳶雄は唇《くちびる》を噛《か》み、無念《むねん》の涙《なみだ》を流していた。……ここまで来て、敵のアジトまで侵入《しんにゅう》して、目の前に紗枝もいるというのに……最後の『それ』に覚悟が持てなかったのだ。

横で鳶雄の真意に気づいていたラヴィニアが顔を伏《ふ》す。

憐憫《れんびん》の眼差《まなざ》しで姫島唐棣が鳶雄に言う。

「……まずは、人の血を吸わせることから始めねば、禍々《まがまが》しい刃にはならないということか」

そう口から漏《も》らしながら、姫島唐棣が鳶雄に近寄ろうとした。——そのときだった。

重々しい音を立てながら、この空間の扉《とびら》が再び開け放たれる。

通されたのは、紫色《むらさきいろ》のローブを着た初老の外国人女性だった。六十代後半を思わせる顔つきではあるが、眼光は鋭く、立つ姿勢も若々しい。老女の格好は——まるでファンタジーの物語に出てくる魔法使いのようだった。

その後方にはお付きと思われるゴシック調の服装をした外国人の少女がついていた。こちらは初老の女性とは違《ちが》い、にやにやとした表情と仕草から軽そうな雰囲気《ふんいき》である。ただ、こちらも服の色が紫だった。

初老の女性が言う。

「機関長殿《どの》、もう戯《たわむ》れはその辺でいいのではないかい？」

姫島唐棣は錫杖《しゃくじょう》を下げ、息を吐《は》きながら言う。

「これは魔女殿《まじょどの》。ここに来られるとは」

老女は、淀《よど》みない足取りで鳶雄のほうに歩を進める。

「こちらとしても見たいのでね。——『狗』とやらを」

——と、視線を刃に向けて、興味深そうにしていた。

…………ッッ！

……鳶雄は、突然《とつぜん》横合いから生じたプレッシャーをすぐに察知した。当然だ。自分と姫島唐棣の戦いを静観していたラヴィニアが——かつてないほどの敵意を『魔女』と呼ばれた老女に向けているのだから。

……そうか、『魔女』。それに老女の格好……。おそらく、その女性こそがラヴィニアの追っている者なのだ。

ラヴィニアの刺《さ》すような目つきに気づいた老女は、彼女を捉えるなり口元を笑《え》ます。

「——おや、まさか、『灰色の魔術師《グラウ・ツァオベラー》』からの刺客《しかく》がこの子とはね」

老女はラヴィニアの眼前にまで迫《せま》り、目を細め、愉快《ゆかい》そうな顔つきで言う。

「久しいね、『氷姫《こおりひめ》』のラヴィニア」

ラヴィニアは忌々《いまいま》しそうに口を開く。

「……『紫炎《しえん》』のアウグスタ、あなたが協力者だったのですね？　なるほど、そちらの『大魔《ま》法使《ほうつか》い』ならばあなたを送って当然なのかもしれないのです」

「それはこっちの台詞《せりふ》でもあるねぇ。メフィストも粋《いき》なことをするものだよ。『炎《ほのお》』を追うのに『氷』を寄越《よこ》すなどと……」

両者はそのまま睨《にら》み合う。二人の間を言い知れない空気が漂《ただよ》い、体を覆《おお》うようにうっすらと淡《あわ》い光が発せられていた。ラヴィニアが水色の光を、老女は紫色の光を体に纏《まと》っている。

この場にいる機関員——姫島唐棣すらも彼女たちの対峙《たいじ》に眉《まゆ》をひそめるばかり。

しかし、この空気を崩《くず》す者がいた。その場でくるくると回りながら、老女とラヴィニアの間に入り込むゴシック調の服を着た少女。老女の連れ合いだ。その少女は、ラヴィニアと老女を交互《こうご》に面白《おもしろ》そうに見比べながら、老女に問う。

「お師さま、お師さま、この子は誰《だれ》なのかしらん？　かわいくてきゅんきゅんしてきちゃいますけど♪」

女性は、少女の言動に呆《あき》れた様子で息を吐く。

「……まったく、空気を読まない子だね。この娘《むすめ》は、例のフェレス会長の秘蔵《ひぞ》っ子だよ」

それを聞き、うれしそうに両手をポンと合わせる少女。

「わーお♪　それはビックリねん。こんな美少女さんだったなんて♪」

老女が少女に視線を配らせながら告げてくる。

「この子は私の弟子《でし》さ。名前はヴァルブルガ」

「よろしくねん♪」

ヴァルブルガと紹介《しょうかい》された少女は、ラヴィニアだけじゃなく、こちらにまで無邪気《むじゃき》に手を振《ふ》ってきた。

この場にいる誰しも反応に困るなか、ラヴィニアだけは顔を伏せて、迫力《はくりょく》ある声音《こわね》でこう述べる。

「……あなたたちを確認《かくにん》できれば、もう十分なのです」

徐々《じょじょ》に、徐々に、この空間に冷気が漂い始める。それはちょっとした寒気の段階から始まり、少しずつ確実に室内の温度が低下していく。白い息さえ口から出るようになった。

気温を下げる発生源にここにいる全員が注視していた。

そう、ラヴィニアの体から、底冷えするほどの冷気が発せられていた――。

ふいにデパートでの一件が鳶雄の記憶《きおく》から思い起こされる。夏梅とラヴィニアは、通信先で確かに話していた。

――いざとなったら、「凍《こお》らせる」のです。

――そ、それは最後になさい！　こっちも凍っちゃうかもしれないでしょ！　この！　無差別氷姫《ディマイズ・ガール》！

……それは、これのことを言っていたのか？

冷気を放つラヴィニアを嬉々《きき》として見ている老女――アウグスタは姫島唐棣に訊《き》く。

「……機関長殿、ひとつお伺《うかが》いしたいのだけれど……あの子を縛《しば》る術はいくつ施《ほどこ》したんだい？」

「……五大宗家《そうけ》それぞれに伝わる呪縛《じゅばく》式をかけていたのだが……」

そこまで言いかけて、姫島唐棣は得心して唸《うな》った。

「……そうか、足りぬか」

「ああ、足りないね。その十倍はないと、この娘は縛れないよ」

乾《かわ》いた金属音が、広いこの空間に響《ひび》き渡《わた》る――。ラヴィニアの手にかけられていた手錠《てじょう》にヒビが入ったのだ。亀裂《きれつ》はさらに走り、広がって――。

「――その通りなのです」

四散して床《ゆか》に散らばった。ラヴィニアの碧眼《へきがん》は――暗く、深海のような色をしていた。

自由となった手首をさすりながら、ラヴィニアは白い息を吐く。そして、その小さな唇から、この世のものとは思えないほどに呪詛《じゅそ》めいたものを漏らした。

《——悠久《ゆうきゅう》の眠《ねむ》りより、覚めよ。そして、永遠《とわ》なる眠りを愚者《ぐしゃ》へ——》

冷気が——集《つど》う。ラヴィニアの横に、凍えるような空気が渦《うず》を巻いて集まっていく。それは、氷となり、さらには何かを形作っていった。氷が手となり、足となり、胴体《どうたい》を作り上げて、頭部を載《の》せた。

「——これが私のお人形なのです」

ラヴィニアの横に生まれたのは、氷で作られた姫君《ひめぎみ》だった——。

三メートルほどはある、ドレスを着たかのような女性のフォルム。しかし、その面貌《めんぼう》は人のそれではない。口も鼻もなく、左半分に六つの目が並び、右半分にはイバラのようなものが生えて突《つ》き出ていた。腕《うで》の数も四本あり、どれも細い。しかし、手は腕の細さに反比例して大きかった。

これは……セイクリッド・ギア、なのか？　鳶雄には判断できないが、少なくとも魔法《まほう》というよりは、ラヴィニアの意思が具現化したかのように思えたのだ。

その異様な姿の氷の姫君を見て、老女アウグスタは感嘆《かんたん》の息を漏らした。

「……十三のひとつ、『永遠の氷姫《アブソリュート・ディマイズ》』。まさか、このような少女が神をも滅《ほろ》ぼすという具現を有するとは……」

アウグスタの目線が鳶雄を映していた。

「……惹《ひ》かれ合ったとでもいうのかね？」

「かもしれないのです」

ラヴィニアの言葉にアウグスタはくぐもった笑いを発した。

「おもしろいねぇ。実におもしろいねぇ。アザゼルとメフィストもすでに手に入れていたとは！」

哄笑《こうしょう》を上げる老女の背後で突然《とつぜん》紫色《むらさきいろ》の炎の柱が巻き起こる！　火力と熱量はどんどん上がっていき、部屋を包み込んでいた冷気に匹敵《ひってき》するほどのものになろうとしていた。

《——膏《こう》つけられし者をくくりつけるは十字の呪具《じゅぐ》よ。紫炎の祭主にて、贄《にえ》を咎《とが》めよ》

老女もまたラヴィニアと同じく力ある呪詛《じゅそ》を口にする。

紫色の炎もラヴィニアの氷の現象同様に形を変えていく。巨大《きょだい》な十字架《じゅうじか》を一度形作ったあとに、新たに炎の巨人《きょじん》が老女の横合いに生じた。その炎の巨人は同じく炎で作られた十字架を豪快《ごうかい》に片手で担《かつ》ぎ出した。見事な体躯《たいく》であり、大きさも四メートルに達しているだろう。

ラヴィニア、アウグスタ、お互《たが》いに分身とも言える物体を横に置いて対峙する格好となった。

……氷のプリンセス、十字架を担ぐ炎の巨人、どちらも独立具現型なのか？　それにしては、いままで襲《おそ》ってきたウツセミや、自分たちのセイクリッド・ギアとはまた毛色が違う。紗枝の使役《しえき》していた黒い獅子《しし》とも異なるだろう。どっちも生物的なものではなく、膨大《ぼうだい》なエネルギー、エナジーのようなものが人の形を成したように思えた。

鳶雄は、氷と炎の人型を前に固唾《かたず》を呑《の》んで見守るしかなかった。

アウグスタが不敵な笑みを見せる。

「私の紫炎で作られた巨人とそちらの氷姫、溶《と》けるか、それとも凍り付くか、ひとつ勝負といこうじゃないか」

老女が姫島唐棣に告げた。

「機関長殿、ここは離《はな》れたほうがいいと思うがね？　どうやら、この娘の目的は私のようだ。こちら側の都合でそちら側を巻き込むのは忍《しの》びない」

アウグスタが人差し指を上に向ける。

「——上のものをすみやかに、処置してくれないかね？」

その一言を聞き、姫島唐棣は機関員に目線を配らせた。彼らは意を汲《く》んで足早に扉を開いて、この空間から脱《だつ》していく。

姫島唐棣も紗枝を伴《ともな》い、老女に一言を告げた。

「……程々《ほどほど》に頼《たの》む」

そう言うなり、ここをあとにした。

――紗枝を連れて行かれた！

鳶雄は、体のダメージを残したまま、震《ふる》える膝《ひざ》のもと、どうにか立ち上がる。刃と合流して、あらためてラヴィニアとアウグスタのほうを注視した。

ラヴィニアとアウグスタは、それぞれ氷の姫君と炎の巨人を伴いながら、宙に光の軌跡《きせき》で描《えが》かれた魔《ま》方陣《ほうじん》を幾重《いくえ》にも展開して、そこから超常《ちょうじょう》的な火の玉や横に走る雷《かみなり》を放っていた！　これが『魔法』というものなのだろう。

三日間の特訓で鳶雄が、魔法についてラヴィニアから聞かされたのは、魔法とは古代の偉大《いだい》なる術師が、『神』の起こす奇跡《きせき》、『悪魔《あくま》』の魔力《まりよく》、または超常現象を独自の理論、方程式でできうる限り再現させたものであるということ。すべての現象に一定の法則があり、それを計測し、計算し、導き出して顕現《けんげん》させるのが『魔法』なのだと。あの魔方陣は、その異能を放つための計算の答えのようなもの。彼女たちは超常現象を独自の式にして再現しているのだ。

火、風、水、氷、雷……あらゆる現象が両者の魔方陣から放たれていくなかで、ひとり、楽しげに見ている少女——ヴァルブルガ。

「わーお♪　お師さまったら、ノリノリねん！　じゃあ、私はここで見学でもしていようかしら」

彼女は魔方陣から箒《ほうき》を取り出すと、宙に低い位置で漂わせて、そこに腰《こし》を預けていた。

氷の姫君が、手を横薙《よこな》ぎにすると、床から次々と鋭《するど》い氷の柱が出現していく。炎の巨人は、十字架を横殴《よこなぐ》りに豪快に振るい、その氷の柱をすべてなぎ払《はら》ってしまった。

魔法使い同士が、魔法合戦をしている横で、氷の姫君と炎の巨人も苛烈《かれつ》な戦いを演じていたのだ。

二人の魔法使いが行う超常現象はすでに鳶雄の想像を超《こ》えており、どう攻《せ》めていいのか、考えあぐねるほどだった。正直言って、うかつに飛び込めば氷像にされるか、消し炭にされるかしかないだろう。

そんな鳶雄にラヴィニアが言う。

「トビー、ここは私に任せてあの子を救いに行くのです。私は元々、魔女《まじょ》たちを発見して撃滅《げきめつ》するのが任務なのです。ここで見つけた以上は、本来のお仕事に戻《もど》るのです」

「で、でも！」

ラヴィニアがニッコリと微笑《ほほえ》んだ。

「私は、人に手を出せないトビーの甘い考えに好意を感じるのです。けれど、いつか必ず大切な誰《だれ》かを守るために、他《ほか》の誰かを傷つけねばならない場面に直面するのです。……彼女を救うということは、きっとそういうことなのですよ？」

ラヴィニアが扉《とびら》に指をさす。

「さあ、行ってほしいのです」

この場に残ってラヴィニアの援護《えんご》……というのは一番有効ではないのだろう。あの『魔女』アウグスタが使う魔法も、その傍《かたわ》らにいる炎《ほのお》の巨人も、あまりに強大であり、現実を遥《はる》かに超えた代物《しろもの》だ。いまの鳶雄と刃では到底《とうてい》相手にできない。あの老女をまともに相手にできそうなのは、ラヴィニアぐらいのものなのだろう。だとしたら――。

鳶雄は苦渋《くじゅう》の決断《けつだん》を下す。刃と共に扉のほうへ駆《か》けだした。

「……ゴメン、ラヴィニアさん！」

心からの謝罪を口にしながら、鳶雄は姫島唐棣と紗枝を追うことに決めたのだ。それが、自分がいま一番にできること。それが、自分がここに来た最大の理由――。

ラヴィニアはニコリと笑《え》んで、戦闘《せんとう》を再開させた。アウグスタもヴァルブルガという少女も鳶雄を追うことはしなかった。ラヴィニアのほうに夢中となっていたのが幸いだったのかもしれない。

目指すは——この施設《しせつ》の上階。

——ここで、絶対に紗枝を救う！

確固たる意志を持って鳶雄は刃と共に駆けた。

2

東城紗枝の家から脱出《だっしゅつ》をした夏梅と鮫島は、追ってきたウツセミを数体倒《たお》して、住宅街を抜《ぬ》けた先にある廃業《はいぎょう》した工場跡地《あとち》に身を寄せていた。

工場内の物陰《ものかげ》に身を潜《ひそ》めた夏梅は、いちおうの確認《かくにん》として鳶雄に電話をかける。しかし、耳に入ってきたのは「電波の届かないところに～」というメッセージのみだ。耳に入れていた通信用の魔法もいつの間にか消失していた。ラヴィニアとの距離《きょり》が相当離《はな》れたか、それとも——。

おそらく、二人は敵に転移の術か何かでどこかへ連れて行かれたのではないだろうかと夏梅は推測する。まだ力を高めている途中《とちゅう》である鳶雄はともかく、ラヴィニアが周囲の事情を考慮《こうりょ》せずに能力を解放した場合、あの場に群がっていた大勢のウツセミを含《ふく》め、敵の幹部がいようとも大打撃《だげき》を与《あた》えるだろう。夏梅と鮫島がラヴィニアと出会ってすぐに彼女から見せてもらった力――『氷姫』は、圧巻というほかなかった。

ただし、その力はあまりに突出《とっしゅつ》しすぎており、屋内は当然のこと、街中でも容易に使うことはできない。ほぼ確実に多くの他者を巻き込むであろうからだ。

とはいえ、東城紗枝の家でその力を発揮したか否《いな》かというと……使用してはいないだろう。隣《となり》に鳶雄がいたからだ。間違《まちが》いなくあそこで力を使えば、敵だけじゃなく、鳶雄と東城紗枝を巻き込んでいただろう。

二人と連絡《れんらく》が取れない夏梅は、その場で首を横に振《ふ》った。それを見て鮫島も悔《くや》しそうに地面に拳《こぶし》を打ち付ける。

「……罠《わな》があろうと、んなもん突破《とっぱ》ぐらいできると高をくくったら、このザマか。自分の認識の甘さにヘドが出るぜ」

鮫島は、力を向上させていた自負とあのデパートを突破した実績から、今回の東城紗枝の家に行くことに自信を抱《いだ》いたはずだ。それを、メンバー分断という形で容易《たやす》く敵に足を掬《すく》われた――。

だが、それは夏梅も同様だった。鳶雄、鮫島の成長と、ラヴィニア、ヴァーリという仲間の存在が、確固たる自信を与えてくれていた。今回の探索《たんさく》も、敵の襲来《しゅうらい》はあろうとも収《しゅう》穫《かく》を得た上で突破できると思っていたのだ。

それを——砕《くだ》かれた。

……ただ、鮫島が自省できる人間であったことがこの状況《じょうきょう》において喜ばしいことだ。粗暴《そぼう》そうな容姿に反して、その実、鮫島は己《おのれ》の省察ができていた。年下のヴァーリにやられたあとも何事もなく接することができる。それを鑑《かんが》みても鮫島は同年代の不良少年と比べて度量が広い。

「……どちらにしても、もう一度、あの家に行くか、一旦《いったん》マンションに戻るか決めないといけないわね……」

夏梅が次の手を思慮《しりょ》しているときだった。

工場の外から物音が聞こえてきた。二人は神経を研《と》ぎ澄《す》まし、できるだけ気配を殺すことに費《つい》やした。

しばし、静観していると——工場の入り口から小さな人影《ひとかげ》がひとつ現れる。それは、九、十歳ぐらいのお下げをした少女だった。見覚えのない夏梅は怪訝《けげん》に伺《うかが》う。この工場に……こんな昼間に少女？

怪《あや》しい雰囲気《ふんいき》が漂《ただよ》うなかで、鮫島だけは驚《おどろ》いたような表情をしていた。鮫島が立ち上がり、のろのろとその少女のもとに歩み寄っていく。

「……そんな」

少女の眼前に立った鮫島が警戒《けいかい》を解いて、問う。

「おまえ、どうしてここに？」

知り合いなのか？　夏梅も仕方なしに姿を現して、あらためて鮫島に訊《き》いた。

「……誰？」

「ノブの——前田《まえだ》の妹だ」

前田信繁《のぶしげ》——鮫島の親友だ。彼が救いたいと願っている大事な友人。その妹が……そこに立つ少女だというのか？

「けど、どうしておまえが——」

そう、訊く鮫島だったが——胸元《むなもと》に刃《やいば》を突き立てられた！　鈍《にぶ》い音を立てて、刃は背中にまで達する！　…………少女の手が、歪《いびつ》な刃となったからだ。まるで、ウツセミが持つ触手《しょくしゅ》のような——。

「…………ッ！」

胸を貫《つらぬ》かれた鮫島の口から、ごぼっと大量の血が吐《は》き出された。為《な》す術《すべ》もなく、彼は地面に突っ伏《ぶ》した。

「鮫島くんッ！」

駆け寄る夏梅は、鮫島の患部《かんぶ》を見やるが——傷は心臓を完全に捉《とら》えている。致命傷《ちめいしょう》としか言えない状況だった。

さらに工場のなかに姿を現す者が――。一人の少年だった。それを見て、鮫島は目を見開く。

「……ノブ……」

血をこぼしながら、鮫島は友の名を呼んだ。そう、少年は――前田信繁その人だ。目は虚《うつ》ろであり、まだ洗脳下にあることを認識させられる。

「くくく……」

工場に第三者の笑いが谺《こだま》する。新たに現れたのは――背広を着た二十代後半の男性だった。男は嫌味《いやみ》な笑みを見せながら言う。

「やあ、この間ぶりだね。『四凶』の鮫島綱生《こうき》。それと、初めましてかな、皆川夏梅《みながわ》」

夏梅は覚えがなかったが、鮫島は致命傷のなかでも見た瞬間《しゅんかん》に顔を怒《いか》りに歪《ゆが》ませた。

「……童門《どうもん》」

この男が『虚蟬機関』の童門計久《かずひさ》……。

鮫島の現状を見て、童門はいっそう笑みを深める。愉《たの》しげに話しだす。

「なぜ？　どうして？　そういう顔をしている。なぜ、前田信繁が妹を模した怪物《かいぶつ》と共にいるのか？　理由は簡単だ。――その娘《むすめ》は、前田信繁の妹の姿をしたウツセミだからだ」

前田信繁の隣に位置する、彼の妹と思われる少女。それが……ウツセミ⁉

「ウツセミを……前田くんの妹さんの形にした？　そんなこともできるというの⁉」

驚きの声をあげる夏梅。当然の反応だった。いままで、既存《きそん》の動植物の変異物が襲《おそ》いかかってきたのだから。ここにきて、まさか、人間と同様の姿をしたウツセミが出てこようとは、想像だにしなかったのだ。

夏梅と鮫島の反応を見て、童門はうれしそうに笑う。

「ふふふ、既存の生物を模したバケモノばかりでは芸もないだろう？　こういう趣向《しゅこう》もアリだと思ってね。──私の趣味《しゅみ》だ」

「……外道《げどう》ね」

夏梅は心底不快に感じて、そう吐き捨てた。童門のやったことは、最低の発想だ。同級生の肉親に似せたウツセミを置くなんてこと、倫理《りんり》観をあまりに逸脱《いつだつ》している。いや、そんなこと、あの事件を起こした者たちに今更《いまさら》問うたところで意味があろうはずがないのだ。

童門はふんと鼻息を鳴らす。

「ま、否定はしない。──さて、そのケガでは鮫島綱生も長くはあるまい。あまり、彼の遺体を放置したくはない。魔物《まもの》を宿したセイクリッド・ギアは、所有者が死ぬと、自動的に次の宿主が生まれるまで消失してしまうそうだ。創造主がそのようにシステムを組んだと我々の同士たる『黒い天使』が言っていた。なので、できるだけセイクリッド・ギアが宿っているうちに彼の身体から引きずり出したいのだよ」

……本当、彼らは下劣極《げれつきわ》まりない。自分たちを、セイクリッド・ギアの付属品程度にしか思っていないのだ。あくまで彼らは夏梅や鮫島の持つ能力にしか興味がない。それを得るためなら、どんな犠牲《ぎせい》も、どんな卑劣《ひれつ》なことも平気でこなす。彼らは宗家《そうけ》への復讐心《ふくしゅうしん》で、目も心も濁《にご》り、人としての最後の一線を越《こ》えてきている。

「……させないわ」

夏梅が横たわる鮫島の盾《たて》になるように立ちふさがった。

……見れば、鮫島の猫《ねこ》──白砂《びゃくさ》が、尾《お》を伸《の》ばして主《あるじ》の胸元に触《ふ》れている。触れた尾が、形を崩《くず》して患部を覆《おお》うようにしていた。……それが、治療行為《ちりょうこうい》なのかどうかはわからないが、独立具現型が主をどうにかしようと動いているのは確かだ。どんな結果を生み出すか知れないが、下手に動かすことも、彼を背負って逃《に》げ出すこともできない以上、白い猫にすがるしかない。ならば、夏梅がいまできることは──白砂の行動が終わるまで童門の意識を逸《そ》らすことだ。

夏梅の行為《こうい》を見て、童門は嘆《なげ》くように息を吐く。

「無知というか、無謀《むぼう》というか……。私は嫌《きら》いではないよ、そういうのはね」

童門は懐《ふところ》から、複数の札を取り出して、力ある言葉を紡《つむ》いで宙に放った。すると、札は独りでに動いて五芒星《ごぼうせい》を描《えが》き出す。地面の土が盛り上がって、形を成していった。

夏梅の眼前に五体の土人形が出現する。童門が土人形を列して、不敵に笑んだ。

「……その手の健気《けなげ》な心根を完膚《かんぷ》なきまで堕《お》としこむのが好きなのでね」

童門が手を横に薙《な》ぐと、前方の土人形二体が飛び出してくる。

「行って、グリフォンッ！」

夏梅の指示を受けて、鷹《たか》が工場の天井《てんじょう》を高速で飛び回って、土人形の一体に飛来する！

しかし、その攻撃《こうげき》では、頑強《がんきょう》な土人形の一部を削《けず》るだけで精一杯《せいいっぱい》であり、大きく形を崩すことは叶《かな》わない！

童門はその結果を見て嘲笑《あざわら》う。

「軽いな！　その程度では、私の人形は崩《くず》せんさ！」

それでも夏梅は手でグリフォンに指示を飛ばす。夏梅は言葉ではなく、指のジェスチャーで相棒に命令を繰《く》り出すように手懐《てなず》けていた。言葉尻《ことばじり》から、戦術を読まれないためである。または、声が出ない状況になったときの保険でもある。

鷹は空中でいくつかのフェイントとなる動きを見せたあと、一気に急降下していく。スピードも乗せたあとで、両翼《りょうよく》を硬質《こうしつ》化して、相手の腕《うで》を肩口《かたぐち》から切り落とす算段だ。

直撃《ちょくげき》する——というところで、目標とは別の土人形が、腕を切り離《はな》して飛ばしてきた！

あまりにふいの一撃《いちげき》で、グリフォンは横合いからまともに飛んできた腕を浴びてしまう！

グリフォンが、工場の奥に吹《ふ》っ飛ばされて、置きっ放しの廃材《はいざい》に突っ込んでいった。

「グリフォンッ！」

悲鳴をあげる夏梅！　土人形が、廃材から鷹を拾い上げる。グリフォンは——ぐったりとしており、不意打ちの一撃が強烈《きょうれつ》だったことを認識《にんしき》させてくれた。

童門は土人形の手に捕《つか》まった鷹を見て、ゲラゲラと哄笑《こうしょう》をあげた。

「ほーら、捕まった。そのまま——」

奴《やつ》が指を鳴らす。呼応するように土人形が手に力を込め始め、手に持つ鷹を……。

「グシャリだ」

童門の言葉と共に、工場内に耳を覆いたくなるような鈍い音が谺した。土人形の手から、大量に赤い血が飛び出て床《ゆか》に滴《したた》り落ちる。

その光景を見て、夏梅は全身を震《ふる》わせた。

「グリフォォォォオオンッッ！」

絶叫《ぜっきょう》する夏梅の声に童門は興奮が絶頂に達したかのような表情となり、笑った。

「ふはははははははっ！　頼《たの》みのセイクリッド・ギアも、相棒の少年もボロボロだ！

さあさあ、次はどうするね⁉　キミ自身が身ひとつで立ち向かってくるのかい⁉　キミもそこの彼も！　セイクリッド・ギアがなければただの能なしの人間じゃないかッ！」

じりじりと距離《きょり》を縮めてくる土人形たち。相棒の鷹を亡《な》くした夏梅は悔《くや》しさと悲しさと怒り、すべてが入り交じった涙《なみだ》を流しながらも、仲間である鮫島を守ろうと前に立つ。

「……に……げろ……」

消え入りそうな声でそう漏《も》らす鮫島だったが、そういうわけにはいかないのだ。夏梅は決めていた。全員で勝つと——。全員で、生きて、この状況を打破すると心に決めていたのだ。だから、鮫島が欠いてもダメだ。鳶雄も、ラヴィニアも、グリフォンも……誰《だれ》が欠いてもダメだ！　皆《みんな》で生き残り、同級生をすべて救い、笑って解決させてやるのだと、彼女は心中で深く、誰よりも深く決めていた。

……負けてなるものか。やられてなるものか……ッ！

誰ひとりとて、やらせなんかしない……ッ！　自分の親友も、同級生たちも、すべて救ってこんなバカげた事件を終わらせてやる！

「……あんたたちに負けてなんかやらないっ！　私たちは、誰も死なずに、同級生全員、無事に奪《うば》い返してやるんだからッ！　あんたたちみたいなわけのわかんない連中なんかにやられてやるもんか————ッ！」

涙を流しながらも、心からの叫《さけ》びを発した夏梅。刹那《せつな》、自身のなかで、「ドクン」とひとつの大きな高鳴りが生じる──。

愉快《ゆかい》そうに笑む童門──の表情が、一変した。夏梅の背後に目線を送り、驚《おどろ》きに目を見開いていたのだ。

その視線に促《うなが》されて、夏梅がちらりと顔をうしろに向ける。すると──そこには、全身から放電現象──スパークを巻き起こし始めた白い猫がいた。バチッ、バチッと音を鳴らしながら、体中に電気が走る白砂。それに呼応するかのように横たわる鮫島の胸がどくんどくんとこちらにも音が聞こえるほどに盛大《せいだい》に高鳴っていた。

「……白砂ちゃん？」

訝《いぶか》しげに見る夏梅だったが、さらに不可解な現象は起こり出す。工場内を強風が巻き起こり出したのだ。それはしだいに大きくなり、旋風《せんぷう》となってある一体の土人形を包み込み出した。そう、グリフォンを握《にぎ》りつぶした土人形を中心に強大な風が生まれていたのだ。

「……グリフォン？」

窺《うかが》うように訊く夏梅の前で、それは起こる！

白砂が、土人形の手にあるグリフォンが、強烈な輝《かがや》きを放ち始めて、一気に弾《はじ》けていく！　あまりの光量に目を覆う夏梅だったが、莫大《ばくだい》な光が止《や》んだあとに出現したモノたちを見て言葉を失う！

鮫島の前に立つ、巨大《きょだい》な白い獣《けもの》――。土人形の体半分を吹き飛ばして宙に漂《ただよ》う四足の怪物――。

白い獣は、猫のフォルムをしていながらもその大きさは三メートル以上はあり、サーベルタイガーのように突《つ》き出た牙《きば》を持つ。さらに長い尾を幾重《いくえ》にも生やしており、その先端《せんたん》すべてが円すい形の鋭《するど》いものとなっていた。全身がスパークを放ち続けている。

宙を漂う四足の獣も巨大であり、二メートルを超《こ》えていた。その背中には二対《つい》の翼《つばさ》があり、頭部も角が生えていながらも鷹の姿に近い。しかし、体は鳥とは似つかぬ獣のフォルムで、さながらファンタジー作品に出てくるグリフォン――上半身が鷹で、下半身がライオンのモンスターのようだった。こちらは風を全身に纏《まと》う。

どちらも、白砂とグリフォンが転じたのか……？　そうとしか、思えない現象だった。

この有様を見て、童門は酷《ひど》く狼狽《うろた》える。

「……なんだ、これは……ッ！　これが……『四凶』ッ!?　本来の姿だと!?」

ヒュッという風を切る音が聞こえた。夏梅、童門を通り過ぎて、高速で動き回る細い何か！　見れば、白い獣の複数の尾であり、それが工場内を縦横無尽《じゅうおうむじん》に動き続けて、しまいには土人形に襲いかかる！　土人形は両腕《りょううで》をクロスさせてガードの姿勢を取るが、それを難なく突破《とっぱ》して、全身にくまなく白い尾――ランスが突き刺《さ》さっていく！　刹那、絶大とも思える放電現象を起こして、土人形を内側から焼き焦《こ》がしていった！　体中から煙《けむり》を上げて、土人形は力をなくしてボロボロに崩れ去っていく。

その一連の動きを見て、童門が叫ぶ。

「――檮杌《とうこつ》！　そうか、これが鮫島綱生の……ッ！」

彼が言い切る前に、この工場内を突風《とっぷう》が包み込んでいく！　翼を生やした巨獣が、その場で二対の翼を羽ばたかせたのだ！　廃材を浮《う》かび上がらせ、工場の屋根すらも吹き飛ばしていきそうな勢いだった。夏梅も何かに掴《つか》まっていないと上空に飛ばされそうなほどだった。鮫島のほうは、白い獣の尾の一本が彼を包み込んでいて下に繋《つな》ぎ留めていた。

夏梅が鮫島の無事を確認した瞬間《しゅんかん》、無数の鋭い波動のようなものが、土人形に襲いかかる。一拍《いっぱく》おいて、土人形の全身に斬《き》られたような跡《あと》が複数浮かび上がった。程《ほど》なく、土人形は四散して床に散らばっていく。

「こっちは窮奇《きゅうき》かッ⁉　まずい！　さすがに二体同時は――」

変じたグリフォンの姿を見て、そう言いかけた童門だったが、自身の変化に気づいて悲鳴を上げた。

「ぐあああああああああああっ！　わ、私の腕がああああああああああああああっっ！」

そう、彼の左腕《ひだりうで》の肘《ひじ》から先が、なくなっていたからだ。彼の腕は、近くの地面に落ちていた。おそらく、先ほどのグリフォンが発した突風の余波を受けていたのだ。それによって、彼の腕は切り落とされた。

童門はその場にしゃがみ込んで、激痛と腕を失ったショックに無様にも転がり回った。

「……これが、グリフォンと、白砂ちゃんの本当の姿……？」

夏梅は、自身の鷹と白砂の変貌《へんぼう》に驚くしかなかった。まさか、あの鷹と猫が、このような巨獣となるとは……。童門の言葉を借りれば、これが『四凶』の本来の姿なのかもしれない。同時に彼らがこれを求める理由も、察知できてしまう。あまりにウツセミとは別次元の代物《しろもの》だ。童門――異能力者が作りだした頑強な土人形ですら、あんなにも容易《たやす》く屠《ほふ》り去ってしまうのだから、その力は突出《とっしゅつ》している。

姿を転じたグリフォンが、下に降りて夏梅のもとに近寄ってくる。グリフォンは、以前と同様に甘えるように夏梅にすり寄ってきた。それを見て、「ああ、この子は本当にグリフォンなんだ」と夏梅は安堵《あんど》した。姿は変わろうとも、心の中は同じだ。自然と、転じた姿も受け入れることができた。

きっと、白砂もグリフォンも、主の窮地《きゅうち》に、あるいは複雑な心中に共鳴して力を瞬時《しゅんじ》に高めたのだろう。

「なんだ、生きているのか。アザゼルに怒《おこ》られずに済みそうだ」

ふいに覚えのある少年の声が工場内に響《ひび》き渡《わた》る。視線をそちらに送れば——銀髪《ぎんぱつ》の少年が立っていた。

「ヴァーリッ⁉」

夏梅は少年の名前を口にした。マフラーをした半ズボンの銀髪少年。彼は、登場するなり、手をあげて夏梅に言う。

「やあ、皆川夏梅。遅《おそ》くなった。用事を済ませたんでね。迎《むか》えにきた」

この工場内の状況《じょうきょう》を見ても平気なあたり、相当な修羅場《しゅらば》慣れをしていることがうかがえた。この歳《とし》でこの慣れはある意味で怖《こわ》いが……いまは人手がありがたい。ケガをした鮫島を動かさなければならないし、鳶雄やラヴィニアの安否を探《さぐ》らねばならないのだから。

——と、ヴァーリが童門に視線を送る。童門が落ちた腕を拾い上げて、入り口のほうに駆《か》けだしたからだ。逃《に》げるつもりだ。それを察知して、ヴァーリが奴の前に立ちふさがる。

「どけっ！　クソガキがっ！」

少年に罵声《ばせい》を浴びせる童門。ヴァーリの片眉《まゆ》がぴくりと動く。

「……どけ？　それは——」

次の瞬間——ヴァーリの背中に光り輝く翼が生えた。煌《きら》びやかな光の両翼——。その光翼から、言い知れない莫大とも思えるプレッシャーが放たれて、この場にいるすべての存在が圧倒《あっとう》される。夏梅も、変じたグリフォン、白砂さえも、いままさにひれ伏《ふ》しそうになってしまう。小柄《こがら》な少年が、まるで巨大な怪物《かいぶつ》のように見えてしまった。

童門も少年の放つあまりの重圧に全身を震わせて、抱《かか》えていた切断されたほうの腕を下に落としてしまうほどだった。

「俺に言っているのか？　たかが人間の異能力者風情《ふぜい》が」

不敵に笑みながら、ヴァーリが手を出そうとした——そのときだった。

「……待てや」

鮫島の声だ。そちらに顔を向ければ、白砂の尾《お》で患部《かんぶ》をくるまれて応急処置されながらも、鮫島が立ち上がろうとしていた。失血した量からすれば、動けるはずもない。しかし、がくがくと震える膝《ひざ》を懸命《けんめい》に立たせながら、不良少年は童門のもとに一歩、また一歩とじりじりと歩み寄る。

「……そいつは、俺がぶっ飛ばす」

鮫島は、先ほどの戦闘《せんとう》の余波で気を失った前田信繁に視線を送りながらも、息を一度吐《は》いたあとで握り拳《こぶし》を作った。

とうの童門はヴァーリのプレッシャーで完全に震え上がり、その場で尻餅《しりもち》をついて動けずにいた。鮫島はその童門の襟首《えりくび》をつかんで無理矢理立たせる。

「ひぃぃぃぃぃぃぃっ！　許してくださぁぁぁぁいぃぃぃっ！」

無様に泣き叫ぶ童門。鮫島は、怒《いか》りに顔を歪《ゆが》ませながら、一気に拳を——ぶちかました！　童門は大きく後方に吹《ふ》っ飛んで、そのまま地面に突っ伏《ぶ》した。その一発を放ったあと、鮫島は前田のほうに振《ふ》り返り、一言だけ漏らす。

「…………ノブ、とりあえず、いまはこの一発で許してくれや」

それだけ言い残すと、鮫島は気を失って倒《たお》れそうになる。それをヴァーリがうまくキャッチした。

小柄な少年の腕のなかで致命傷《ちめいしょう》を負いながらも満足そうな笑みを浮かべている鮫島。そんな鮫島を見てヴァーリは楽しげに笑った。

「へー、ある程度は覚醒《かくせい》したようだ。おもしろい」

「ヴァーリ。鮫島くんは……？」

鮫島の様子を訊《き》く夏梅。ヴァーリは鮫島の患部に目をやり、言った。

「独立具現型のセイクリッド・ギアが、主《あるじ》を守るために救命処置をしたんだろうさ。血は

止まっているよ。まあ、失った分は補わなければならないが……」

「………出血が止まっている？　胸に穴が開いているのに？」

「ああ、背中のほうもほら。白い猫《ねこ》の尾が塞《ふさ》いでいるよ。『四凶』が主の身体を修繕《しゅうぜん》している」

ヴァーリが言うように、胸から背中にまで達していた致命傷が、白砂の尾によって塞がれていた。そう、尾が鮫島と溶《と》けるように同化していた。

ヴァーリが話を続ける。

「もともと、セイクリッド・ギアは身から生じたものだ。主と独立具現型の体が適合しても驚くことではないよ」

……この子たちの能力は、こんなこともできるのか……。

夏梅はあらためて自身の得た能力――未知の多様性に驚愕《きょうがく》していた。

ヴァーリは鮫島を支えながら、足下《あしもと》に魔方陣《まほうじん》を発生させた。器用な銀髪の少年は、魔法《まほう》すらも習得している。

「いまから転移の魔方陣を開いて、鮫島をグリゴリの研究施設《しせつ》に飛ばそう。そこなら、この傷でも助かるはずだ」

テキパキと後処理をこなすヴァーリ。そう、この子は意外にもやさしいのだ。

鮫島と巨獣と化した白砂、そして捕《と》らえた童門計久を、ヴァーリが魔方陣で『総督《そうとく》』の組織の施設に転移させた。不思議と、今回はウツセミと化した同級生――前田信繁が魔方陣により、消えることはなかった。

ただ、彼が使役《しえき》していた少女型のウツセミは、力を失ったかのようにドロドロに溶けていた。そのドロドロの物体も調査のため、ヴァーリが一部を瓶《びん》に詰《つ》めて魔方陣で転送している。

――と、ヴァーリは夏梅に事の状況を話した。夏梅はそれを訊き酷く驚《おどろ》いた。

「……五大宗家《そうけ》が動く⁉」

夏梅の言葉にうなずくヴァーリ。

「ああ、『虚蟬機関』の隠《かく》し施設の候補場所をあちら側にリークしたんでね。粛清《しゅくせい》用の大量のエージェントがいずれそこに向かうだろう」

「じゃあ、ヴァーリが『総督』から受けた仕事って、五大宗家に奴《やつ》らのアジトと思われる場所を教えることだったのね？」

そう問う夏梅に少年は首を縦に振った。

「……アザゼルはいつもそうだ。俺をガキの使いにしか使わない。まったく、貴重な存在をなんだと思っているんだか……」

ぶつぶつと文句を垂れ始めるヴァーリ。

……そうか、自分たちが東城紗枝の家に行っている間にヴァーリは、今回の主犯たちの大本となるところへ情報を流しに行っていたのだ。

こうなると、『虚蟬機関』も無事には済まなくなるのではないだろうか？　これは予想だが、いままで『虚蟬機関』の後始末だけしていた五大宗家が隠し施設の場所を知れば、一気にそこまで攻《せ》め入ってもおかしくないだろう。

……しかし、解《げ》せないのは、なぜその情報を『総督』は自分たちには教えてくれなかったのか？　そして、どうしてこのタイミングで五大宗家にリークしたのか？　……不可解な面が多いが、もしかしたら、『総督』は自分たちを試《ため》していた？　やろうと思えばある程度打開できた状況のなかで、あえて夏梅たち――『四凶』と幾瀬鳶雄の力を値踏《ねぶ》みしたのではないか？　もしくは自分たちを動かすことで、『虚蟬機関』と組織の裏切り者がどう動くのか観察していた……？　あるいはそのすべてか――。

思慮《しりょ》する夏梅にヴァーリが訊いてくる。

「さて、俺はこのまま向かおうと思っているが、皆川夏梅はどうする？」

「……どこへ？」

問う夏梅に銀髪の少年は心底楽しげに言った。

「――『狗《いぬ》』のもとさ。どうやら、彼らは『虚蟬機関』のアジトに連れ込まれたようでね。五大宗家のエージェントたちが奴らの本拠地《ほんきょち》にたどり着く前に彼らを回収する。それが俺の新たなミッションだ。――来るかい？」

願ってもない誘《さそ》いだった。

――幾瀬くんとラヴィニアのもとに行く！　そして、『虚蟬機関』との決着をつけよう！

夏梅は、首を縦に振って、変じたグリフォンと共にヴァーリに同伴《どうはん》することにした。

七章　神をも《斬《き》り》滅す具現／黒刃の狗神《ケイニス・リユカオン》

1

地下の大広間を抜《ぬ》け出た鳶雄《とびお》は、刃《ジン》と共にエレベーターまでの直線を駆ける。そこで待ち構えていたのは、ウツセミと化している同級生たちだった。まるで、あの広間を逃げ出した者を待ち受けていたかのような配置だ。その背後に指揮するように立つのは、背広を着た男性二人組。どちらも手で印を結んでいた。機関員だろう。

「どいてくれ――ッ！」

鳶雄は叫《さけ》びながら、突進《とっしん》していく。刃が素早《すばや》く同級生の使役するウツセミのバケモノを夜陰鉤《ナイト・ハーケン》で両断していった。薔薇《ばら》と思われる巨大《きょだい》な植物のウツセミ、クワガタに類似した昆《こん》虫《ちゅう》のウツセミが瞬時《しゅんじ》にして、足下の影《かげ》より出現した鉤のブレード――ハーケンによって切り払《はら》われる。

ふと見れば、壁《かべ》にもハーケンは突《つ》き刺《さ》さっていた。視線を送れば、壁に擬態《ぎたい》していたカメレオンに酷似《こくじ》するウツセミの姿があった。壁に張り付き、姿を消していたのだろうが、ハーケンにより腹部を貫《つらぬ》かれている。すでに絶命しており、そのまま廊下《ろうか》にぼとりと落ちた。……自分では察知できなかったものを刃は即時《そくじ》に見抜《みぬ》いて攻撃《こうげき》を加えたのだろう。獣《けもの》特有の気配の探《さぐ》り方は、鳶雄が持ち得ないものだ。

……否《いな》、それだけではない。明らかに刃の雰囲気《ふんいき》がここにきて様変わりしていたからだ。刃の小さな体から発生している影が広がっており、廊下の一部を丸々漆黒《しっこく》に染め上げていた。床《ゆか》が、壁が、天井《てんじょう》が、子犬の体軀《たいく》と比較《ひかく》にならないほどの影に呑《の》み込まれていた。その黒き影から、無数のブレードが生えそろう。刃が一歩足を踏《ふ》むと、廊下に広がる影も前に進む。

これを見て機関員は目を見開き、全身を震《ふる》わせていた。手に持っている呪術《じゅじゅつ》の札を離《はな》して下に落とすほどに小さな犬に恐怖《きょうふ》していた。

「くっ！」

恐怖を振り払いながら、再び懐《ふところ》から札を取りだそうとする機関員の一人。だが、壁の影より伸《の》びてきたハーケンの一振《ひとふ》りが、取り出した札を的確に射貫《いぬ》いた。札がダメとなれば、印を結べばいいと機関員が手の形を変えようとするが――足下より出現したハーケンが喉《のど》元《もと》に一瞬《いっしゅん》で届く。

この刹那《せつな》の攻勢《こうせい》に鳶雄は言葉を失っていた。刃は……すでに認知《にんち》していたのだ。彼らの持つ札が、手の印が、超常《ちょうじょう》現象を生み出す代物《しろもの》だとすでに熟知していたのだ。そのため、術が発動する前に崩《くず》す。札を、手の印を、相手の戦意を——。

ウツセミのバケモノのように命まで奪《うば》わなかったのは、主である鳶雄が人殺しを善《よ》しとしないためだろう。その主の心中すら察してこの子犬は動いている。

それを鳶雄だけでなく、機関員の二人組も理解したのか、彼らは敵意をなくし、かまえていた両手を下におろした。

機関員たちは刃に視線を送りながら、ぼそりとつぶやく。

「……本能的に共鳴して力を高めたのだろうな。あの氷と炎《ほのお》の戦いを見て……」

「……十三種のうち、数種もここに集《つど》えばこうもなろう。一種だけでも事象が歪《ゆが》むと言われるものが、いくつもあるのだ……」

鳶雄は、彼らのつぶやきを意にも介《かい》さずに一歩詰め寄って力強く言った。

「エレベーターは認証式でしたよね。——上まで案内をお願いします」

戦意を削《そ》がれた彼らに鳶雄の言葉を拒否《きょひ》できるほどの強さは残っていなかった。

エレベーターにて、上階に上がった鳶雄と刃を待ち構えていたのは——数多《あまた》の同級生たち。ウツセミのバケモノを傍《かたわ》らに配置させて、扉《とびら》から出てきた鳶雄と刃に襲《おそ》いかかってきた。

「斬《スラッシュ》れッッ！」

主《あるじ》の命を受けた刃が、黒い弾丸《だんがん》と化してウツセミの群れに飛び込んでいく。同時に通路いっぱいに歪《いびつ》なブレードが生えていった。そのブレードの切っ先はウツセミのバケモノたちの核《かく》を正確に突いたようで、一撃《いちげき》のもと、倒《たお》れ伏《ふ》していく。

圧倒《あっとう》しているかのように思えて、数の暴力は激しく、間髪《かんはつ》入れずに押し寄せてくるバケモノたちに刃が対応しきれず、吹《ふ》っ飛ばされることもあった。

「刃ッ！」

鳶雄は、手を伸ばしてくる同級生たちを振《ふ》り切って、突き飛ばされた刃を正面からキャッチした。これぐらいのフォローができねばこの子犬の主は名乗れないだろう。鳶雄自身も、同級生に道を阻《はば》まれ、揉《も》み合い、取っ組み合いに発展した。しかし、刃がウツセミのバケモノを倒すことで、彼らも意識を失い、その場で倒れ込んで大事には至らなかった。

あちらは、こちらに致命傷《ちめいしょう》を与《あた》えることすら意に介さないが、こちらとしては彼らを傷つけるわけにもいかない。最低限の防衛措置《そち》で難を逃《のが》れようとしたが、鳶雄の体にはあちこちに擦《す》り傷《きず》ができあがっていた。殴《なぐ》られ、蹴《け》られながらも、同級生を突き飛ばす程度に反撃《はんげき》をとどめたからだ。乱闘《らんとう》のせいか、着ていた制服は破れ、息も絶え絶えだった。

それでもなお、ウツセミと化した同級生たちは次々とここへ向かってくる。鳶雄は、刃の鼻に頼《たよ》る。刃は、通路に残っているであろう紗枝《さえ》の匂《にお》いをたどって走り出した。鳶雄はそれを追う形で、その場から駆《か》け出す。

通路を進むなかで、突如《とつじょ》として照明がすべて落ちて暗黒となった。敵の罠《わな》かと一瞬思ったが、すぐに非常用の照明が淡《あわ》く灯《とも》る。そして、慌《あわ》ただしい警戒音《アラート》が建物内全域に鳴《な》り響《ひび》き出した。

『非常警戒発令。非常警戒発令。外部より、敵対組織の接近あり。五大宗家からのエージェントと思われる。繰《く》り返す。外部より、敵対組織の接近あり。五大宗家からのエージェントと思われる。各員、持ち場を離れ、緊急時《きんきゅう》のマニュアルに沿って――』

通路に設置してあった赤のランプが激しく明滅《めいめつ》していく。

……非常警戒発令？　外部より五大宗家が近づいてきているというのか？　この場所が、五大宗家にバレたということか。各宗家に黙《だま》って『四凶計画《しきょう》』を発動して、メディアをあそこまで騒《さわ》がせた『虚蟬機関《うつせみ》』を五大宗家の者たちが見逃《みのが》すはずもなく、アジトが割れれば攻めてくるのは必定《ひつじょう》といえる。

……だとすると、時間はない。紗枝を救い出さなければ……。だが、ここで鳶雄はある不安事項《じこう》に思考が行き当たる。

いや、待て……。五大宗家《そうけ》は、このアジトにいる同級生やその肉親の存在を確認したときに、そのあとどうするつもりだろうか？　無事に帰す？　そんなこと、するはずがないだろう。彼らは不備を正す一族だと聞いた。ならば、同級生やその肉親たちは――。

ふいに鳶雄は振り返る。そこには、ここに至るまでに襲いかかってきた同級生たちの通路に倒れ込んだ姿があった。ウツセミのバケモノを失い、彼らは気を失ってその場に倒れたのだ。魔方陣《まほうじん》によって、転移することはなかった。当然なのかもしれない。あれで運ばれる先はここなのだから、転移する必要なんてない。

倒れ込む同級生たちを見て、鳶雄は苦渋《くじゅう》の表情となる。

……彼らをここで救わねば、二度と助けることは叶《かな》わないのではないか？　たぶん、機関の連中は、ここを襲撃《しゅうげき》されたら迷うことなく、このアジトを放棄《ほうき》して身ひとつで逃《に》げるだろう。そうなったら彼らは……。

鳶雄ひとりで短時間で運び出せる人数ではない。あの装置から彼らの肉親を離す作業も必要だ。ならば、ラヴィニアならどうだ？　彼女の魔法《まほう》なら――。ダメだ。彼女は下で強力な魔女《まじょ》と死闘《しとう》を繰り広げているだろう。仮に退けたとしても救出が今すぐに叶うというわけにはいかないだろうことは、異能力に疎《うと》い鳶雄でも理解できる。

では、救える人間だけ、救う……？　紗枝とその肉親だけ救う……？

そこまで考えて鳶雄は壁に頭を打ち付けた。

――最低の発想だ。

……自分は、決めたんだ。紗枝だけじゃなくて、皆《みんな》を救うと。佐々木《ささき》を、皆川夏梅《みながわなつめ》の友人を、鮫島綱生《さめじまこうき》の友人を、全員を――。

……諦《あきら》めるのは嫌《いや》だ……ッ！　こんな理不尽《りふじん》に身を委《ゆだ》ねねばならない彼らをこのまま放置するなんてこと、できようはずがない……ッ！　全員を救う！　全員を救いたい！

……じゃあ、どうすればいい……？

答えの出ない苦悩《くのう》に苛《さいな》まれる鳶雄。こうしているうちにも紗枝は、どんどんと離れていっているのかもしれない。考えている時間はない。答えを模索《もさく》する時間は許されていない。

苦悶《くもん》の表情を浮《う》かべる鳶雄だったが、そこに声がかけられる。

「――人間とは、わからないものだ。同じ人間をゴミのように実験に使うと思えば、神仏のような情けですべてを救おうとも考える。まったくもって、度し難《がた》い存在だ」

そう嘆息《たんそく》混じりに現れたのは、ウェーブのかかった長い黒髪《くろかみ》の男性だった。ローブのようなものを羽織っている外国人の男だ。

男は鳶雄と――刃を一瞥《いちべつ》したあとに言った。

「……『総督《そうとく》』の組織の者だ。おまえたちが内部を乱してくれたおかげで侵入《しんにゅう》は案外容易《たやす》かったぞ」

……『総督』の組織。となると、グリゴリの関係者か？　確かに言い知れないプレッシャーのようなものを全身から放っており、刃も警戒を強めていた。

男はローブを翻《ひるがえ》しながらこう述べる。人差し指を通路の奥へ示した。

「『狗《いぬ》』よ、この先に己《おのれ》の死に様を模索する男が、おまえを待っている。行け。ここに運ばれた人間どもの始末は俺に任せろ。そういう仕事も任されているからな。本来、例の魔女どもの存在確認だけをしに来たのだが……」

男は視線を下に落とした。まるで地下で行われている魔法使《まほうつか》い同士の戦いを知っているかのようだった。男は息を吐いてもう一度述べる。

「ほら、言ったはずだ。さっさと行けとな」

男は指先を倒れ込む同級生に向ける。すると、その下に魔方陣が展開して、パァッと輝《かがや》いたのちに彼らの姿が消えた。転移させたのだろう。

鳶雄はおそるおそる訊《き》く。

「……あなたの名は？」

男は、おもしろくなさそうにしながらこう答えた。

「……グリゴリの幹部、コカビエルだ」

それだけ確認すると、鳶雄は「頼《たの》みます」と一礼してからその場をあとにした。もう、この怪《あや》しい男にすがるしかここの状況《じょうきょう》を打破できないだろう。

走り去る鳶雄の耳に、

「……俺はセイクリッド・ギアに興味がないと言ったはずだ、アザゼルよ」

そう吐き捨てる男――コカビエルの声が聞こえてきたのだった。

2

通路をさらに進んで鳶雄と刃が行き着いたのは――上階にあるであろう広い展望室だった。壁の大半がガラス張りになっており、外を一望できる。見やれば、眼下には緑の景色――。一面に広がる森の木々が見えた。ここがどこかの山中であることがわかる。

「いい景色だろう？　このアジトで唯一《ゆいいつ》私が好きな場所でね」

突然《とつぜん》の声。そちらに視線を送れば、姫島唐棣《ひめじまはねず》の姿があった。その隣《となり》には、巨大《きょだい》な黒い獅《し》子《し》を伴《ともな》う紗枝が位置している。

姫島唐棣は、外に目を向けながら言った。

「私たちは、人里離《ひとざとはな》れた山の内部に長年を費《つい》やして隠《かく》しアジトを設置していてね。ここがそのひとつだ。この展望室も山の一部を利用して造っている。結界が張られているから、外部からではここを視認できないだろう。だから、誰《だれ》に見られることなく、この風景を一望できるのだよ。素敵《すてき》だとは思わないかね？」

口元を笑《え》ましながらそう漏《も》らす姫島唐棣。やはり、ここは——彼らのアジトは山のなかにあるようだ。どの辺りの山かは外を一望しただけではわからないが、自分たちがいた町より遠くにあるのは確かだろう。

彼は息をひとつ吐くと、頭《かぶり》を振ったのち、会話を切り替《か》える。

「——ウツセミ、キミたちの同級生をそう呼称《こしょう》しているのはなぜだか、わかるかね？」

鳶雄が答えずとも、姫島唐棣はその場を歩き出しながら話を続けた。

「我らの組織名から由縁《ゆえん》があることはわかるかもしれないが……。虚蟬《うつせみ》とは、その名のごとくだ。——『人間』を意味する。そして、蟬の抜《ぬ》け殻《がら》。空っぽであること。……由緒正《ゆいしょ》しき異能の一族に生まれながら、その家に沿った力を有さず、あるいは方針に従えぬ事情を抱《かか》えてしまった者たち。宗家の者たちにとってみれば、家の求める力を有さなかった者は、『異能力者《ひと》』にあらず。ただの『人間《むのう》』だ」

自嘲《じちょう》する彼の瞳《ひとみ》は――薄暗《うすぐら》く、輝きを灯していなかった。

「我らは価値観を否定された空っぽの存在――『虚蟬』だ」

「……じゃあ、同級生《みんな》のことをそう呼ぶのは……？」

鳶雄の問いに姫島唐棣は肩《かた》をすくめる。

「――あのような力を与えられても、それもまた人間《ひと》である。……よく覚えておくといい、幾瀬《いくせ》鳶雄よ。こちら側では、『人間』という定義は人の数だけ答えを変える。いずれ、キミもそれに直面するだろう」

……『人間』の定義。いまそれについて鳶雄は明確な答えを持ち合わせないが、そのことは姫島唐棣も十分承知のようだった。

彼は、懐《ふところ》から――独鈷《とっこ》を取り出した。両端《りょうたん》が尖《とが》った杵《きね》形の法具だ。姫島唐棣が小声で呪《じゅ》文《もん》を唱えると、独鈷は独りでに宙に浮かぶ。そのまま彼の周囲をくるくると回り出した。するど、いつの間にか独鈷が二個になる。見間違《みまちが》いかと思っていたが、独鈷の数はさらに増えていき、三個、四個、五個……十を超《こ》える数となって、彼の周囲を飛び回った。

姫島唐棣はその状況で言った。

「……私はね、幼少の頃《ころ》から、このように法具の扱《あつか》いに長《た》けていた。これに関してだけは、姫島のなかでも、特出した者のひとりだった」

さらに彼は両手から錫杖《しゃくじょう》をも取り出した。一歩、また一歩と鳶雄のほうへ歩み寄り始める。そのなかでも彼は話を続けた。

「我が姫島家は、神道《しんとう》の一族だ。古くより火之迦具土神《ヒノカグツチ》と、その系統に属する神々を信仰《しんこう》していてね。自然と火に通じる異能を持って生まれる者が多かった。……私は、その力に恵《めぐ》まれなかったよ。信仰する火之迦具土神《ヒノカグツチ》、その系統の神々にも一切《いっさい》加護を受けることができなかった。結果、私はいまここにいる。――宗家の有様に適合できなかった者は、たとえ宗家の出だろうと、ここに堕《お》とされる。それが、彼らが古くから厳守する理《ことわり》だ」

つまり、彼は姫島の力――炎《ほのお》の力を有さなかったばかりに『虚蟬機関』にいるということか？

鳶雄は気になったことを訊く。

「……ひとつ、訊きたい。『四凶』や俺の能力も日本神話の神さまから発生したものだというのか？」

姫島唐棣は首を横に振《ふ》る。

「……いや、神器《じんぎ》――いわゆるセイクリッド・ギアという異能は、日本の神々が創《つく》り出したシステムではない。それは、キリスト教――聖書の神が創造したとされるものだ。ゆえに我らとは本来ならば相容《あいい》れぬ存在だ。異教、異端《いたん》そのものだろう」

……刃は、その火之迦具土神《ヒノカグツチ》とは関係がない？　キリスト教の神が、関与《かんよ》しているということか……。予想外の真実に鳶雄は当惑《とうわく》していたが、脳裡《のうり》に浮かぶあの情景に得心したのもまた事実だった。

幼少の頃に出会った黒い天使——。鳶雄たち生き残り組を匿《かくま》う組織——グリゴリ。姫島唐棣の話から、鳶雄は少しずつ理解しかけているものがあったのだ。バカげた話だろうが、それでもすべての話の大筋で辻褄《つじつま》が合う。

姫島唐棣の操《あやつ》る独鈷の先が、すべて鳶雄と刃を捉《とら》えた。

「もうすぐ、五大宗家の手の者がここにたどり着くだろう。なるほど、キミとあの少女と出会った瞬間《しゅんかん》に私は詰《つ》んでいたということだ」

彼は「くくく」と含《ふく》み笑いを発した。

「アザゼル『総督』は、最初から見定めていたというわけだ。……まあいいだろう。同志である者の大半は、同盟を組んだ『魔女』たちのもとに退却《たいきゃく》するはずだ。ここで培《つちか》われた技術は、そこでさらに発展することだろう。『四凶計画』の続きをするもよし、魔女たちが求める悲願を叶えて利用するもよし。それぞれの思惑《おもわく》で宗家への復讐《ふくしゅう》を完遂《かんすい》すればいい。

——だが、私はそうはいかない」

姫島唐棣が、鳶雄の前に立つ。彼は自嘲しながら、こう述べる。

「——姫島鳶雄よ。私の願いを叶《かな》えてくれ。叶えさせてくれ。姫島が生んだ闇《やみ》の狗《いぬ》を禍々《まがまが》しい刃《やいば》に塗《ぬ》り替えたいのだ。そして、その禍々しい刃で死にたいのだ。私は、奴《やつ》らの手で死にたくはない。死ぬのなら、キミの黒き刃にて、死にたい。——これがわかるか?」

鳶雄は理解不能の言動を繰《く》り返す姫島唐棣に激高した。

「ふざけるなッ！　あれだけのことをして！　これだけの悲しみを生んで！　最後に死にたい⁉　しかも、俺に殺してくれというのかよ⁉　ふざけるな！　ふざけるなよッ！　それになな！　俺は……俺は、姫島なんかじゃないッ！　幾瀬だ！　幾瀬鳶雄だッ！」

怒声《どせい》を張り上げて訴《うった》える鳶雄だったが、それでも姫島唐棣は薄《うす》い笑みを浮かべるだけだ。

「いや、キミも姫島だ。じゃなければ、ここにはいないだろう。そういうものを引き込むのだよ、五大宗家《そうけ》の血というものはね。特にキミの持つ力は何よりも黒い。真っ黒だ。その暗黒を抱《いだ》いたまま、無知と綺麗事《きれいごと》を口にするキミを穢《けが》そう。はみ出し者同士の戦いとしては最高だと思わないかね?」

「イカレてるよ、あんたはッ！」

叫《さけ》ぶ鳶雄に呼応して刃が飛び出した！　それに合わせて姫島唐棣が宙を飛ぶ独鈷数個を刃に向かわせる。刃は、頭部から片刃《かたは》のブレードを生やして、独鈷のひとつを打ち落とした。——が、それ以外の独鈷は宙で軌道《きどう》を変えて、刃の側面から鋭《するど》く突《つ》っ込んでくる！

回避《かいひ》しようとする刃の動きに合わせて、独鈷も動き回り、ついには子犬を捉えて腹部に突き刺《さ》さった！　刃が「きゃんっ！」と悲鳴を漏らして独鈷の一撃《いちげき》で床《ゆか》に打ち付けられる！

刃は全身を震《ふる》わせながらも立ち上がる。独鈷の攻撃《こうげき》は強烈《きょうれつ》だったようで、刃は「カハッ！」と血の塊《かたまり》を口から吐《は》く。あの刃が一撃でここまでのダメージを受けるなんて……。独鈷に込《こ》められた男の呪術《じゅじゅつ》——法力は強力だということだ。

しかし、それでも刃は諦《あきら》めず、赤い瞳を輝かせる。姫島唐棣の足下《あしもと》の影《かげ》より、ハーケンが飛び出す！　だが、それはすでに彼も見ている攻撃だ。予想していたように軽《かろ》やかに躱《かわ》して、横薙《よこな》ぎに払《はら》われた錫杖によって破壊《はかい》されていく。

そうこうしているうちに宙を飛び回る複数の独鈷が、今度は鳶雄に照準を定めて、襲《おそ》いかかってくる！　直撃《ちょくげき》するという直前に鳶雄の足下より、ハーケンが飛び出て盾《たて》の格好となるが、独鈷は当たる寸前に弧《こ》を描きながら宙で軌道を変えて、ハーケンを躱し、鳶雄に飛来した！　為《な》す術《すべ》もなく、鳶雄の全身に複数の独鈷が打ち付けられる！

「……ぐわっ！」

肩、背中、腕《うで》、腰《こし》、足、あらゆるところに独鈷は打ち付けられて、鈍《にぶ》い音を立てる。途《と》端《たん》に激痛が襲ってきて、鳶雄はその場で膝《ひざ》からくずおれた。頭部に当たらなかったのは幸いだったが……それはわざと狙《ねら》いをつけてこなかったのだ。頭を狙えば即時《そくじ》に勝負がついてしまう。彼はそれを望まなかった。

……左腕《ひだりうで》と右足が激痛と共にまるで機能しなくなった。だらりとする腕と足。……骨折しているのだろう。腕はともかく、足をやられたのは致命的《ちめいてき》だった。……もう、鳶雄は動き回ることができなくなったからだ。

主《あるじ》の危機に瀕《ひん》して、刃は全身から黒いもやを発生させて、いっそう力を高めようとするが、子犬自身もすでにダメージが深刻だ。何度も何度も口から血を吐いている。内臓を負傷しているのだ。このままでは、刃も――。

そこに黒い獅子も戦線に加わる。巨体《きょたい》を揺《ゆ》り動かして、「ぐるるる」と低い唸《うな》り声を放っていた。刃も負けじと威嚇《いかく》するが……。姫島唐棣に黒い獅子。戦況《せんきょう》は絶望的だ。

刃が、獅子の足下の影からハーケンを撃《う》ち出すが、獅子は横に跳《と》んでそれを回避する。獅子が大きく息を吸い込んで、腹部を膨《ふく》らませた。次の瞬間、獅子は口から巨大な炎を刃に目掛《めが》けて吐き出した！

刃は口から血を伝わせながらもその炎を避《さ》ける。獅子は間髪《かんはつ》入れず、足下の影を広げていく。瞬時《しゅんじ》にその巨体が影のなかに沈《しず》んでいった。影だけが残り、その影が四散して展望室全体に走って行く。

獅子《しし》の作り出した影はそのひとつひとつが意思を持っているかのようだった。四散したそれぞれの影が刃を執拗《しつよう》に追う。分断した影のひとつが、駆《か》け回る刃を捕《と》らえた。影がうごめいて刃の体に絡《から》みつく。

分かれていた他《ほか》の影もそこに合流していって、再び大きな影を作り出す。そこから獅子は浮《う》かび上がってくる。影に捕らわれた刃が、体に生やしたブレードで影を斬《き》り払うが――それと同時に獅子の前足による一撃が振り下ろされた。

「きゃんっ！」というか細い悲鳴が展望室に響《ひび》き渡《わた》った。床に何度かバウンドしたあと、刃はぐったりと横たわったまま、起き上がることはなかった。

「刃――ッ！」

相棒の、分身である子犬の姿に、鳶雄は絶叫《ぜっきょう》して体を引きずりながら近づこうとした。這《は》うような格好の鳶雄を、姫島唐棣も、黒い獅子も、追撃《ついげき》するようなことはなかった。もう、戦局が覆《くつがえ》らないことがわかったからだ。相手は、どちらも自分たちより遥《はる》か格上。それがいっぺんにかかってくれば、敗北は必至だった。

涙《なみだ》を流しながら、鳶雄は床を這いずり回って刃のもとにたどり着く。激痛など、刃のもとに行くためならばなんてことはない。早く、すぐにでも子犬を抱《だ》き寄せたかった。力のない自分のために、必死になって戦ってくれた小さな相棒。刃は、まだ息があったが、その命が潰《つい》える寸前なのは鳶雄でもわかる。

「………ありがとう……ごめん、ごめんよ……俺が……弱いから……こんなことに巻き込んでしまって……ごめんよ」

鳶雄は刃を抱きかかえて、ただただ礼と謝罪を口にしていた。

姫島唐棣は首を横に振りながら言う。

「……キミは私をイカレていると言った。それは当然だ。ここに身を寄せたときから、私は正常な精神ではいられなかったのだよ。だがな、幾瀬鳶雄。キミがここで禍々しき刃に転じなければ、この状況《じようきよう》を抜《ぬ》けたとしても先は明るくない。姫島の血を引いて生まれたときから、キミが通常の人間と同じ生活を送ることは無理だったのだよ」

嘆《なげ》く姫島唐棣に対して、鳶雄は嗚咽《おえつ》を漏《も》らしながら訴える。

「……俺は……ただ、普通《ふつう》にいたかっただけだ。また、あの生活に戻《もど》りたかっただけだ……。紗枝と、皆《みんな》と、あの高校で学生を続けたかっただけだ……っ！　どうして、あんたたちはそれを壊《こわ》す……？　なんで……俺と紗枝、刃をここまで……っ！」

そう、幾瀬鳶雄は――失ったあの生活を取り戻したかっただけだ。紗枝と、同級生たちと過ごしたあの高校での生活を、また送りたかっただけ。普通の高校生が望む、当たり前の日常を欲《ほっ》しただけだ。

異能を得ても、彼はどこにでもいる十七歳の高校生に過ぎないのだから――。

涙を流す鳶雄の頰《ほお》をなでる者があった。鳶雄は、姫島唐棣は、それを見て驚愕《きょうがく》する。

「……ここにきて、自我を取り戻したというのか？」

姫島唐棣はその者の行動に目を見開いて驚《おどろ》いた。

紗枝が、頰に涙を伝わせながら、鳶雄の前に立っていたからだ。紗枝は、鳶雄の抱《かか》える刃の頭をなでる。その頭部には、いまだブレードが生えていた。

彼女は、やさしげな表情を浮かべて鳶雄に一言告げた。

「……ごめん……ね。辛《つら》かった……よね？」

紗枝が――刃を抱き寄せる。その頭部に生えたブレードが、紗枝の胸を貫《つらぬ》いた――。誰《だれ》が見てもそれは――致命傷《ちめいしょう》になる行動だ。

刃を抱いたまま、紗枝が力なくその場で横たわっていく。鳶雄は、倒《たお》れ込んだ紗枝を抱きかかえた。呆然《ぼうぜん》とする鳶雄の頰を紗枝が微笑《ほほえ》みながらなでた。

「……泣かないで……鳶雄……」

鳶雄はその手を取って彼女の名前を呼ぼうとするが、突然《とつぜん》のことに声は出てこない。

「……私は……また会えて……うれしかったよ……」

微笑を浮かべたまま、鳶雄の手から、彼女の手が滑《すべ》り落ちていく――。

「…………」

言葉を失う鳶雄。首を横に何度も振《ふ》り、現実を受け入れられずにいた。

鳶雄は――救いたかった。

東城《とうじょう》紗枝という少女を――。

家族を失った彼にとって、彼女は唯一《ゆいいつ》の大事な存在だった。誰よりも救いたかった。

横たわる彼女を抱き寄せながら、鳶雄は声にならないものを絞《しぼ》り出す。

「……あぁ……あ、うあぁぁぁぁぁ……ぁぁぁぁぁ……っっ！」

……ただ、生きていて欲しかっただけだ。

……ただ、何事もなく、平穏《へいおん》に過ごしたかっただけだ。

……ただ……。

……ただ……いつもの日常を紗枝と生きたかっただけだったんだ……。

「あぁぁぁあああああぁぁぁぁぁ…………ぁぁあああああああっっ！」

すべての望みを絶たれた鳶雄は、絶望に苛《さいな》まれ、慟哭《どうこく》した。

それを見ている姫島唐棣だったが、その懐《ふところ》より謎《なぞ》の発光現象が生じていた。彼もそれを察知して、懐より木箱を取り出した。それは、東城紗枝の家で鳶雄よりも先に姫島唐棣が奪取《だっしゅ》していたものだ。鳶雄の祖母である朱芭《あげは》が遺《のこ》したもの――。

姫島唐棣がその木箱を開けると、そこにあったのは小さな水晶《すいしょう》だった。水晶は青白い発光現象を起こしていた。

突如《とつじょ》、その水晶から声が生じる。

『この封印《ふういん》が解かれたということは、残念なことですが、鳶雄の力を悪用しようとする者が現れたか、あるいはあの子に異能の害意が加わったということでしょう』

声の主に鳶雄は覚えがあった。それは愛《いと》しい彼の肉親であった祖母の声だ。

「……幾瀬鳶雄の祖母、朱芭殿《どの》の声を録音した水晶ということか」

姫島唐棣はそう断じた。

水晶より発する祖母の声は続く。

『あの子に悪意を持って接した者たちに言いましょう。私はこの子を誰よりも思いやりを持ったやさしい子となるよう育てました。何せ、あの子は……生まれながらにして「擬《まが》いものの神」の禁じられた手段を有していたのですから』

それを耳にした姫島唐棣の表情は——一変する。先ほどまですべてを儚《はかな》げに見ていた彼の双眸《そうぼう》は、驚きに満ちていた。

「…………ッッ！　禁……手《バランス・ブレイカー》だと……!?　そんなバカなことが……ッッ！」

水晶の祖母の声は、恐《おそ》ろしげに語る。

『悪意を持ってあの子に近づいた者たちに告げます。そこまでして、あなたたちがあの子に害意を加えるのであれば、神殺しの刃をその身で以《もっ》てとくと味わうといいでしょう。

――その魂《たましい》すら、残らず切り刻まれなさい』

水晶の声はなおも続く。今度は鳶雄にやさしく訴《うった》えかける。

『――鳶雄、ごめんなさいね。辛かったでしょう。怖《こわ》かったでしょう。あなたに真実を伝えないまま先に逝《ゆ》くことを許してちょうだい』

いつも厳しくもやさしかった祖母の声。いまの鳶雄にとって、それは絶対だった。何よりも心身に浸透《しんとう》していく。まるで祖母にやさしく頭をなでられているかのような錯覚《さっかく》を覚えながら、水晶の声に耳を傾《かたむ》ける。

『けれどね、鳶雄。もう、いいのよ？　もう、怖がる必要はないわ。泣く必要はないわ。――謳《うた》いなさい。あなたは忘れているけれど、いまなら思い出せるはずよ。だから、謳いなさい。――禁じられた刃狗《かみ》の歌声を』

その祖母の声を聞いて、鳶雄の脳裡《のうり》に浮かび上がる記《き》憶《おく》があった。記憶の奥底に封《ふう》じられたままだった記憶――。

幼い時分、ある日、とある神社に連れていかれた鳶雄は、本殿《ほんでん》内でそれを言い聞かせられた。

――いいかい、鳶雄。

幼い鳶雄の額に指で何かの文字をなぞっていく祖母。

――もし、本当にどうしようもなくなったとき、あなたを救ってくれる『呪文《じゅもん》』を教えてあげるわ。

鳶雄の傍《かたわ》らには――いつの間にか、大型の黒い犬が座っていた。

――けど、それは最後の最後まで取っておくんだよ？

犬の赤い目が鳶雄を捉《とら》える。途端《とたん》に胸が高鳴るのがわかった。

――その『呪文』は、鳶雄からすべてを奪《うば》うからね。

祖母が鳶雄を抱き寄せながら、耳元で『呪文』を教えてくれる。

――ヒトを終えなきゃいけなくなるのよ。

すると、黒い犬は――赤い目を細めながら姿を消していった。

その一連の記憶を、いままさに鳶雄は思い出したのだ。同時に、祖母から教え込まれた『呪文』も頭のなかに蘇《よみがえ》る。

鳶雄は紗枝と刃を抱き寄せながら、ふっと笑う。

いいよ、ばあちゃん。

俺は……ヒトを終えてもいい……っ。

俺と……紗枝から平穏を奪った連中が……許せないんだ。
だから、ばあちゃん。
俺は——唱《うた》えるよ。
俺を、俺たちを、理不尽《りふじん》が襲《おそ》うのなら、俺も、俺たちも、理不尽で返そう……っ。

鳶雄はそれをついに口にしていく——。
《——人を斬れば千まで啼《な》こう》
鳶雄と、刃を、どす黒いもやが覆《おお》っていく。それはしだいに広がり、展望室を埋《う》め尽《つ》くしていった。
《——化生《けしょう》斬るなら万まで謳おう》
折れた腕《うで》と足に黒いもやがかかり、瞬時《しゅんじ》に痛みを消し去っていく。
《——暗き闇《やみ》に沈《しず》む名は、極夜を移す擬《まが》いの神なり》
その場を立ち上がる鳶雄。ぐったりとしていた刃が——足下《あしもと》に広がる黒い影《かげ》、否《いな》、闇のなかに沈んでいった。
《——汝《なんじ》らよ、我が黒き刃で眠《ねむ》れ》
鳶雄の全身に黒いもやがかかり、それは肉体に張り付いて、同化していく。彼の形が徐々《じょじょ》に徐々に変じていき、人の形をしながらも人とは違《ちが》うモノになっていった。

さらに闇が鳶雄の横に大きく盛り上がり、形をなしていった。それは、前足となり、後ろ足となり、尾《お》となって、大きく開かれた口となる。

彼の横に生じたのは、漆黒《しっこく》の毛並みを持つ一匹《いっぴき》の大型犬——いや、《狗《いぬ》》だった。

《——愚《おろ》かなものなり、異形《いぎょう》の創造主《かみ》よ》

鳶雄が最後の一節を口にすると、漆黒の《狗》は、透《す》き通るほどの遠吠《とおぼ》えをしていく。

オオオオオオオオオオオオオオオオオオォォォォォォォォォォォォォオオオオオオオオオオオオオオオオオオオオオオオオオオオン……。

姫島唐棣と黒い獅子《しし》の眼前に現れたのは、闇の衣《ころも》をまとった人型の獣《けもの》と、その傍らに立つ闇を吐《は》く大型の《狗》——。

姫島唐棣は、二体の漆黒の獣を見て、恍惚《こうこつ》としていた。

「……素晴《すば》らしい」

そう口にする彼を、二体の獣が赤い眼《め》で睨《ね》めつける。

闇の衣に包まれた幾瀬鳶雄——獣は剝《む》き出しの鋭《するど》い牙《きば》を覗《のぞ》かせながら唸《うな》った。

——こいつを斬《き》れるのであれば、俺は『人間《バケモノ》』でいい。

／／／

皆川夏梅が、ヴァーリと共に『虚蟬機関』のアジトと思われる施設《しせつ》に入ってある程度の時間が経過していた。施設中に鳴り響《ひび》く警戒音《けいかいおん》。ヴァーリのリークを受けて五大宗家《そうけ》から放たれたエージェントが近づきつつあるなかで夏梅は、培養槽《ばいようそう》から取り出された同級生たちの肉親を転移の魔方陣《まほうじん》に次々と送っていた。

このアジトに侵入《しんにゅう》してすぐに、機関員のひとりを締《し》め上げてここの場所を吐かせたのだ。来てみると、すでにこの部屋の装置は機能を停止しており、あとは彼らを取り出すだけだった。夏梅はグリフォンに突風《とっぷう》を発生させて、手早く培養槽をすべて破壊《はかい》させた。

ヴァーリはこの光景を見て、

「用意のいいことだ」

と、ひとり不敵な笑《え》みを見せていた。誰がこの部屋の装置を停止させたか、心当たりがありそうだった。

夏梅は同級生の肉親たちをヴァーリの描《えが》いた魔方陣で、グリゴリの施設に送るだけではなく、通路で倒れていた同級生たちも拾い上げて魔方陣の中央に連れていった。

まだアジト内でうごめくウツセミのバケモノもいたが、巨大《きょだい》な獣に変化しているグリフォンの敵ではなく、『四凶』と化した鷹《たか》が起こす突風によって、切り刻まれていった。

培養槽に入れられていた同級生の肉親たちは、この場にいる限りすべてグリゴリの施設に転移させた。ウツセミを失い倒《たお》れていた同級生たちも魔方陣でジャンプさせている。

「ヴァーリ！　気配とか探《さぐ》れる？　ここにまだあっちに送ってない同級生はいるかな？」

問う夏梅。ヴァーリは瞑目《めいもく》して、気配を察知しようと感覚を研《と》ぎ澄《す》ませる。

「……いるな」

その報告に夏梅は覚悟《かくご》を決める。時間がかかってもいい。五大宗家のエージェントと鉢《はち》合《あ》わせしてもいい。全員救う！　同級生はすべて救い出すのだ！

その決意を胸に抱《いだ》いて、ヴァーリに気配の方向を訊《き》こうとしたときだった。ヴァーリが突如、天井《てんじょう》——上階のほうへ顔を向けた。

驚《おどろ》いたかのような表情を浮《う》かべたと思えば、いきなり怖いぐらいの笑みを浮かべる。

「……これもいいな」

興奮しているヴァーリだったが、息を吐いて自制したのちに夏梅に言った。

「残りは俺が拾うさ。皆川夏梅は上を目指せ。そこに『狗』——幾瀬鳶雄がいる」

「け、けど！」

自分も全員を助けたい！　その気持ちが先んじるが、ヴァーリは首を横に振る。

「ウツセミの生徒たちよりも、上の『狗』を止めないと、二度と帰ってこないかもしれないぞ？」

そう言うヴァーリ。同時に夏梅は、この室内に起こった現象に言葉を失う。

——あらゆるところから、歪《いびつ》な形の刃《やいば》が生えてきていた。

見覚えがあった。当然だ。それは幾瀬鳶雄の持つ子犬——刃が放つ歪なブレードと酷似《こくじ》していたからだ。あれは物陰《ものかげ》から生えていたはずだ。しかし、これは違う。あらゆるところから無尽蔵《むじんぞう》に生え出している。天井から、床《ゆか》から、壁《かべ》から、機器類から——。これはこの部屋だけのことではないだろう。おそらく、このアジト自体に歪なブレードが生えてきているのだ。

この現象を見て、夏梅はヴァーリの言葉の真意を本能で理解した。

「わかったわ。まずは幾瀬くんのところに行ってくる！」

そう告げて、夏梅はヴァーリにあとを任せてこの場を駆《か》け出した。

通路を駆けて、非常用の階段から一直線に上へ向かう。階段のあらゆるところから、ブレードは次々と出現していった。彼女はぐんぐんと駆け上がっていき、階段の一番上まで上って一気に通路に出た。その先にある大きな両開きの扉《とびら》を視認《しにん》する。

部屋の前まで駆けた夏梅は、扉を触《さわ》った瞬間《しゅんかん》にぞわっと全身の毛穴が開く感覚を覚えてしまった。瞬時に、体中が戦《おのの》いた。中にいる何かに恐れを抱いたのだ。姿を消して夏梅に付き従っていたグリフォンも巨体《きょたい》を露《あら》わにしつつ、全身を震《ふる》え上がらせていた。

生唾《なまつば》を呑《の》み込んで中に入った夏梅が眼《め》にしたのは――。

刃だらけの異常な世界だった。暗い室内の至るところから、あらゆる形の刃が無数に生える。真っ直《す》ぐのものもあれば、弧《こ》を描《えが》くものもあり、ジグザグの形のものまであった。

暗がりの領域にいくつかの光明が浮かんでいる。その光明に照らされて姿を現しているのは、錫杖《しゃくじょう》を持った中年の男性とその傍らにいる巨大な獅子《しし》。そして、漆黒の不気味なオーラを放ち続ける二体の獣《けもの》だった。

一体は、大型の黒い犬だ。ブレードを体から生やしてはいないが、刃の面影《おもかげ》がある。あの子犬が順調に成長すれば、こうなるであろうという姿形だ。

もう一体は――犬のフォルムを持った黒い人型のバケモノだった。犬と同様の突《つ》き出た口に、ピンと立った耳。口に剝き出しの鋭い牙が見える。腕は人間のものと似ているが、爪《つめ》はすべて鋭利《えいり》に生えていた。足は犬同様の形ではあるが、二足で立っている。腰《こし》に生える尾っぽは六本――。

夏梅の登場を察したのか、男性がこちらに視線を送りながら言う。

「……皆川夏梅かな？　ふふふ、いいところに来た。はじめまして、私は姫島唐棣だ。この名を聞けばなんとなく察するだろうか？」

　姫島唐棣――。『虚蟬機関』の者だ。夏梅は初見だが、幾瀬鳶雄と鮫島綱生の前に現れた人物だと理解した。

　姫島唐棣は視線を再び前の黒い二体の獣に移す。

「……あれがなんだかわかるかね？」

　そう問う姫島唐棣は、自身の周囲に浮かばせていた複数の法具――独鈷《とっこ》を黒い獣のほうに向かわせる。異能を有した法具は、宙を縦横無尽《じゅうおうむじん》に動いて黒い獣に襲いかかった！

《斬ル切ルキルきるKill伐《き》ル剪《き》ル斬ル切ルキルきるKill伐ル剪ル斬ル切ルキルきるKill伐ル剪ル斬ル切ルキルきるKill伐ル剪ル斬ル切ルキルきるKill伐ル剪ルウウウウウウウウウウウウウウウウウウウウウウウウウウウウウッッ!!》

　黒い人型の獣のほうが、呪詛《じゅそ》めいたものを口から吐き出した。耳にするだけで精神がおかしくなりそうなほどに力を持った怨嗟《えんさ》の声。

　姫島唐棣が放った独鈷は、直撃《ちょくげき》することはなかった。天井から、床から、壁から伸《の》びてきた数多《あまた》のブレードにて、すべての独鈷が切り刻まれたからだ。

　この結果に姫島唐棣は驚くどころか、狂喜《きょうき》した。

「……すでに私の独鈷も通じぬか。見たまえ、皆川夏梅」

彼が指さす方向にはガラス張りの壁があった。おそらく、ここは展望室であり、外の風景を観察するためのものだったのだろう。それが——黒く塗《ぬ》り替《か》えられていたのだ。そこから望める風景は、暗黒に包まれた山林の世界——。空の情景すらも黒く染め上げて、この一帯全域が漆黒に包まれていた。

……夏梅がこのアジトにたどり着いたときはまだ日が昇《のぼ》っていた。こんなに早く日が落ちようはずがない！

見れば、山林のところどころからも巨大で歪なブレードが次々に生えていっている。その周囲のすべてが、異様な形の刃によって埋め尽くされる勢いだった。

……夏梅は再び黒い獣に視線を戻《もど》す。もう、夏梅は理解していた。あの黒い人型の獣が鳶雄であることを。室内の一角に横たわる少女の姿も視認できていた。

……それを見て、夏梅はおおよその見当はついた。大きな悲しみの末に、彼は至ったのだ——。

——獣と化すことに。

鳶雄の前に立つのは、黒い獅子だった。

黒い獅子は勇ましく咆哮《ほうこう》を上げたあと、その身を足下に広がった影のなかに沈ませていく。影となった獅子は、影を四散させて部屋中を駆け回った。それぞれが意思を持つかのようにうごめくなかで、鳶雄は静観するだけだった。すると、両腕《りょううで》を大きく上に上げて、一気に振《ふ》り下ろした。刹那《せつな》、部屋中に数え切れないほどの膨大《ぼうだい》なブレードが床から生えて、天井に達していく！　ブレードの一部が黒い影《かげ》を捉《とら》えており、捉えられた影が再び形をなして獅子となった。

獅子は――ブレードによって串刺《くしざ》しになっていたが、巨大な体躯《たいく》を激しく揺《ゆ》り動《うご》かして無理矢理そのブレードを破壊する。解放された獅子は、床を高速で駆け出して鳶雄との距《きょ》離《り》を詰《つ》めるが、鳶雄も瞬時《しゅんじ》に消え去り、音だけの見えない攻防戦《こうぼうせん》が始まり出した。

夏梅に捉えきれないほどの速度で鳶雄と獅子が動き回り、戦いを演じているのだろう。

黒い獣二匹《ひき》が戦うなかで、取り残されたもう一匹の黒き《狗》――刃がゆっくりと室内を歩き出して、赤い双眸《そうぼう》を怪《あや》しく輝《かがや》かせる。

ズンッ！　と刃の後方に太く巨大な一本のブレードが出現した。黒い獅子がそれによって貫《つらぬ》かれている。刃は、気配だけで獅子の動きを察知して主《あるじ》である鳶雄のフォローをしたのだ。姿を現した鳶雄は正面から獅子に近づいていく。

獅子は貫かれたまま鳶雄に向かって口から火炎《かえん》を吐くが――。鳶雄は一切臆《いっさいおく》することもなく、避《さ》けることもなく、真っ直ぐに立ち向かい、両手を鋭く火炎のなかに突き出していった！　火を吐く口の奥深くまで両手を突き立てる！

《殺ス頃《ころ》ス比《ころ》ス転ス戮《ころ》ス轉《ころ》スころすコロス殺ス頃ス比ス転ス戮ス轉スころすコロス殺ス頃ス比ス転ス戮ス轉スころすコロスゥゥゥゥウウウウウウウウウウウウッッ！》

怨嗟の絶叫《ぜっきょう》を発した鳶雄は、口に潜《もぐ》り込ませた両手を一気に力強く開いていった！

獅子《しし》はその身を真っ二つに裂《さ》かれて、床に転がった。絶命したであろう獅子の身が、闇《やみ》に溶《と》けて消えていった――。

夏梅はこの世のものとは思えない情景に戦慄《せんりつ》しながらも見ていることしかできなかった。動けば――おそらく、自分も敵と見なされる。それほどまでにいまの鳶雄と刃は恐《おそ》ろしく禍々《まがまが》しいオーラを放ち続けているのだ。

獅子を討《う》ち滅《ほろ》ぼした鳶雄と刃。次の目標は、姫島唐棣だろう。

しかし、この場に現れる第三者がいた。銀髪《ぎんぱつ》の少年――ヴァーリだった。

ヴァーリはこの光景を見て、全身を震わせながらも狂喜の笑みを浮かべる。

「……皆川夏梅を視認しても元に戻らないとはね。……アザゼル……ッ！　話が違《ちが》うじゃないか……ッ！　何が、『天龍《てんりゅう》に比べたら、かわいい狗《いぬ》』だ……ッ！　これは……このバケモノは……ッ！」

打ち震える少年の声以外にも、聞き覚えのある声は室内に響き渡《わた》る。

『周囲の景色すらも塗り替えて動き回る黒い獣《けもの》か。まったく、俺が出会う神滅具《ロンギヌス》は曰《いわ》く付きばっかだな』

ヴァーリが肩《かた》に乗せるドラゴンのぬいぐるみ——その口が勝手に動いて、『総督《そうとく》』の声を発していたのだ。

『総督』は、姫島唐棣に話しかける。

『よう、機関長殿《どの》』

「——っ！　……グリゴリか」

声を聞いてすぐに察する姫島唐棣。

『どうだ？　イレギュラーなそいつの力は？』

皮肉げな『総督』の声音《こわね》。

「……これは『狗』なのだろう？　神を滅ぼすとされる具現のひとつ……黒き刃の狗のはず」

『ああ、そうだ。その通りだ。そいつは神をも断《た》つという黒刃《こくじん》だ。だが、どうにもな、その少年は生まれながらにしてセイクリッド・ギアが発現していたそうだ』

「それは特に珍《めずら》しいことでもあるまい？　問題は生まれながらに——」

姫島唐棣の言葉に『総督』は続ける。

『ああ、そうだ。――幾瀬鳶雄は、生まれながらに至っていた』

「………そんなことがあり得るというのだな……」

不敵に笑む姫島唐棣とは裏腹にヴァーリは、「イレギュラーなんてものじゃないな」と目を細めていた。

『総督』は続ける。

『幾瀬鳶雄の祖母は、生まれながらに世界の均衡《きんこう》を崩《くず》すだけの力を有した孫に封印《ふういん》を施《ほどこ》した。それも何重にもだ。おまえたちはそれを無造作に無遠慮《ぶえんりょ》に乱暴なまま触《ふ》れた――。見たかったんだろう？　すべてを擲《なげう》とうとも、この姿を見るためによ？　それは代価だ。存分に見て楽しんで斬《き》られていくといい』

それを聞いて、姫島唐棣は含《ふく》み笑う。

「……くくく、『雷光《らいこう》』の件といい、これといい、姫島の血は呪《のろ》われつつありますぞ、叔《お》父上《じうえ》……っ！」

笑う彼の表情は、これまでにないほどに醜悪《しゅうあく》に、しかし、満足げな笑《え》みを作っていた。

姫島唐棣は、一歩前に出た。その顔は満ち足りている。

「――キミを一本の禍々しき刃にできた」

鳶雄に一歩、また一歩と歩み寄る。独鈷を再度飛ばしていくが、それもまたすべて打ち落とされてしまう。手に持っていた錫杖で攻撃《こうげき》しようにも、刃の足下《あしもと》の影より生じたブレードにて、腕《うで》ごと切り落とされてしまった。腕を失いながらも姫島唐棣はさらに近寄っていく。

――鳶雄は静かに腕を横に薙《な》いだ。

眼前というところにまで迫《せま》って、姫島唐棣は言った。

「五大宗家《そうけ》を、『姫島』を滅ぼしてくれ」

そう告げた姫島唐棣の頭部は、弧《えが》を描くように床《ゆか》から突き出てきたブレードによって肉体より切り離《はな》されていった――。

黒い獅子、姫島唐棣を破った鳶雄と刃――。

それを見守っている夏梅とヴァーリだったが……。

「――で、どうだ？　ヴァーリよ、『赤』と出会う前の退屈《たいくつ》しのぎになりそうか？」

そう言いながら、この場に姿を現したのは、あごに髭《ひげ》を生やした男性だった。精悍《せいかん》な顔つきをしており、背広に身を通している。

「……想像以上だよ、『総督』。――いや、アザゼル。ていうか、来ているなら、このドラゴンからわざわざ声を出すな」

にやけるヴァーリの頭部をなでる『総督』と呼ばれた男性。

夏梅に視線を移して、男性は自己紹介《しょうかい》をする。

「初めまして、皆川夏梅。俺が『総督』のアザゼルだ」

この男の人が『総督』――。声だけだった存在にようやく会えた夏梅だが、感慨《かんがい》にふけっている場合でもない。

まずは、眼前の幾瀬鳶雄をどうにか止めねばならないのだ。そう思慮《しりょ》する夏梅の横にひょっこり姿を現したのは、ボロボロの格好のラヴィニアだった。

「少し遅《おく》れたのです、夏梅」

「ラヴィニア!」

軽く再会のあいさつを交《か》わす二人だったが、『総督』――アザゼルの姿にラヴィニアが言った。

「お顔を出すなんて、よほどのことなのですね、アザゼル総督」

そう言いながら、変貌《へんぼう》を遂《と》げた鳶雄に視線を送る。

「……なるほど、よほどのことなのです」

見ただけでラヴィニアは理解した様子だった。

アザゼルが問う。

「ラヴィニア。……奴《やつ》らは逃《に》げたか」

ラヴィニアが息を吐《は》く。

「申し訳ないのです」

「いや、最初から奴らが厄介極《やっかいきわ》まりないのはわかっていたよ」

肩をすくめるアザゼルは、鳶雄に目を向けた。

「さて、ラヴィニア、ヴァーリ。——あれを止める。力を貸せ」

一歩前に出るアザゼルのあとを追うようにヴァーリが動き出す。

「まったく、後始末ばかりだ。——俺はいつ暴れられるんだか」

ラヴィニアもボロボロの帽子《ぼうし》を脱《ぬ》いで、鳶雄のほうに歩を進める。

「トビー、帰ってきてもらうのです。私はまだ話し足りないのですよ?」

三者が一定の距離を取る。ヴァーリが背中より光り輝く翼《つばさ》を生やし、ラヴィニアが足下に魔方陣《まほうじん》を展開して魔法《まほう》力を高め、同時に傍《かたわ》らに氷の姫君《ひめぎみ》を呼び寄せた。

冷気が漂《ただよ》い出した室内で、アザゼルが首をこきこき鳴らして——背中より十二枚の黒い翼を出現させる!

ラヴィニアが手を広げると、それに呼応して氷姫《こおりひめ》も同じ仕草をした。部屋が一瞬《いっしゅん》で凍《こお》り付いた。無数に生えるブレードすらも凍り付かせてしまう、ラヴィニアの氷の世界。鳶雄と刃も氷漬《こおりづ》けにされた。しかし、すぐに彼らを包む氷にヒビが入った。

「幾瀬のばあさん！　あんたが使った呪法を使わせてもらうぞ！」

アザゼルは懐《ふところ》より、経典《きようてん》らしきものを取り出した。手で印を結びながら、経典を広げていく。経典は光り輝き、幾重《いくえ》もの文字を空中に浮《う》かび上がらせる。浮かび上がった文字は、力を帯びて鳶雄と刃の周囲に漂い出した。文字は連なり、一本の縄《なわ》のようになって、鳶雄と刃を縛《しば》り上げ始める。

氷漬けと共に経典より生じた文字が鳶雄と刃を束縛《そくばく》した——。

「ヴァーリ！　いまなら力を奪《うば》える！」

アザゼルの号令を聞いたヴァーリは、光翼を羽ばたかせて素早《すばや》く鳶雄たちに詰め寄り、それぞれ一度だけ触れた。

銀髪の少年は宙に浮かびながら指を鳴らした。

「——半減だ」

『Divide《ディバイド》!!』

力ある音声が室内に鳴り響《ひび》き、鳶雄と刃が纏《まと》っていた力が一気に弱まったのが夏梅にも感じ取れた。さらに『Divide《ディバイド》!!』という音声は、ヴァーリの光翼の輝きと呼応しながら発せられていく。

しだいに力を失っていく鳶雄と刃。見れば、外の風景も徐々《じょじょ》に暗闇《くらやみ》が晴れて、巨大《きょだい》なブレードにもヒビが入り出していた。しばらくして、鳶雄はその場に膝《ひざ》を突《つ》き、最後には倒《たお》れ伏《ふ》した。それと同時にこの領域の闇も祓《はら》われて、数多《あまた》のブレードも崩壊《ほうかい》して散っていった。

鳶雄を覆《おお》っていた黒い衣《ころも》も剝《は》がれて、普段《ふだん》の彼の顔を覗《のぞ》かせてくれる。刃も力を失い、その場に伏していく――。

アザゼル、ヴァーリ、ラヴィニアの共同作業により、鳶雄が起こしていたであろう超《ちょう》常《じょう》現象のすべてが収まり、本来ある情景が室内に戻《もど》っていた。ガラス張りの壁《かべ》からも正常となった見事な山林の風景が広がる。

これらを確認《かくにん》して、アザゼルが息を吐いた。

「――っと、一丁上がりってか。神道《しんとう》の姫島が、この手の封印術に明るいなんてな。そりゃ、追放されるぜ、幾瀬のばあさんよ」

そんなことをつぶやくアザゼルを置いて、夏梅は元に戻った鳶雄のもとへ駆《か》け寄った。

「幾瀬くん！」

倒れる鳶雄の息を確認する夏梅。彼は……息をしていた。

生きている！　生きているのだ……っ！　大型の犬と変貌した刃も横たわりながらも息をしているのが視認できる。

ラヴィニアが夏梅の肩に手を置いた。

「皆《みんな》、無事なのです。さ、帰るのですよ、夏梅」

夏梅はあふれ出る涙《なみだ》を手で拭《ぬぐ》いながら、うなずいた——。

終章

1

鳶雄《とびお》が目を覚ましたのは——見知らぬ病室だった。ベッドに寝《ね》ている自分。腕には点滴《てんてき》が打たれていた。意識を戻した鳶雄は、上半身を起こす。

……記憶《きおく》は曖昧《あいまい》だが、展望室での出来事はある程度覚えていた。顔を伏す彼に話しかける者がいた。

「目を覚ましたか、幾瀬《いくせ》鳶雄」

視線を送れば、少し離れたところにある椅子《いす》に男性が座っている。男性は読んでいた本を閉じて言った。

「あらためて自己紹介しようか。俺はアザゼル。神の子を見張る者——『グリゴリ』っていう組織の長《おさ》だ」

……この男が、『総督《そうとく》』。アザゼル。グリゴリの長……。

アザゼルは、話を続ける。

「俺の組織は……まあ、いろんな超常現象を研究、計測しているんだが、そのなかのひとつにセイクリッド・ギアの研究があってな。能力から、使い手まで幅広《はばひろ》く取り扱《あつか》っている」

男性の視線が、鳶雄のベッドの向こうにいった。鳶雄もその視線を追うと——ベッドの傍らに丸くなって眠《ねむ》る大型の黒い犬がいた。それが刃《ジン》だと瞬時《しゅんじ》に鳶雄は理解できた。

アザゼルは刃に目を向けながら告げる。

「キミの分身——《刃》の正体は、神滅具《ロンギヌス》と称《しょう》されるセイクリッド・ギアのひとつだ。正式な名を『黒刃の狗神《ケイニス・リュカオン》』という」

「神滅具《ロンギヌス》……」

「十三種ほどあってな、それらは能力を極めれば神すらも滅することができるとされている。キミの持つそれは、神をも斬り伏せることが可能と言われている代物《しろもの》だ」

神をも斬り伏せる……？　突飛《とっぴ》すぎて鳶雄は実感が湧《わ》かない。

「夏梅《なつめ》や鮫島《さめじま》のセイクリッド・ギアとは……違《ちが》う？」

「ああ、似ているようで違う代物だよ。ただな、『黒刃の狗神《ケイニス・リュカオン》』の能力のひとつにな、波長の合ったセイクリッド・ギアを呼び寄せるというものがある」

「……じゃあ、二人の能力は、刃が……いや、俺が知らないうちに発現させていたっていうのか」

……皆川《みながわ》夏梅、鮫島綱生《こうき》、まだ見ぬ『四凶《しきょう》』の者たち、そして同級生たち。皆がこのような状況《じょうきょう》になったのは、そもそも自分の力が『四凶』を呼び寄せてしまったため……？

罪の意識に苛《さいな》まれそうになった鳶雄にアザゼルは告げる。

「呼び寄せたのはキミの能力だろう。——だが、それを悪用しようとしたのは、『虚蟬機関《うつせみ》』の連中だ」

「……俺が姫島《ひめじま》の血を引くからってのが、元々だとしたら……」

そう言いながら顔を伏せる鳶雄にアザゼルは息を吐きながら、後頭部をかくばかり。

「キミの能力は、世界のバランスを崩《くず》しかねない力のひとつ。本来、より厳重に監視《かんし》される対象だ。場合によっては、キミと能力を封《ふう》じるか、始末しなければならない。それほどの能力だ。しかも、キミは生まれながらにして、その能力を世界の均衡《きんこう》を崩すほどに高めた状態だった。赤《あか》ん坊《ぼう》の時点で抹消《まっしょう》されて当然の存在だ」

アザゼルは窓から見える景色に視線をやりながら言った。

「……しかし、キミの両親と、祖母は、キミの命を選択《せんたく》した。それは、業《ごう》といえるほどに重いものだ。——だが、あのとき、俺が出会った幼いキミは誰《だれ》よりもやさしい瞳《ひとみ》をしていた。……幾瀬朱芭《あげは》は、愛を注いで狗《いぬ》の力を封じきったんだろうな。見事としか言えない」

……ばあちゃん。

鳶雄の脳裡《のうり》に厳しくもやさしかった祖母の記憶が蘇《よみがえ》る。祖母は、死ぬまで自分を真っ当に育ててくれた。祖母の遺《のこ》した精神はいまだ彼の心の奥底に根付いている。

そして、いまこの男が言ったことから、幼少時の記憶は真実味を得た。

「……やはり、あなたは……あのときの？」

そう問う鳶雄の目の前で、男性が背中より十二枚の黒き翼を生やした。

そう、それはあのときに出会った黒い天使――。

黒い天使――アザゼルは苦笑《くしょう》しながら鳶雄の頭部をなでる。

「――ああ、本当、でかくなったもんだぜ、狗の少年。俺は、いわゆる堕《お》ちた天使ってやつでな。邪《よこしま》なことを抱《いだ》いて天から追放された者だ。……天使っていっても実感湧かないだろうな」

首を横に振《ふ》る鳶雄。

「いえ、ウツセミやら、魔物《まもの》やら、魔法使《まほうつか》いやらを見てきましたから、天使がいてもおかしくないかなって……。変かもしれませんけど」

「この世は思っている以上に不思議なことが多いってことさ」

アザゼルは、真っ直ぐにこう述べる。

「俺たちの組織は、セイクリッド・ギアを研究し、使い手も観測している。強力なセイクリッド・ギアを有した者を見つければ、観察対象とする。幼い頃《ころ》のキミと出会ったのも、神滅具《ロンギヌス》所有者の可能性があったからだ。もし、そのセイクリッド・ギアを悪用する者であったり、特性を扱えるだけの力量がない場合、これを排除《はいじょ》することも多々ある。すべては、世界の均衡を保つためだ。——戦争なんて、二度とごめんだからな」

鳶雄も、正面から正直に訊《き》く。

「——俺は、排除されるべき対象でしょうか?」

アザゼルは、ふっと笑った。

「本来ならな。だが、どうにもふたつの要因があって、その決断が鈍《にぶ》った」

彼は指を二本立てた。

「ひとつは、キミ自身の才能。生まれながらバランスを崩すほどの禁じられた状態で生まれるなんてことは、俺が知る限り、この数千年で数例しかない。キミ以外の者たちは物心がつく前に死亡してしまっているが……。それだけの才能がこの歳《とし》になるまで平穏《へいおん》無事に育っていた。肉親の保護もあっただろうが……それでも興味深いことは確かだ」

アザゼルは指を一本にしてもうひとつの要因を口にする。苦笑しながら——。

「もうひとつは……まあ、キミ以外の神滅具所有者がな、始末するのを止《や》めて欲しいと懇《こん》願《がん》してきたわけだ。ひとりは、俺の教え子でな。もうひとりは、古い知り合いがよこした魔女《まじょ》っ子だ。こいつらの要望を断ると、一生恨《うら》まれそうでな……」

アザゼルは息を吐《は》きながら言う。

「しばらく、『四凶』と併《あわ》せて様子を見させてもらう。ま、その間、俺の下で力を慣れさせてみてもいいだろう。まずは、あいつらと共に残る『四凶』でも集めてみせろ」

どうやら、始末はされないようだ。それを頼《たの》み込んだのが……あの銀髪《ぎんぱつ》の少年と、金髪《きんぱつ》の少女なのだろう。

自分はまだ生きられる。けど——。

鳶雄は、途端《とたん》に涙を溢《あふ》れさせた。

「……俺は……紗枝《さえ》を……っ！　救えなかった……っ！」

あの展望室での出来事は、呪文《じゅもん》を唱えるまでは覚えている。まぶたの裏に焼き付いてしまっていた。ブレードを頭部に生やした刃を、紗枝は抱いた。その胸を刃のブレードが貫《つらぬ》いたのだ。

大切なヒトを鳶雄は救えなかった——。

涙をただただ流す鳶雄だったが、アザゼルは頰《ほお》をかいてこう続けた。

「——ま、この話はおいおいな。さて、もういいぞ」

その声に促《うなが》されて、病室の扉《とびら》が開いた。そこから現れたのは——車椅子《くるまいす》に座る紗枝の姿だった。

信じられない情景に言葉を失う鳶雄だったが、一言だけつぶやいた。

「…………紗枝？」

鳶雄の声を聞いて、紗枝は口元を手で押さえた。

「鳶雄……」

いまだ夢ではないかと思う鳶雄にアザゼルは告げる。

「……キミの祖母が遺したあの数珠《じゅず》を覚えているか？」

修学旅行に旅立つ前、鳶雄がお守りとして紗枝に渡《わた》した数珠——。

「あれにはな。キミのばあさんの護法がかけられてあってな。何かあったとき、一度だけ持ち主の代わり身を果たすようになっていた。その狗の刃に貫かれても、肉体のダメージを受けないように効力を発したのだろう。数珠はあのあと壊《こわ》れて四散していた」

——ばあちゃんの数珠が守ってくれていた。

…………ばあちゃん。……ばあちゃんは、俺を、俺と紗枝を、死んでもなお守ってくれていたんだね……。

祖母の愛と、紗枝の無事な姿に、鳶雄は涙を止めどなく流すばかりだった。

アザゼルは告げる。

「……保護した陵空《りょうくう》高校の生徒たちは、いま治療《ちりょう》中だ。ウツセミを取り払《はら》ったのち、肉親と共に解放する予定だ。ただし、今回の事件に関する記憶はある程度ねつ造させてもらうがな。それが、彼らにとっても、俺たちにとっても……奴《やつ》らにとっても、都合がいいんだよ。各機関からの監視は厳しくなるだろうが、死ぬよりはマシだと思ってもらうしかない」

そうか、あのアジトにいた同級生の肉親も無事に救われていた。同級生たちも……グリゴリに匿《かくま》われている。記憶がなくなってもいいだろう。あんな不幸で不可思議な出来事なんて、普通《ふつう》の人は知らなくていいことだ。多少の監視があろうとも、生きてさえいれば……必ずいいことはある。

アザゼルはさらにこう付け加えた。

「……だが、その子の記憶はそのままにした。その子自身が、否定したからな」

――っ。

……言葉もない鳶雄。紗枝は、この事件のことも、鳶雄が異能力者であったことも、自分自身が『虚蟬機関』に利用されたことも、記憶から消さずに残した――。

「じゃあ、またあとでな」

それだけ言い残して、アザゼルは病室をあとにする。

取り残された鳶雄と紗枝。紗枝は車椅子を使って、鳶雄の横にまで進んできた。

紗枝は、涙《なみだ》を流しながら鳶雄の手を取る。

「……鳶雄……ごめんね。……辛《つら》かったよね……？　……私や、皆《みんな》と……戦ってこなければならなかったんだから……ごめんね、本当にごめんね……」

「いいんだ。無事ならそれで」

鳶雄は車椅子から起き上がろうとした紗枝を抱《だ》き寄《よ》せて、一言告げた。

「——おかえり、紗枝」

「……鳶雄、ただいま」

ようやく——。

ようやく、彼女は長い旅行から帰ってきたのだ——。

2

「無事かよ、幾瀬っ！」

鮫島にからかわれるように松葉杖《まつばづえ》で小突《こづ》かれる鳶雄。鮫島はまだケガが完治しておらず、松葉杖に頼《たよ》る生活だった。しばらくすれば、また元の生活に戻《もど》れるという。

あの戦いから十日後、彼らは再び例のマンションに集結していた。鳶雄、夏梅、鮫島、ラヴィニア、ヴァーリ、そして——東城《とうじょう》紗枝というメンツだった。紗枝も車椅子を降りたとはいえ、鮫島同様にまだ杖の必要な状態ではある。

夏梅が紗枝に言う。

「記《き》憶《おく》を残してもらうなんて……普通に過ごす方向でも良かったのに。辛くない？」

そう言う夏梅の友人には、夏梅の願いもあって一連の事件の記憶を封じた。旅行の件もうまくねつ造した記憶になっているそうだ。これは、鮫島の友人——前田《まえだ》も同様である。セイクリッド・ギアを有した者たち以外で事件の真相を知り得ている元陵空高校の二年生は、東城紗枝のみとなる。

「ううん。だって、刃ちゃんはかわいいもの」

そう返す紗枝の頬を大型犬と化した刃がぺろぺろとなめる。大きく変化した刃は、鳶雄よりも紗枝のほうに懐《なつ》いているのではないかと錯覚《さっかく》するほど彼女に甘えていた。

変化した刃とは裏腹に夏梅と鮫島のセイクリッド・ギア——グリフォンと白砂《びゃくさ》は、鷹《たか》と猫《ねこ》の姿に戻っていた。おそらく、そちらのほうが日常生活を送る上で適切なのだろうと『総督《そうとく》』——アザゼルが語っていた。

鮫島が夏梅の格好を見て、苦笑していた。

「しかし、なんとも言えねぇ格好だよな」

夏梅が着ているのは、アザゼルの組織——グリゴリから支給された制服だった。

青を基調としており、一般《いっぱん》的な高校生が着る制服よりも少々逸脱《いつだつ》したデザインだ。

学校の制服というよりは……漫画《まんが》やアニメでよくある中高生ぐらいの少年少女が所属する特殊《とくしゅ》対策的な組織、機関の制服めいていた。一見、コスプレにしか見えない。

「しょうがないじゃない。総督の用意した学校に行くなら、これを着ろって言うんだし」

自身の格好を見ながら、そう言う夏梅。

それを聞いた鮫島は一転してうんざりげな表情となっていた。

「……マジか、例の学校もどきの制服ってこんなのなのか」

この世界の裏側——異能、異形《いぎょう》の世界に触《ふ》れてしまった鳶雄たちは以前の生活に戻れるはずがない。現在世話になっているアザゼルの組織——『神の子を見張る者《グリゴリ》』を頼って、鳶雄たちは通っていた高校を転校することになったのだ。

鳶雄たちはグリゴリが管理している施設《しせつ》——『堕ちてきた者たち《ネフィリム》』と呼ばれるセイクリッド・ギアを所有する少年少女の通う場所に転入することになったのだ。いま鮫島が『学校もどき』と口にしていたのは、そこのことだ。

実は、このマンション自体が、その『堕ちてきた者たち《ネフィリム》』の生徒の学生寮《りょう》でもあるというが……。

話では、鳶雄たちが通うクラスは、『バラキエル教室』とされていた。

新たな生活を予感させせながらも、最初にウツセミのビデオを見させてもらった部屋に集《つど》う面々。中央に座るラヴィニアが、ここに集わせた理由をあらためて口にする。

「集まってもらったのは他《ほか》でもないのです。あらためて私が皆さんに協力した理由を話させてもらうのですよ」

それは、ラヴィニアがどうして『四凶計画』を発動した『虚蝉機関』に関与《かんよ》したかという理由であった。

彼女の追っている魔法使《まほうつか》いが、『虚蝉機関』に協力していたことが、そもそもの発端《ほったん》だった。その魔法使いたちも、機関の生き残りを誘《さそ》っていずこかに消えていった。

ラヴィニアは語る。

「大昔のことです。私が所属する魔法使いの協会で、勢力が大きく分断される出来事があったのです。ひとつは、その地に留《とど》まり、運営を変えることなくいまにあります。私も所属している『灰色の魔術師《グラウ・ツァオベラー》』という組織のことなのです。しかし、もうひとつのグループは、独自の結界術を用いて、世界と世界の間にあるという『次元の狭間《はざま》』に独自の領域を作った――とされていたのです」

ラヴィニアは一冊の本を取り出した。それは——絵本だった。おそらく、この場にいる全員が一度は目にしたことがあるであろう本——。

「その本は？」

ラヴィニアは絵本を手に取りながら話を続ける。

「この本の登場が、彼らの作った世界の実在を証明してしまったのですよ。作者が偶然《ぐうぜん》知り得たその世界こそが、彼らが『次元の狭間』に作った領域だったのです」

ラヴィニアははっきりと口にしていく。

「その魔法使いとは——『オズの魔法使い』なのです」

——っ。

……さすがにこの情報は全員にとって突拍子《とっぴょうし》もないものだった。ヴァーリだけは一切《いっさい》動じずに受け入れている。

——となると、あの地下の広間で出会った老女と少女の魔法使いは……『オズの魔法使い』だというのか？

ラヴィニアは続けた。

「私——『灰色の魔術師《グラウ・ツァオベラー》』とグリゴリが共に追っているのは『オズ』という魔法《まほう》領域から潜《もぐ》り込んできている魔法使いと——それに協力するグリゴリの裏切り者、堕天使《だてんし》の幹部

『サタナエル』なのです」

オズ——。

それにグリゴリの裏切り者——『サタナエル』。

残る『四凶』の同級生の動向も気になるなかで、鳶雄たちに迫《せま》るのは予想だにしない世界からの訪問者だった。

これより始まるのは、セイクリッド・ギアを追い求めし『神の子を見張る者《グリゴリ》』、四神と黄龍《おうりゅう》を司《つかさど》りし『五大宗家《そうけ》』、堕天使幹部サタナエルを引き入れし『オズの魔法使い』による三つどもえの戦いであり、同時にこれは黒き翼《つばさ》の一団の刃《やいば》となって、千姿万態《せんしばんたい》の異能を斬《き》り伏《ふ》せる『狗《いぬ》』の物語でもある。

その者は、のちに『刃狗《スラッシュ・ドッグ》』と呼ばれることになる——。

末章　五大宗家《そうけ》／姫島《ひめじま》

某所《ぼうしょ》――姫島宗家本殿《ほんでん》にて、外陣《がいじん》に集うのは家に連なる者たちだった。

一様に険しい表情をしており、この場にいる全員が今回起きた事件の真相を知っている。

『虚蟬機関《うつせみ》』のアジトはいちおう押さえ込んでいた。……逃亡《とうぼう》者を幾人《いくにん》も出したが、首謀《しゅぼう》者《しゃ》の一角――姫島唐棣《はねず》の遺体は回収している。それでとりあえずの決着はつけることにしたのだ。

しんと静まりかえっているなか、内陣《ないじん》の前に座る初老の厳《いか》つい顔の男性がぼそりと漏《も》らした。

「――グリゴリとの因縁《いんねん》に終止符《しゅうしふ》を打つにはいいだろう」

その一言にざわっとし始める本殿。同時に宗家の者たちが意見を口にする。

「宗主、良いのですかな？　かの一件――朱乃《あけの》の話はすでに決着を見ているのですが」

初老の男性――姫島家宗主は、つまらなそうに息をひとつ吐《は》く。

「あれは七十二柱《はしら》の公爵家《こうしゃく》との間に交《か》わした密約に過ぎぬ。――が、黒き翼の一団が、あくまで姫島の領域に足を踏《ふ》み入れるのであれば、こちらとしても静観するわけにもいくまい。この国を古くより守ってきたのは、五つの一族であり、我が姫島だ」

一切、淀《よど》みのない言葉だ。確固たる強い意志が、この場にいる全員の心身に浸透《しんとう》していくほどに――。

次々と宗家の者たちが報告をし出す。

「他家の間でも合流する気運が高まっておりまするぞ。あちら方にも家の予期せぬ異能者――つまるところの神器《じんぎ》所有者をグリゴリに連れ去られているとのこと」

「真羅《しんら》のほうでも、鏡の神器に憑《つ》かれた娘《むすめ》が悪魔《あくま》と接触《せっしょく》を持ったと聞きます。どうにも同時偶発《ぐうはつ》的に五大宗家に厄災《やくさい》が降りかかっているのやもしれませぬな」

「魔術師の協会――『灰色の魔術師《グラウ・ツァオベラー》』から此度《こたび》の一件に関して協力関係を結ばぬかと打診《だしん》を受けておりますが？」

その一言を聞き、宗主は一枚の紙を取り出す。――魔術《まじゅつ》文字で書かれた書面だった。それは、魔術師の協会である『灰色の魔術師《グラウ・ツァオベラー》』からの協力要請《ようせい》であった。

宗主は無表情のまま、手で発火現象を起こして、要請が記された紙を一瞬《いっしゅん》にして灰とさせる。

「――異国の術者と今更馴《いまさらな》れ合う必要はない。『灰色の魔術師《グラウ・ツァオベラー》』の首魁《しゅかい》たるメフィスト・

フェレスに隙《すき》を見せてはならぬ。彼奴《きやっ》はアザゼルと同等か、それ以上のペテン師なのだからな」

そう、言い捨てるだけだった。

宗家の者の一人が、こうも進言する。

「黒き翼の一団が関《かか》わるとなると……ヴァチカンも動くかもしれませんぞ」

「互《たが》いに不干渉《ふかんしょう》であればよし。かち合うようならば、そのときは糾弾《きゅうだん》すればよい」

宗主は厳格にそう答えた。

宗家の者たちは、さらに口々にしていく。

「しかし、『オズ』とは……まるで絵本の世界ですな」

「……グリゴリ、オズ、我ら五大宗家に弓引く者がこうも立て続けに現れるとは……」

動揺《どうよう》を隠《かく》せない宗家の者たちは決して少なくない。当然だ。存在を知り得ていた堕天使の一団や魔術師の協会、反逆した『虚蟬機関』はともかく、まったく予想外のところから来た『オズ』がこの度《たび》の事件に関わっていた。いまだ、五大宗家に連なる者たちのなかに、存在を信じない者もいる。この場に集う者たちも、半信半疑のなかにあった。

そのなかでも姫島宗主――姫島朱凰《すおう》だけははっきりと断じる。

「なんであれ、悪鬼羅刹《あっきらせつ》の類《たぐい》が災いをもって日《ひ》の本《もと》の地を踏むのであれば、これを灰燼《かいじん》に帰《き》するのが我らが役目と断ずる」

　この一声に皆《みな》が静かに応じるようにうなずいた。

　――が、姫島朱凰は息を吐きながら、こうも口にする。

「まさか、この家から追放した姉君の系譜《けいふ》から『狗《いぬ》』が生じるとは……。『雷光《らいこう》』の一件といい、我が家は何か得体の知れないモノにでも憑かれたというのか」

　何十年も前に宗家を追われた朱凰の姉――朱芭《あげは》。その後、連絡《れんらく》を取り合わぬまま、二度と会うことはなかった。だが、その血脈から想像もしていなかった異物が生まれ出てしまっていたのだ。それは姫島の血が呼び込んだものか。それとも、祈《いの》ったこともない異教の神の悪戯《いたずら》か。

「しかし、姫島の血から生じたものであるのならば仕方がない。――朱雀《すざく》」

　宗主の呼び声に、ひとつの人影《ひとかげ》が姿を現す。

「はい」

　長い黒髪《くろかみ》の美しい少女だ。濡《ぬ》れたような艶《つや》のある黒髪である。凜《りん》とした雰囲気《ふんいき》を持ち、ひとつの淀みもなく整然としていた。

　少女――姫島朱雀の歳《とし》は、今年十七を数える。姫島朱凰から見てもう一人の姉の孫の一人に当たった。この歳で、姫島が司る霊獣《れいじゅう》『朱雀』を継承《けいしょう》した一族きっての才女であった。

いや、近年になって、五大宗家それぞれで霊獣を継承する者の低年齢化《ねんれいか》が著《いちじる》しい。それだけ、より良き血を取り込んできた家の奮励《ふんれい》が、ここにきて実を結んできたのだろう。

だが、それとは別に宗主である朱凰がこの娘に抱《いだ》くものがあった。それは、彼が一番目をかけていた――朱璃《しゅり》の面影《おもかげ》を強く残しているからだ。朱雀の母が、朱璃の実姉《じっし》だからだろう。その朱璃も、黒き翼の一団に籠絡《ろうらく》されてしまい、結果的に命を落としている。

それをふと思い返した宗主――朱凰であった。彼は瞑目《めいもく》したのち、少女――朱雀に告げる。

「次期姫島の当主となるおまえに露払《つゆはら》いを頼《たの》みたいのだ。――名に『朱』を冠《かん》する一族の代表として、その炎舞《えんぶ》を見せてはくれまいか」

少女――朱雀は、深く一礼する。

「喜んで賜《たまわ》ります、大叔父《おおおじ》さま」

朱雀の一言を聞き、静かにうなずく朱凰。――が、朱凰は、目を細め、床《ゆか》に視線を落とした。

「しかしな。……『雷光』の娘は悪鬼《あっき》のもとへ。闇《やみ》の『狗《いぬ》』は黒き天使のもとへ……」

彼は、ぼそりとこう呟《つぶや》いた。

「――さしずめ、『堕天《だてん》の狗神《いぬがみ》』と呼ぶべきか」

四神／姫島朱雀《ひめじますざく》

本殿で宗主からの命を賜った姫島朱雀は、境内《けいだい》を歩いていた。

「や」

声をかけてきたのは、同い年ほどのメガネをかけた少年である。すらりとした肢体《したい》をしており、眉目秀麗《びもくしゅうれい》な少年だった。身に纏《まと》う異様なオーラは朱雀と同等か、あるいは……。

「何の用かしら、櫛橋《くしはし》家の青龍《せいりゅう》さん？」

そう訊《き》く朱雀。少年——櫛橋青龍は肩《かた》をすくめた。

「堕天使《だてんし》の連中と絵本のなかの魔法使《まほうつか》いたちと三つどもえになると聞いてね」

朱雀は歩を再開しながら言う。

「まあ、慌《あわ》ただしくなるでしょうね。あなたにも働いてもらわないといけないわ」

青龍もうしろについていきながら、こう返す。

「それはまあこちらとしても家の決定だろうから、否応《いやおう》なく応じなければならないのだけれどね。……それよりも姫島が『狗神』を出したと聞いて飛んできただけさ。すごいじゃないか、神滅具《ロンギヌス》のひとつなんだろう？」

朱雀は歩を止め、振《ふ》り返らずに言った。

「皮肉？　神道《しんとう》を司る姫島から闇の刃《やいば》が出たのよ？」

朱雀の雰囲気を察して、青龍は苦笑《くしょう》する。

「怖《こわ》い怖い」

青龍は話題を変えるようにこう続けた。

「それよりも知っているかい、朱雀。四凶《しきょう》が揃《そろ》う気配とやらがあるようだ」

「──『四凶』と『狗神』のことね。姫島のおじいさま方はお怒《いか》りのあまり憤死《ふんし》しそうになっているけれど」

「姫島もおもしろいな。ここに来て、イレギュラーを頻出《ひんしゅつ》しすぎている。堕天使との不始末に、狗神まで生んだ。救いはキミだけか」

「いいえ、私も本来は闇側よ。単に時代がそれを許容しただけにすぎない。──青龍、悪いのだけれど、他の四神メンバーや黄龍《おうりゅう》との話し合いの場を用意して欲しいの」

朱雀のその言葉に青龍は、楽しげに笑《え》んだ。

「──動くか。楽しくなりそうだ。でも、玄武《げんぶ》ちゃんや暴《あば》れん坊《ぼう》の白虎《びゃっこ》はともかく、黄龍まで呼ぶのかい？　あれは想定以上の難物だぞ」

朱雀は、長い髪《かみ》を一本にまとめて総髪《そうはつ》——ポニーテールの格好にさせた。

「見極《みきわ》めたいのよ、私自身の目で。『四凶』だけじゃなく、幾瀬《いくせ》鳶雄《とびお》を——。私はね、いずれ、その鳶雄って子も、『雷光』の一件も、この家に認めさせたいの。私は、大叔父さまとは違《ちが》う。——家の闇も受け入れてみせる」

《狗》と『四凶』、そして『四神』と『黄龍』が相まみえようとしていた——。

断罪者／狂剣《きょうけん》のつぼみ

イタリア某所《ぼうしょ》――。

国の外れにある田舎《いなか》都市の高等学校《ハイスクール》。その旧校舎にて、悪魔祓い《エクソシスト》は敢行《かんこう》されていた。

ハイスクールの旧校舎を根城にして、夜な夜な悪魔《あくま》とその眷属《けんぞく》たちが集《つど》っていた。周辺の住民を甘い声で誘《さそ》い、願いを叶《かな》え、見返りを得ていたのだ。

キリスト教――カトリックの総本山であるヴァチカンの膝元《ひざもと》でそのようなことが発覚した以上、長年悪魔や堕天使と戦ってきた信徒にとっては見過ごせるものではない。

すぐにヴァチカンはエージェント――戦士を送り込み、悪魔を祓《はら》う儀式《ぎしき》を行った。

儀式――つまり、悪魔を討《う》ち滅《ほろ》ぼすことである。

悪魔の根城となっていた旧校舎内は、至るところ、血で濡れていた。廊下《ろうか》も壁《かべ》も椅子《いす》も机も、何もかもが血に塗《まみ》れている。

すべては、聖なる波動を放つ剣、それを手に持つ男性神父の悪魔祓いの成果であった。

刀身より強烈《きょうれつ》な聖なるオーラを放つ長剣《ちょうけん》は、旧校舎を根城にしていた悪魔の眷属を難なく切り払《はら》い、消滅《しょうめつ》させていく。

聖なる加護を宿す得物《えもの》で斬《き》られた悪魔は、よほど高位の存在でもない限り、塵芥《じんかい》と化して消えていく。特に『聖剣』と称《しょう》される伝説の武具は、高位の存在ですら消滅させることができる強力なアイテムである。

男性神父の持つ剣も、その伝説の『聖剣』に属していた。

そのため、この旧校舎にいる悪魔が上級クラスであろうとも、まともに浴びれば致命傷《ちめいしょう》は免《まぬか》れない。

三十半ばほどのイタリア系の男性神父。無精髭《ぶしょうひげ》を左手でさすりながら、旧校舎二階の奥にある一室に悪魔の親玉を追い込んでいた。

眷属を使役《しえき》していた悪魔は——女性悪魔だった。見た目は十八歳ほどの少女だが、悪魔は見た目をいくらでも変えることができるため、ひと目では年齢がわからない。

神父が言う。

「残念だが、おまえの眷属はすべて滅ぼした。あとは……おまえさんだけだな」

少女の悪魔は、神父を睨《ね》めつけ叫《さけ》ぶ。

「よくも私の眷属を殺してくれたな、忌々《いまいま》しい神の使いめッ！」

少女悪魔の瞳《ひとみ》が危険な輝《かがや》きを放ち、手元に青紫《あおむらさき》色のオーラが滾《たぎ》る。手をこちらに向けて、悪魔の力──魔力《まりょく》を撃《う》ち放ってきた。まともに浴びれば、神父とて無事には済まない。

……が、神父は難なく避《よ》けて、素早《すばや》く少女悪魔の懐《ふところ》に忍《しの》び込み、聖剣を横薙《よこな》ぎに振るった。

一拍《いっぱく》の間を開けてから、少女悪魔が断末魔《だんまつま》の声を上げた。全身から煙《けむり》を上げて、その身がぼろぼろと崩《くず》れ去っていき、ついには消滅していく。

旧校舎の悪魔をすべて屠《ほふ》り去った男性神父は、聖剣を一度振るったあとで鞘《さや》に収めていった。

悪魔祓いを終えた神父は、旧校舎の外に出た。

正門の前で待っていたのは、彼の助手であり、教え子でもある白髪《はくはつ》の少年だった。イタズラ好きそうな表情をした十三歳ほどの少年。格好は、少年用の祭服だった。

少年はほぼ無傷で仕事を終えた師の姿に、はしゃいだ。

「さっすが、ダヴィードセンセでございますな！　凶悪極悪《きょうあくごくあく》な悪魔が相手でも、一切合切《いっさいがっさい》素敵に無敵にぶっ潰《つぶ》しちまうんスから！　俺も旧校舎の周りに結界を張ったかいがあったってもんですぜ！」

はしゃぐ教え子をよそに男性神父――ダヴィード・サッロは、矢継《やつ》ぎ早《ばや》に次の仕事とばかりに懐の書状を確認する。指令が書かれたものだ。

……書状には、日本で怪《あや》しい活動をしている堕天使や魔女《まじょ》の一団についての情報と、それに対する指令が記されていた。

教え子の少年が、書状を覗《のぞ》き込もうとしながら訊いてくる。

「ダヴィードセンセ、ダヴィードセンセ！　やっぱ、行くことになったんですかい？」

ダヴィードは、指令を確認すると書状を懐にしまう。

男性神父ことダヴィード・サッロはヴァチカンのエージェント――教会の戦士である。これまで凶悪な悪魔、堕天使だけではなく、魔物《まもの》も屠り去ってきた。彼の持つ『聖剣』と、それを振るう彼の力は、それだけ強力だったからだ。

ダヴィードは歩き始めながら、うしろからついてくる少年に言う。

「ああ、上はグリゴリとオズの魔女どもの争いを現地で調査してこいとな。――準備をしておけ。一度、支部に帰還《きかん》後、すぐにこの国を発《た》つ」

ダヴィードの言葉に少年は叫声《きょうせい》を上げる。

「ひゃっはっはーっ！　外国だ！　外国の異教徒どもをぶっ殺しにいけっぞっ！　こりゃまた俺の信仰《しんこう》が高まってそろそろ大天使ガブリエルさまのお乳でも拝めそうってか！」

ダヴィードは少年に言う。

「──いいか、フリード。俺たちの目的は、あくまで日本に巣くう堕天使や魔女どもを調査し、場合によって駆逐《くちく》することだ。情報では、奴《やつ》らはその国で好き勝手に危険な計画を進めているそうだからな」

「にゃるほどにゃるほど、じゃあ、センセのその『ガラティン』が場合によっちゃ正義の執行《しっこう》をするってことっスか」

少年──フリード・セルゼンが、師が腰《こし》に下げる長剣──『聖剣ガラティン』に目を向けた。

「おまえも断罪という名の慈悲《じひ》を覚えるのだ、フリード」

師の言葉にフリードは敬礼のポーズを作る。

「あいよ、センセ。程《ほど》ほどにぶっ殺しまーす☆」

幾瀬《いくせ》鳶雄《とびお》たちの知らないところで、各々《おのおの》の勢力が動き出していた──。

あとがき

はじめましての方とお久しぶりの方と非常にお久しぶりの方と、いろんな方々にあいさつをしなければいけない、作者の石踏一榮《いしぶみいちえい》です。手に取ってくださいまして、まことにありがとうございます。

この作品は、ファンタジア文庫さんから出ております「ハイスクールＤ×Ｄ」シリーズと同一の世界観を持った作品であり、その物語の四年前を描《えが》いております。ゆえに「ハイスクールＤ×Ｄ Universe」という同一世界観《シェアード・ワールド》をさすタイトルが付いているのです。

この作品自体は、ネット小説媒体《ばいたい》のファンタジア Beyond さんやカクヨムさんで連載《れんさい》されていたものをまとめ、加筆修正しました。文庫化を待っていた方と初めてこの本を手に取る方、その方々に向けて、「お久しぶりです」と「はじめまして」を使いました。

そして、もうひとつの側面としては、この作品の元ネタとなる「SLASH/DOG」なる作品が11年前に、やはり、富士見ファンタジア文庫さんから発売されておりました。それを今回、ハイスクールＤ×Ｄの世界とリンクさせることでリブートすることとなりました。それ以前のファンの方々に向けて、「非常にお久しぶりです」と使わせていただきました。

という建前を語りつつ、作品の内容の説明をしていきます。

この作品は、現代異能バトルを主軸《しゆじく》にした現代ダークファンタジー……だと思います。とはいえ、あまりおどろおどろしく書いても暗いだけなので、いくつか、テーマといいますか、作品の特徴《とくちよう》を挙げていきます。

1，主人公の幾瀬《いくせ》鳶雄《とびお》を格好良く描いていきたい。

料理上手で物静かですが、決めるときは決めてくれるトビーこと鳶雄くん。このまま、カッコイイ台詞《せりふ》が決まるようなダークヒーロー的な主人公にできればと思っております。次巻から自分にあった武器を持ちつつ、刃《ジン》と共に異能の戦いに突入《とつにゆう》していきます。今回出てきたパワーアップ形態も、２巻以降に明らかになっていきます。

2，ヒロインはかわいく、時にエロく。

ヒロインとして、夏梅《なつめ》、ラヴィニア、紗枝《さえ》が登場しております。彼女たちをかわいく、そしてお色気も交えつつ取り上げていきたいですね。もちろん、ヒロインは今後もう少し増えます。

ラヴィニアはヴァーくんことヴァーリのお姉さん的立場でもあります。二人の姉弟《きようだい》のようなやり取りも楽しんでいただけたら幸いです。
ちなみに彼女たちの胸のサイズは関係者と話し合って決めていきました。やはり、「ハイスクールD×D」から入ってくれるだろうファンに向けて、一定以上の胸の大きい娘《こ》は出していこうと。なので、その辺りも今後ご期待ください。

3，ハイスクールD×Dファンへのサービスと、この作品から入った読者さんに世界観の紹介《しょうかい》をしたい。

念頭として「ハイスクールD×D Universe」と題されている以上、D×Dファンへの世界観のリンクを楽しんでもらうのは当然のことですが、この作品はこの作品だけで楽しめるようにも書いています。その上で、この作品から「D×D」世界に興味を持ってもらって、「ハイスクールD×D」にも手を出していただけたら、作者冥利《みょうり》に尽《つ》きる所存です。
もちろん、この作品が一番好き！　って方がいらっしゃるでしょうから、当然それも十二分に作者としては光栄なことです。

4，私の変なこだわり。

実は、作中で「おっぱい」という単語を極力避《さ》けていて、女性の胸元について触《ふ》れるときは「乳房《ちぶさ》」や「胸」などの文字にしています。といいますのも、「ハイスクールD×D」で「おっぱい」という文字を数え切れないほど書きましたし、こちらはそれほど「おっぱい」が重要な設定でもないので、あえて「おっぱい」という文字だけを「D×D」に（一旦《いったん》）置いてきました。

多分、この1巻では、あとがき以外に「おっぱい」という文字を使っていないと思いますので、一応あるかないか探してみてください。

ですが、すでに使えなくて辛《つら》くなってきたので、次巻辺りであっさり使用しているかもしれません。2巻以降で「おっぱい」という文字を見かけたら「ああ、いつもの石踏だ！」と温かく迎《むか》え入れてください。

ここで謝辞を。

お世話になっております、きくらげさま、キャラクター原案のみやま零《ゼロ》さま、担当編集のTさま。皆《みな》さまの多大なるお力添《ちからぞ》えがありまして、ようやく本として送り出せることができました。本当にありがとうございました。引き続き、よろしくお願い致《いた》します。

さて、このシリーズの長さですが、おそらく5～6冊程度になると思います。大ヒットしたら10冊！　とかになるかもしれませんが、まずは一連の事件の真相の解決をするまでのストーリーにするつもりです。まったく売れなくて予定よりも早く終わってしまいましたら、申し訳ございません。ですので、応援《おうえん》のほど、何卒《なにとぞ》よろしくお願い致します。

「SLASH/DOG」がリブートできたわけですが、これが好評になりましたら、他の「ハイスクールD×D Universe」も次々と色々に企画《きかく》できるようになるかもしれませんね。

ということで、次回、「堕天《だてん》の狗神《いぬがみ》—SLASHDØG—」第2巻ですが、来春頃《ごろ》に発売予定です。

鳶雄たちは、グリゴリが運営するセイクリッド・ギア所有者の通う施設《しせつ》『堕ちてきた者たち《ネフィリム》』に転入していきます。実はこの1巻の表紙で夏梅の着ている制服が、『堕ちてきた者たち《ネフィリム》』の制服でした。こちらの2巻もハイスクールD×D25巻と同時発売になると思います。

次回はラヴィニア回です！　また天然でセクシーなところを見せてくれるでしょう！

引き続き、「堕天の狗神—SLASHDØG—」を何卒よろしくお願い致します！

初出

P4~5、序章、一章　帰還／襲撃　ファンタジアbeyond　2014年7月10日更新分
二章　黒狗／誕生　ファンタジアbeyond　2014年8月8日更新分
三章　仲間／四人目　ファンタジアbeyond　2014年9月10日更新分
四章　銀髪／少年　ファンタジアbeyond　2014年10月10日更新分
五章　再会／虚蟬　ファンタジアbeyond　2014年12月10日更新分
六章　氷姫／四凶　ファンタジアbeyond　2015年1月9日更新分
七章　神をも《斬り》滅す具現／黒刃の狗神《ケイニス・リュカオン》　ファンタジアbeyond　2015年2月10日更新分
終章、末章　五大宗家／姫島、四神／姫島朱雀　ファンタジアbeyond　2015年3月10日更新分
断罪者／狂剣のつぼみ　書き下ろし

富士見ファンタジア文庫

堕天《だてん》の狗神《いぬがみ》
—SLASHDØG— 1
ハイスクールD×D Universe

平成29年11月20日　初版発行

著者——石踏一榮《いしぶみいちえい》

発行者——三坂泰二
発　行——株式会社KADOKAWA
〒102-8177
東京都千代田区富士見2-13-3
0570-002-301（ナビダイヤル）
印刷所——暁印刷
製本所——BBC

※定価はカバーに表示してあります。
KADOKAWA　カスタマーサポート
［電話］0570-002-301（土日祝日を除く10時〜17時）
［WEB］http://www.kadokawa.co.jp/（「お問い合わせ」へお進みください）
※製造不良品につきましては上記窓口にて承ります。
※記述・収録内容を超えるご質問にはお答えできない場合があります。
※サポートは日本国内に限らせていただきます。

ISBN978-4-04-072458-4 C0193

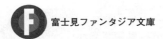